人民共和國文化與文學叢書

十　編

李　怡　主編

第 10 冊

非虛構文學：真相與反思（下）

王 春 林 著

花木蘭文化事業有限公司

國家圖書館出版品預行編目資料

非虛構文學：真相與反思（下）／王春林 著 -- 初版 -- 新北
市：花木蘭文化事業有限公司，2022〔民111〕
目 2+170 面；19×26 公分
（人民共和國文化與文學叢書 十編；第10冊）
ISBN 978-986-518-950-1（精裝）
1.CST：文學 2.CST：文學評論
820.8   111009791

特邀編委（以姓氏筆畫為序）：

吳義勤　孟繁華　張　檸
張志忠　張清華　陳思和
陳曉明　程光煒　劉福春
（臺灣）宋如珊
（日本）岩佐昌暲
（新西蘭）王一燕
（澳大利亞）鄭　怡

ISBN-978-986-518-950-1

9 789865 189501

人民共和國文化與文學叢書
十　編　第　十　冊　　　　　ISBN：978-986-518-950-1

非虛構文學：真相與反思（下）

作　　者　王春林
主　　編　李　怡
企　　劃　四川大學中國詩歌研究院
總 編 輯　杜潔祥
副總編輯　楊嘉樂
編輯主任　許郁翎
編　　輯　張雅淋、潘玟靜、劉子瑄　美術編輯　陳逸婷
出　　版　花木蘭文化事業有限公司
發 行 人　高小娟
聯絡地址　235 新北市中和區中安街七二號十三樓
　　　　　電話：02-2923-1455 ／傳真：02-2923-1452
網　　址　http://www.huamulan.tw 信箱 service@huamulans.com
印　　刷　普羅文化出版廣告事業
初　　版　2022 年 9 月
定　　價　十編 17 冊（精裝）新台幣 43,000 元　　　版權所有・請勿翻印

非虛構文學：真相與反思（下）

王春林　著

目次

下　冊

梁鴻《梁莊十年》：
那個沉浮於時代與社會中的鄉村世界

　　只有在這次面對這部《梁莊十年》（載《十月》雜誌 2021 年單月號第 1 期）的時候，我才突然意識到，梁鴻那部曾經產生過廣泛影響的長篇非虛構文學《中國在梁莊》在《人民文學》雜誌發表（發表時的作品標題是《梁莊》），已經過去了整整十年的時間。當然，與此緊密相關的一點是，非虛構文學這樣一種提法的出籠，在中國文壇也同樣是整整十年的時間。儘管說在西方文學界，建立於豐富創作實踐基礎上的一種非虛構文學概念的形成，其時間絕對要早於中國文壇許多，但具體到中國文壇，明確提出所謂非虛構文學的概念，並且在文學界產生廣泛影響，且這種概念主導下的文學實踐一直延續至今不絕如縷，其始作俑者卻的確是 2010 年李敬澤主政時期的《人民文學》雜誌。從那個時候開始，作為一種文學文體的非虛構文學，以其相當豐富的創作實績，最起碼取得了能夠與曾經長期流行的報告文學分庭抗禮的文學地位。扳著指頭認真數一數十年來真正產生了影響的那些作品，我甚至要說，由於在書寫時盡可能掙脫政治意識形態束縛和羈絆的緣故，非虛構文學的實績，其實要遠遠地大於報告文學。這一方面最有代表性的作家之一，就是為我們奉獻出了「梁莊三部曲」（《中國在梁莊》《出梁莊記》以及《梁莊十年》）的梁鴻。

　　我們都知道，在具體從事非虛構文學創作之前，梁鴻是一位成績突出的當代文學批評家。一直到現在，她那些關於鄉土文學與河南（或者說中原）作家的真知灼見，都依然是相關研究者無論如何都繞不過去的重要存在。以

我所見，很大程度上，正是作為學者的梁鴻在這一方面所取得的文學批評實績，構成了作為作家的梁鴻在非虛構文學的寫作方面一個不可忽卻的基本前提。這裡的一個關鍵問題在於，身為學者的梁鴻的研究領域，與後來變身為非虛構文學作家的梁鴻的寫作對象，有著不容忽視的疊合同一化特徵。所謂的疊合與同一，就是指梁鴻從事文學批評工作時作為研究對象的鄉土文學和河南（中原）作家，與具體成為其非虛構書寫對象的河南省穰縣吳鎮梁莊，有著不可忽略的同一性。而這也就意味著，當梁鴻試圖以非虛構的方式進入作為標本或者說寫作對象的梁莊的時候，她所攜帶的，正是在長期的文學批評工作過程中所形成的關於鄉土文學，關於河南這一特定地域的理性定見。從這個角度來說，梁鴻非虛構文學的寫作過程，也正是她所長期形成的理性定見，與田野調查過程中所實際觀察到的現實狀況，發生強烈碰撞的過程。當然，如果換一個角度，也可以被看作是梁鴻先驗的理性定見不斷被修正的過程。無論如何，假若梁鴻不是一位在鄉土文學與河南（中原）作家研究方面有著超卓識見的文學批評家，那她所創作出的「梁莊三部曲」肯定也不會是現在的這個模樣。

正如同作品的標題已經明確交代的，具體到「梁莊三部曲」最後一部的《梁莊十年》，所集中書寫的，是從 2010 年到 2020 年這十年間梁莊那些值得注意的人和事。我們注意到，雜誌編者在「卷首語」中曾經刻意強調《梁莊十年》有著突出的「去社會學化」的特徵：「放棄先在的問題設定，和對於深度意義的焦灼企圖，從村莊內部翻騰的人事開始敘述，是文學或者小說的觀察方式。儘管章節結構仍然借用『房屋』『土地』等社會學主題，這一次的《梁莊十年》，梁鴻在社會學與文學的太平兩端明顯偏向文學。這不僅指溢出章節主題的複雜故事維度，也包括作家在文本形式上的輕度潔癖，剔除議論和主觀、保留細節與故事，將材料和思辨的部分以腳注的方式呈現。」〔註1〕一方面，我們固然承認編者如上一種解讀分析的合理性，但在另一方面，即使在這部貌似「去社會學化」的《梁莊十年》中，我們卻仍然能夠真切地感受到一種社會學價值的存在。又或者，從根本上說，一種社會學價值的具備，正是非虛構文學這一文體區別於其他文體比如小說的根本特徵所在。面對一部小說作品，我們未必非得從中獲得某種社會學價值的啟示，但在面對一部非虛構文學作品的時候，如此一種衡量標準的存在，似

〔註1〕「卷首語」，載《十月》2021 年單月號第 1 期。

乎又是一種天經地義的事情。

《梁莊十年》的社會學價值，主要體現在這樣幾個方面。其一，是鄉村政治的渙散，以及村民公共意識的相對匱乏。這一點，集中體現在第三章「土地」中的「人家」一節。鄉村政治渙散的主要問題，就是黨員的老齡化與村支書的難產。首先是黨員的老齡化：「一調查，才發現，農村黨員的老齡化極為嚴重。以梁莊為例，兩千多口人，六十歲以上的有十幾個黨員，五十歲左右的四個，四十歲以下有五個，年輕人有五個，這五個主要是那些在外上學的大學生，他們在學校期間入黨，指標會轉回到村裏。在外打工的年輕人幾乎沒有入黨的，除了栓子。」之所以會是如此，與那些出外打工者客觀的生存狀況緊密相關。這些打工者常年在外工作，每年返鄉過春節，前後只有十多天的時間。在這短暫的十多天時間裏，他們需要完成鄉村倫理所規定的各種使命。也因此，他們根本就沒有可能去關注並完成入黨的任務。與此相連帶的一點是，既然黨員都這麼難產，那必須從黨員中選舉產生的村支書的難產，就更是可想而知了。具體到梁莊，先是在 2016 年初的時候，時任村支書的韓治景，連同村會計一起，因「公款私用」被人告狀，結果是韓治景被上級免職。緊接著上臺的韓天明，為人過分老實，因為實在無法適應村幹部的工作狀態，於 2016 年底堅決撂了挑子。萬般無奈之下，鄉領導只好在徵求本人同意的情況下，把外出打工者中唯一符合條件的黨員栓子推上了梁莊村支書的領導崗位。儘管在和梁鴻（也即小清）的交談過程中，栓子似乎的確充滿了雄心壯志，但在接受梁鴻關於栓子這個村支書稱職與否的詢問過程中，村民的回答卻是：「在說到栓子這三年到底幹得如何時，大家相互看了一眼，乾笑兩聲：『哈，啥咋樣？成天都見不到人家一面。』」理想和現實之間落差的存在，於此即可見一斑。儘管因為作品中沒有明確交代栓子成為村支書的具體時間是什麼時候，但明太爺的悲劇，卻在很大程度上說明著村一級政權（或者，不僅僅是村一級政權）的不作為，或者胡作為。具體的情況是，國家因為所謂的南水北調，修建南水北調大河，佔用了梁莊的不少土地。按照國家（國家的具體體現，就是地方政府）的相關規定，佔地的賠償款是一個人兩萬多。要想拿到賠償款，就必須有戶口本。但明太爺家的戶口本上，卻沒有兒媳婦和孫子的名字。於是，明太爺一家便急急忙忙設法去辦理上戶口的相關事宜。沒承想，等到他們前前後後用了快一個月的時間辦好後，卻遭遇了一個不知道從哪裏來的「土政策」：「寒露前交戶口本的，能分到錢，寒露後就沒了。」

僅僅因為遲了一個月的時間，就莫名其妙地失去了四萬多塊錢，明太爺無論如何都內心不甘。萬般無奈之下，明太爺除了到村委會和鄉政府罵一圈兒人之外，剩下的就是酗酒，就是借酒消愁了。從根本上說，正是因為他的內心鬱悶，因為他無節制的酗酒，才最終導致了深度醉酒情況下，被那口破缸的豁口扎死的淒慘悲劇。雖然從表面上看，明太爺死亡的直接原因，是自己的一個人酗酒，但細細推敲，卻應該說，只有那個不知從何而來的「土政策」，才算得上是真正的罪魁禍首。也因此，明太爺的悲劇所充分說明的，正是我們前面所謂鄉村政治的渙散。

事實上，明太爺悲劇的最終釀成之外，能夠說明這一點的，也還有梁莊房屋建築的雜亂無序狀態。由於「新房和舊房，共同造成了梁莊越來越擁擠、越來越混亂的內部空間」，所以，一種實際的情形就是：「從我家出門向左，原來通往村莊外面的那條路被一棟房子生生截斷，向右通過村莊後面的路則被沙土堆、垃圾場堵上，而雪上加霜的是，鄰居老老支書家兒子，多年來在安陽打工，忽然回來，半年之內，在他們宅基地的最前端，也就是我家的出路口，蓋了兩層全封閉的樓房，說是按『趨』蓋的。這樣一來，我家幾乎被圈在四面房屋之中，只有一條狹窄的出路，要想進車，就得貼著他家樓房的牆根進去。」正常情況下，一個村莊的建築和道路設計，都應該有一定的規劃和秩序，也即文中所謂的「趨」。但梁莊的情況，卻很顯然不是如此。梁鴻她們家竟然「幾乎被圈在四面房屋之中」如此一種不堪狀況的形成，正是這一方面的明證之一。正因為如此，所以梁鴻才會不無沉痛地寫下這樣的一些話語：「梁莊內部空間，如同一個錯綜複雜的網絡，不在其中，很難摸清楚其路徑。」「如果是一個旅行者，他所看到的，完完全全是一個雜亂無序的北方村莊。」在這裡，錯綜複雜也罷，雜亂無序要罷，從表面上看，所針對的，似乎的確是梁莊的建築和道路狀況。但如果從一種象徵的角度來說，梁鴻所要表達的，恰好是包括鄉村政治在內的同樣處於「錯綜複雜」和「雜亂無序」狀態的梁莊基本存在面貌。

或許與鄉村政治的渙散狀況有關，特別耐人尋味的一點，是梁鴻對梁莊村民們社會政治意識狀況的敏銳洞察和發現。對「人家」一詞的頻繁使用，所充分說明的，正是這樣的一種狀況：「固然，梁莊是文哥、霞子媽、豐定的家，他們終生都在此生活。但是，在談到一些公共事務時，說到村支書、村會計，甚至哪怕是一個隊的小組長，都會用『人家』來代替，『不知道人家是怎

麼想的』『都是人家上面人管的』『人家都是有權有勢的』等等之類的語氣。
這樣說的人不乏那些長期在城市工作且受過一定教育的年輕人。」在描述了
以上這種狀況的前提下，梁鴻緊接著結合她對梁莊村民普遍心理狀態的瞭解，
對梁莊人口口聲聲的「人家」一詞，進行了足稱深入的語義分析：「『人家』，
這裡面包含著兩層意思。一是，大家把自己從公共事務中擇了出來。村莊垃
圾、房屋改造、坑塘恢復，等等之類的事情，都是『人家』要管的事情，和我
們這些普通人沒有關係。二是，自動臣服於某種權力。『你想蓋房，那非得找
人家不行』，『那南水北調的工程，肯定是人家承包了呀，人家有權有勢的』。
在這裡，梁莊的村民認同了村幹部高於自己並且因此得到很多便利的事實。」
前者的深層語義，是一種在公共事務上「事不關己，高高掛起」的明哲保身
態度。後者所揭示出的，則是梁莊村民們一種普遍的在權力面前奴顏婢膝、
自我矮化的心理狀況。尤其值得注意的一點是，梁鴻在此基礎上對梁莊村民
們的集體意識或者無意識又有著進一步的解讀分析：「因此，在梁莊人意識深
處，存在著兩個梁莊。一個梁莊是自己的家，自己院子和院子以內的那片地，
每個梁莊人都花大價錢來打造、修建；還有一個梁莊是『人家』的、公共的梁
莊，一個宏觀的、不可撼動的梁莊，跟『個人』沒有關係。」我們都知道，中
國社會迄今為止都普遍流行傳唱一首名為《國家》的歌曲。其中有句云：「家
是最小國，國是最大家。」意思是在中國，有著甚為悠久的家國一理的傳統，
個人的小家與國家這樣一個抽象的大家之間，有著千絲萬縷的內在關聯。但
梁鴻通過對梁莊這樣一個小社會的深度考察，卻提供了一種與《國家》的歌
詞內容截然不同的反命題。在梁莊人的心目中，只有那個院子裏的小家才是
屬自己的，至於院子之外的其他種種，均屬與己無關的「人家」。但從社會學
的角度來看，這個被梁莊人所普遍視而不見的「人家」，恰恰就是事關每一個
村民的梁莊公共事務。僅此一斑，我們既不難從中見出梁莊人一種建立在社
會關懷基礎上的公共意識的普遍匱乏。正是在如此一種洞見的前提下，也才
會有梁鴻關於梁莊公共意識悖論的進一步論述：「這樣一來，『人家』和『人
家』相關的那部分梁莊事務變成大家聊天議論時的對象，而不是與己相關的
生活。那麼，誰來當村支書，梁莊怎麼發展，梁莊的集體用地到底多少，北崗
地是租還是不租，就沒有那麼重要了。雖然，梁莊最後如何發展會涉及到每
一人的利益。」按照梁鴻的分析，問題的要害似乎是，由於公共意識淡薄的
梁莊人對於梁莊公共事務的漠不關心，最終導致的結果，就很可能是自身利

益的嚴重受損。但在我看來，情況恐怕卻沒有這麼簡單。表面上看，似乎的確是這些梁莊人太過於自私地只關心自家的院子，自家的那一畝三分地，但從實則上看，我們現行的鄉村社會政治規則，卻根本就沒有留下作為個體的每一個梁莊人積極參與公共事務的相關通道。也因此，與其淺表地指責梁莊人公共意識的匱乏，莫如更加深入地思考致使梁莊人公共意識匱乏的形成原因，要更有道理一些。關鍵的問題是，雖然出現在梁鴻筆端的那地處中原腹地的梁莊一隅，但作家所尖銳揭示出公共意識普遍匱乏的問題，卻並不僅僅存在於梁莊，也不僅僅存在於中國的鄉村世界，而是包括廣大城市地區在內的中國當下社會的一個根本癥結所在。私以為，只有在這個意義層面上，我們方才算是真正切中肯綮地理解了梁鴻非虛構書寫的一番良苦用心。

其二，是鄉村女性部分主體地位的缺失，以及她們人生悲劇的鑄成。談論這一問題的一個必要前提是，按照梁鴻在文本相關注釋中的自述，她曾經自以為是一位有著自覺女性意識的寫作者：「這麼多年以來，我一直覺得自己算是一個比較有自覺意識的女性，早年讀博士時，正是中國女性主義思潮興盛時期，我也買了大量的相關書籍，一度想以女性主義為主題寫博士論文。」但只有在寫作這部《梁莊十年》的過程中，梁鴻卻才恍然大悟，卻原來，自己在潛意識深處，也仍然還是一位傳統思維的束縛者：「可是，在無意識深處，在最日常的表述中，我仍然以最傳統的思維使用語言。沒有人覺得有問題，我沒有察覺，好像讀到這兩本書的人也沒有察覺。」正是因為有了這種自覺，梁鴻才對自己長期習焉不察的語言問題有了新的認識：「語言潛流的內部包含著思維無意識和文化的真正狀態。」問題的真正的觸發點在於，在書寫到《梁莊十年》的第二章「芝麻粒兒大的命」的時候，梁鴻突然意識到梁莊的日常生活中，相當多的女性的姓名，實際上一直處於被嚴重遮蔽的狀態之中。在一次一眾鄉村女性聊天的過程中，梁鴻的大姐突然發問：「對了，五奶奶，你叫什麼名字？」面對大姐的突然發問，「大家都愣了一下，面面相覷，似乎從來沒想過這件事情，似乎第一次意識到這是個問題。」正因為有著五奶奶究竟叫什麼名字這個問題的觸發，才會有梁鴻對相關問題的深入思索：「我看著眼前的這一群女人們，突然想到一個問題，梁莊的女孩子都到哪兒去了？我姐姐們的、我的童年夥伴都到哪兒去了？五奶奶的、霞子媽的，那個『韓家媳婦』的童年夥伴都到哪兒去了？我好像太久沒想到她們了。在村莊，一個女孩出嫁的那一刻，你就被這個村莊放逐了，你失去了家，你必須去另外一

個村莊建設新家庭，而在那裡，終其一生，你可能連名字都不能擁有，直接成了『XX家的』『XX媳婦』。如果你是個城市女孩，嫁到一個不錯的家庭，在家庭社交場合，別人會『尊稱』你為『某太太』，這是太正常不過的事情了。可是細究起來，作為女性，一旦出嫁，你主體的某一部分就被抹殺掉了。」借用一句曾經流行過的歌詞來表達的話，大概這就叫「多麼痛的領悟！」儘管一向自詡為擁有堅定女性意識的寫作者，但梁鴻也只是到寫作《梁莊十年》的時候，方才真正意識到了鄉村日常稱呼中性別問題的存在。也因此，她才會在注釋中不無自責意味地寫道：「就在打下這一行字的一瞬間，我突然意識到，在寫前面『小字報』那一章時，我寫的是『韓家媳婦』怎樣怎樣，我非常自然地這樣寫，是因為我確實不知道她叫什麼名字，也沒有想到應該寫出她的名字。我想起來，在《中國在梁莊》《出梁莊記》中，當談到大堂哥二堂哥時，我會詳細寫出他們的名字，但是，在寫到女性時，我也從來沒想到寫出她們的名字，都是直接用『建昆嬸』『花嬸』『大嫂』『二嫂』『虎哥老婆』來代替，我甚至沒有想到要問她們的名字。」毫無疑問，當這些梁莊的女性們即使在梁鴻的筆下，都被作家無意識地徑直稱呼為『XX家的』或者『XX媳婦』的時候，她們主體某一部分的被剝奪，就的確是無法否認的一種殘酷事實了。大約也正因為如此，所以梁鴻也才會把專注於梁莊女性書寫的第二章，乾脆就命名為「芝麻粒兒大的命」。

　　具體來說，梁鴻的一種敏銳發現就是，梁莊或鄉村世界裏眾多女性主體的某一部分之所以被剝奪，與她們的出嫁緊密相關。與那些似乎永遠都會駐守在家鄉的鄉村男性們相比較，一個不容否定的事實是，每一個鄉村女性，大約都不僅要出嫁，而且還往往會嫁到別的村莊去。有了這樣一個看似非常合乎社會倫理的「遷徙」過程之後，鄉村女性某種不可逃脫的部分主體喪失悲劇命運的發生，也就不可避免了。對此，梁鴻曾經借二姐的口吻做出過精要的分析：「不是，我理解這個意思，不是說追究哪是家的問題，而是說，一個女孩子，怎樣才算是她自己？這個感受我很深。」「像我們這個年齡，五十歲左右，基本上就是一結婚就出門打工，對新村莊沒有任何感情，在那個村裏，肯定沒有自己的位置，最多就是『XX家媳婦』，而童年少年時的那個村莊，也自然早就被遺忘了。真要是從女人角度講，我這一輩子都沒根沒秧。婆家哩，咱不認識幾個人，娘家哩，慢慢地沒幾個人認識咱，小時候的玩伴大多數沒影沒蹤，娘家婆家都不是我的家。」無論如何，我們都得承認，梁鴻

在這裡提出了一個非常嚴肅的雖然長期存在但卻處於習焉不察狀態的問題。
一方面，正所謂「嫁出去的姑娘潑出去的水」，鄉村女性一旦出嫁，就不再屬
自己出生的那個村莊。另一方面，進入到丈夫所在的新村莊之後，又未必能
很好地融入其中。即使融入了其中，更多時候也還是會被稱作『XX 媳婦』，
其對丈夫也即男性的依附性絕對不容否認。這方面的一個典型例證，就是年
事已高的五奶奶。儘管說五奶奶在梁莊的生活也稱得上是有滋有味，但她內
心裏卻總還是有一塊虛空無法被填補：「沒根沒秧。王莊（五奶奶出生的那個
村莊，筆者注）不再是五奶奶的家，她二十歲以前的生命不再重要，她的少
女時代，因為主體身份的喪失而化為虛空。」也因此，從一種女性主義的角
度出發，因為出嫁而導致的鄉村女性這樣一種部分主體被剝奪的無根無秧狀
態，絕對應該引起相關研究者的高度關注。或許正是出於某種打抱不平的心
理，梁鴻才不無鄭重地把若干梁莊女性的名字羅列在了文本之中：五奶奶的
名字是王仙芝，霞子媽的名字是趙秋豔，二堂嫂的名字是崔小花，虎子老婆
的名字是王二玲，韓家媳婦的名字是李先敏……

　　所幸的是，或者與中國城市化進程農民工的進城打工有關，到了梁鴻所
集中關注記述的最近十年，諸如燕子、春靜、小玉等一眾從梁莊走出的鄉村
女性，不僅不復因出嫁而喪失身為女性的部分主體，而且也已經在打工生活
中憑藉自己的勤勞和智慧確立著女性的某種生活主體地位。比如，那位在梁
莊一直被緋聞纏身的燕子。或許與燕子的過於漂亮有關，在梁莊大多數村民
的口口相傳中，她被描述為一位不守本分的風流女性：「唯有一點可以肯定，
燕子不守本分，招蜂引蝶，後來到外面去，不知道幹了什麼事，最後，找了一
個年齡很大、相貌很醜的男人結了婚。」實際的情況如何呢？只有在梁鴻和
燕子、春靜以及小玉她們仨見面深談之後，方才瞭解到事情的真相所在。卻
原來，所謂的風流成性，對於燕子來說，絕對是莫須有的不白之冤。依照燕
子的自述，自己不僅從來都談不上風流成性，而且還在很大程度上受了過於
漂亮的害：「可以說，那些追我的男人把我的一生給毀了。到現在為止，我都
沒談過戀愛，沒和任何人談過戀愛。和我在的老公，那也是想著趕緊結婚算
了。這也不是說追我的人有多壞，也都不是壞人，可是，對我來說，就是把我
毀了，說這，一點也不為過。」其實，天生麗質的燕子，不僅天資聰穎，而且
在上學時也非常喜歡讀書，曾經一門心思地想要通過考學的方式改變自己的
命運。然而，年幼的燕子根本就想不到，僅僅因為外貌的漂亮，就給自己帶

來了無窮無盡的煩惱。還只有虛歲十三歲，剛剛上初中二年級的時候，就有一個已經上了班的名叫王子河的成年人，不管不顧地拼命追求燕子。「可我那時候才十三四歲，十三四歲，啥也不懂，他那個追勁兒直接把我嚇倒了，把我對感情的感覺也破壞了。他們覺得那是真愛的表現，對我，那就是騷擾，實實在在的騷擾。」關鍵的問題是，在當時，以求愛的方式行騷擾之能事者，在王子河之外，也還有吳鎮派出所的所長，以及那個時候已經在上海讀大學的學民。正因為燕子強烈地感覺到「自己是跑哪兒都逃不出如來佛的手心」，都無法擺脫王子河們的瘋狂追求，萬般無奈之下只好輟學回家。因為這個時候的人們已經開始出門打工，所以，燕子便不管不顧地和村裏的錢家父子一起結伴，坐火車到北京去打工了。沒想到，她的這一走，帶來的依然是村民們不懷好意的議論紛紛：「後來，我才知道，村里人們傳著說，我和他們一起跑了，私奔了。媽天爺啊，咋會那樣想呢？我們到北京就分開了，他們不管我，我自己不知道咋找的，找到勞務市場。」就這樣，燕子在走投無路的情況下，成為了最早一批毅然走出梁莊的打工者，開始了一段新的生活歷程。這個過程中，尤其不容忽視的一點，是燕子婚姻問題的最終解決。明明從各方面衡量，兩個人都不般配，更何況這位醜男不僅沒爹沒媽，而且還是一個二婚，燕子之所以最後決定嫁給他，只圖了一個他人特別老實：「和我現在的老公，就是圖他是個老實人，沒有花言巧語。」正所謂「一朝被蛇咬，十年怕井繩」，從一種精神分析學的角度來說，燕子婚姻問題上如此一種無奈的選擇，與她少女時期曾經被數位成年男性瘋狂追逐的那段特別經歷之間，肯定有著不容剝離的內在關聯。好在燕子的生存意志與精神心理都足夠強大，她不僅走出了王子河他們的瘋狂追逐所造成的心理陰影，而且還再一次重返北京，在那裡找到了自己的生存位置：「2005 年，農曆十一月十五，我又來北京，開始賣菜，一個半月，掙了 8000 塊錢，我高興得不得了，就想著，以後我就幹這個了。」

事實上，真正的明眼人應該早已發現，我以上的文字，一方面固然是在一種社會學的意義層面上分析鄉村女性部分主體的被無端剝奪，但在另一方面，當我的筆觸開始對如同燕子這樣一些梁莊的個體生命進行分析的時候，就已經同時在兼顧一種文學的意義層面了。誠如《十月》雜誌的編者在「卷首語」中所言，梁鴻的《梁莊十年》的確是一部文學語義豐富的非虛構文學文本。其中，無論如何都不可忽缺的一個方面，就是對梁莊若干女性人物深

度精神世界的藝術打量與勘探。比如，那位真正可謂有著一部斑斑血淚史的
春靜。依照春靜的自述，她如同燕子一樣，也沒有談過戀愛：「我真是沒談過
戀愛。你看，連你們都不信。這是真的。燕子最清楚。李明江纏我都快把我纏
死了，我根本都來不及想別的。」與燕子的情況相類似，春靜的沒談過戀愛，
也與這個名叫李明江的成年男性的死命糾纏緊密相關。也同樣是因為李明江
的存在，春靜很早就輟學上班：「我就去上班了。現在想想，要說後悔吧，也
不後悔，我偏科，就是沒那個人，我可能也考不上，可是最起碼，我不會過恁
艱難。你看，連你也覺得我天天談戀愛，所有人都覺得我在談戀愛，實際上，
我連男孩子的手都沒拉過。」很大程度上，春靜也正是攜帶著這樣的一種心
理陰影走向了和丈夫老許的現實婚姻。具體來說，她和老許這位時任鄉黨委
書記的兒子，是通過別人的介紹而認識結婚的。但春靜無論如何都料想不到，
自打嫁給老許開始，她就開始墜入了某種噩夢般的人生歷程。倒也不是說老
許不愛她，不喜歡她，而是因為老許酒後無節制的家暴：「老許喝酒我一直知
道。那時候他在糧管所，下去收糧食，天天喝，經常醉醺醺地找我。那時候也
傻，覺得男人都是這樣的，應酬嘛，很正常。我根本沒想到他喝完酒是那樣
子。他平時說話聲音都很低，可溫柔。」只有真正結婚住到一起之後，春靜才
體會到了醉酒後的丈夫老許有多麼可怕：「老許喝完酒，回家就打我。臉上，
身上，哪兒都打，不讓你睡覺，不停地折磨你。」老許的酒後打妻，能夠狠到
什麼程度呢？「到我最狠哩一次？說不上來是哪次，反正是每天晚上都想死。
有很多年，我都覺得我活不過他，我肯定會死在他前頭。他喝死自己難，把
我打死很容易。」面對著如此一個總是在醉酒後惡狠狠地折磨自己的丈夫，
春靜也曾經嘗試過想要離婚。到最後之所以不夠堅決，主要因為春靜覺得，
除了酒後打人這一項之外，老許還是愛自己的：「他從心底深處是愛我的，但
是，就是這個喝酒。」那麼，到底怎麼個折磨法呢？「春靜一直沒有說出『老
許』到底怎樣『整夜』折磨她。一說到這個地方，她總是一句話帶過去，『那
都沒法說』『沒法說』，不能說，說不出口，那一夜一夜是怎麼熬過來的，可能
確實用什麼樣的語言也無法說出來。」正所謂「只可意會，不可言傳」，當一
種折磨竟然無法用語言來表達的時候，我們就完全能夠想像得到這種折磨的
殘忍程度。既然無法以離婚的方式擺脫丈夫老許，那生性過於柔弱的春靜，
也就只好忍無可忍地繼續忍受下去了：「後來，我就不躲了，你打吧，打夠了
累了趕緊睡覺，我還得接著幹活。」事實上，正如你已經料想到的，如此一種

長期承受家暴甚至長達十九年之久的直接結果，就是春靜反應的麻木與遲鈍：「春靜的眼睛依然明亮。但是，如果仔細觀察的話，會發現略微有點遲鈍，缺乏必要的反應，那是長期被折磨所留下的痕跡。整個臉龐沒有一點光彩，泛黃、僵硬，神情看上去很疲倦。她給人的感覺就好像心早已破碎了，只是胡亂縫補一下，勉力支撐著活下去，再加上她略微沙啞、緩慢的聲音，看著她，就好像她被人不斷往水裏摁。」一個人，好端端地「被人不斷往水裏摁」，的確是一種糟糕透頂的感覺。借助於如此形象的話語，梁鴻寫出的，正是十九年非人生活對一位鄉村女性造成的巨大精神傷害。

還有那位文本初始就成為梁莊「小字報」主角的張香葉。「張香葉，今年七十五歲。在梁莊，她以無可挑剔的品行，大家閨秀般的舉止，乾淨整齊的裝扮，多年來助人為樂的精神，而被大家所讚頌。」作為村裏不多懂得婚葬禮儀的老人，張香葉每每會熱情地出現在梁莊婚禮和葬禮的相關場合，而且，「聽村裏年齡稍大一些的人講，早些年，張香葉家有縫紉機，她會剪衣服做衣服，一到春節，去求張香葉的人排成長隊，張香葉基本不拒絕。」但無論是誰，都難以料想到，正是這樣一位簡直可以被稱之為梁莊道德楷模的張香葉，竟然在 2020 年的 7 月，登上了一封被四處公開張貼的「揭發信」。「揭發信」的主要內容，是揭發發生在 1974 年冬天的一樁事關張香葉的糗事：「當年你和韓天明的醜事全村人都知道，你不守婦道，和韓天明眉來眼去，在家苟合，你的三兒是誰的孩子，大家都清楚。」事情的基本狀況，還是借用這封「揭發信」上的敘述要更為簡潔扼要：「1974 年冬天，你和韓天明在你家做的啥事村里人都知道，你丈夫不在家，你就天天領人回家，你叔伯哥知道了，堵了好幾次門，把你們堵在床上，打得你鼻青臉腫。你說你改了，以後再也不會了。你丈夫從部隊回來，看見你給韓天明做的衣服、鞋，跑去找韓天明，韓天明都要承認了，你還不承認。後來，部隊上要定性你是破壞軍婚，你害怕了，還寫了保證書，這事 XXX、XXX 都知道，當年，他們都是證人。」在承認「揭發信」所述差不多全部屬實的前提下，我們的工作就主要是對這一事件展開相關分析。其一，從一種精神分析學的角度來說，唯其因為張香葉在年輕時曾經在感情上出過軌，所以她後來才會成為梁莊有口皆碑的道德楷模。她後來的行為，帶有無可置疑的自我精神救贖意味。也正因為如此，所以梁鴻才會有這樣的一種議論：「不管怎樣，七十五歲的張香葉，在生命最末段，經過一生的漫長贖罪之後，突然間，又回到了年輕時代的原點。她大概要背著這

沉重的包袱入土了。」其二，在當年，張香葉到底為什麼要出軌韓天明？依照村民們的理解，主要是貪圖獲取韓天明的物質利益：「當時，韓天明在吳鎮供銷社上班，吃商品糧，手握各種生活資料，在計劃供應的時代，那是絕對權威。」一方面，我們當然承認村裏人如此一種理解的合理性，承認其中肯定少不了會有物質交換的因素存在，但在另一方面，卻也同樣應該認識到，僅有這樣的一種理解，其實還是遠遠不夠的。不知道梁鴻自己意識到了沒有，反正在我的理解中，導致張香葉的出軌，其實也還有身體方面的因素。說白了，也就是作為人身體本能的性需求。作為一位丈夫常年不在家的軍人家屬，當時還非常年輕的張香葉，肯定存在著難以啟齒的性需求無法滿足的問題。換個角度，之所以會有所謂保護軍婚一說，也正是在或一方面考慮到了女性性需求問題的緣故。無論如何，在張香葉的這樁個案中，物質利益的交換之外，也肯定存在著性需求的問題。其三，一樁發生在 1974 年的陳年舊事，為什麼到了年四十多年後的 2020 年 7 月突然發酵，突然被再次提及呢？按照村裏知情人的分析，這裡面也有著現實的利益糾葛。卻原來，張香葉有一個名叫清輝的本家姪兒，也就是「揭發信」中那位曾經參與過當年捉姦事件的韓萬傑的兒子。這位清輝，長期在外工作，到了事發的 2020 年，回梁莊的次數突然增多起來。也因此，才會有霞子媽一番合情合理的透徹分析：「我猜啊，早年清輝他爹打過張香葉，結有仇氣，這兩年，因為清輝又回來蓋房子，要收回院子，還要再蓋，估計又鬧矛盾了，張香葉也在其中說啥難聽話了。清輝就生氣了，寫了這個小字報。不然，誰會費恁大的事做這件事。再說，他平時都住在大城市裏，家裏肯定有打印機之類的，自己就可以打印，連兒女都可以不知道。」大凡一個事件，總得有因有果，不可能無端發生。有了霞子媽的這一番分析，張香葉事件的來龍去脈，也就比較清楚地呈示在了廣大讀者面前。

　　《梁莊十年》中不容忽視的人物，還有那位似乎總是在搖擺著跳舞的吳桂蘭。這位自稱「網紅」的吳桂蘭，具體職業是吳鎮的一位環衛工。梁鴻初遇她的時候，她正在一個人的激烈舞蹈狀態中：「她旁邊是一輛三輪垃圾車，上面有拖把、大桶，還有一些凸出來的紙盒之類的東西。」她和現如今已經癱瘓在床的丈夫，雖然育有一兒三女，但卻只能夠兩個人在一起相依為命：「沒有，他們都在外面。我三個閨女，一個小兒子，都不在家。他們都在外面做生意，寧夏的，甘肅的，我小兒子在鄭州，都可不錯。」關鍵的問題是，這四個

孩子卻總是拒絕回家：「他們都不回來。我說，我不要你們錢，我要你們回來。你們回來看看你爹。我也不要他們錢，我掙的錢，也夠花了。我就想他們回來看一下。」某種意義上，這位被兒女「拋棄」了的吳桂蘭，也還可以被看作是整個吳鎮的「棄兒」。這一點，突出不過地表現在她總是一個人在舞蹈：「沒有人跟她跳。對面燒烤店裏的年輕人發出此起彼伏的喧鬧聲，有乘涼的人三三兩兩在路邊聊天，不時發出笑聲，而她這邊，是一個人的喧鬧。在瘋狂的舞動中，唯有她的裙子配合她，閃耀著豔麗而詭異的光。」甚至，因為梁鴻大姐的帶動，吳鎮的人們在參與到舞蹈之中的時候，也仍然會對她採取排斥的態度：「蹲在地上的吳桂蘭，身體姿勢有些疲乏，也有些孤獨。人們聽著她的音樂跳舞，卻並不怎麼和她說話。」那麼，吳桂蘭又何以會被整個吳鎮拋棄呢？對此，一位中年女人給出了一種明確的答案：「你去看看我們跳的。晚上七點開始，八點半結束。不影響誰。你不知道，人們都煩死她了，早晨四五點就放那麼響的音樂，掃哪兒放哪兒，擾民，人們說她，她也不聽。她那閨女兒子為啥不回來？嫌丟人！」更進一步地，這個中年女人還特別強調：「一般外地人看見吳桂蘭，都可興奮，覺得可有意思，你看，在吳鎮，誰和她說話？他們兩口子年輕時都不正經幹，她老頭好喝酒，中風都是在酒場上中的，正喝著，頭一歪，出溜到地上，不行了。吳桂蘭也是，年輕時好跑，到處跑，不好好養孩子。到老了，你看天天穿得花裏胡哨的，不像個樣子。」尤其不容忽視的一點是，這個中年女人在進行以上這一番表述的時候，還表現出了一副正義在握的義正詞嚴情狀：「她的聲音開始高亢起來，帶著天然的道德和正義，那是吳鎮潛藏很深的卻又一直被大家遵守的道德。一旦有誰逾越，便會遭受懲罰。這種懲罰從來沒人說出來過，也從來沒人認為自己在執行，但是，你從被懲罰的人身上，一眼便看出來。」質言之，這種在吳鎮潛藏很深的不成文道德規則，便可以被看作是吳鎮那個地方世世代代沉潛下來的所謂集體無意識。正因為這種集體無意識特別強大，所以，如同吳桂蘭這樣的叛逆者才會受到相應的懲罰，才會既被整個吳鎮孤立和遺忘，也會被自己的兒女孤立和遺忘。但反過來，也正是面對著如此一種幾乎處於板結狀態的集體無意識，吳桂蘭身上那種極度個性化的叛逆者色彩，也才顯得特別難能可貴：「我不知道吳桂蘭有沒有意識到自己被懲罰。她眼神中的渴望，她弄出來的巨大聲響，她三十年如一日地在吳鎮大街上跳舞，似乎在反抗，也似乎在召喚。她兀自舞著，顯示出自己的力量，也釋放著善意和無望的吶喊。」在一部以冷靜客

觀的諦視為突出特點的長篇非虛構文學作品中，梁鴻這段明顯注入了主觀感情色彩的文字，所強烈凸顯出的，其實是作家吳桂蘭的或一種肯定和認同。

敏感的讀者很可能已經發現，我們以上所分析的，幾乎是清一色的女性人物。之所以會是如此，一個主要的原因是，或許與梁鴻本人的身為女性有關，雖然活躍於《梁莊十年》中的梁莊人有男有女，但相比較而言，能夠給讀者留下深刻印象的，其實更多地還是那些女性人物。但這卻並不意味著作品中的男性人物，就全部黯然失色。作品中雖然著墨不多，但卻依然能夠令我們印象深刻的男性人物之一，就是那位名叫大勝的被抱養者。「2010 年左右，大勝向礦上請假，父親生病了，他得回家照顧一段時間。父母就他這一個獨子。沒想到，這一回來，就是十年。」之所以會是如此，與大勝父母的身體狀況密切相關。先是罹患食道癌之後的父親，因為身體極度衰弱，必須有人攙扶才能勉強走動一兩步。由於母親無法勝任此項工作，大勝只好停薪留職，留在家中專門照顧父親，「他老婆留在廠裏繼續工作。」說實在話，大勝絕對稱得上是一位稱職的服侍者：「每一天，大勝都忙著做各種家務，打掃、做飯、餵飯，做各種瑣事，隔幾天推著輪椅帶父親到醫院看病、拿藥。」未曾料到的是，父親尚未去世，母親又突然中風。於是，「辦完父親葬事，大勝又去礦上，這次辦了早退，踏踏實實回到梁莊，一心一意照顧母親。妻子一有假期，也會從外地趕回來。」放眼梁莊周邊的鄉村世界，如同大勝這樣的孝子，其實並不多見。關鍵的問題是，大勝怎麼會如此這般地孝順呢？這裡所潛藏著的，是大勝一種難言的苦衷：「人們都說，不光梁莊，就是方圓幾十里，誰能找出大勝這樣的孝子？更何況，大勝還是抱養的。為了照顧父母親，自己連孩子都不生。『生孩子』的細節我們當然無從得知，但是，作為一個『抱養』的兒子，這裡面蘊含的意義可就多了。在梁莊和周邊村莊，很多抱養的孩子往往比親生兒女更照顧家裏，他們從小忍受閒言碎語和莫名的歧視長大，一當家裏需要回饋時，付出不止一倍兩倍的辛苦，甚至因此自己的小家破碎掉，好像一定要證明什麼，這裡面有著不為他人所知的道德包袱和壓力。」為什麼因為是被抱養者，就必須在孝順父母時付出超過一般人的辛苦？面對如此一種過於強大的鄉村倫理，大勝的所作所為，恐怕也只有在一種精神分析學的意義層面上，才可以獲得某種合理的解釋。

以上林林總總的梁莊眾生相之外，我們無論如何都必須肯定的一點是，梁鴻更有著對於如同梁莊這樣的鄉村世界的深度憂患式思考。比如，明明在

不可逆的現代化或者說城市化進程中，如同梁莊這樣的鄉村世界的衰頹，似乎已經是一種必然的結果，但為什麼還會有很多人堅持回到梁莊蓋房呢？「如果對梁莊近十年所增新房稍作調查，就會發現，這些新房的主人並非都是那些在外打工的農民工，也包括久別家鄉、在外已經有穩定工作的人，譬如張香葉事件中的清輝一家，他們全家多年離開梁莊，在外都有穩定且體面的工作。」更何況，這「梁莊不在城郊，沒有拆遷升值的可能。也不是多麼優美的地方，不說和南方比，就是在本地，也是人多地少，頗為貧瘠的一個地方。」再比如，梁莊的土地問題。如果說在計劃經濟，乃至於後來的改革開放初期，土地曾經是農民們無論如何都必須依賴的命根子的話，那麼，到了後來的市場經濟時代，尤其是近十年來，土地就差不多變成了一種雞肋式的尷尬存在，食之無味，棄之可惜：「隨著在城市打工收入的增多和居住時間的長久，梁莊的那點地逐漸成了『累贅』。種吧，太少，不值得回來一趟，不種吧，又還是自己的地，不想讓它成荒地。」也正是在這個意義層面上，才會有梁鴻在面對外甥的艾草店時的萬千感慨：「我內心有一個聲音在不停地說：又來了，又來了。太熟悉的場景，太熟悉的氛圍，幾乎是一次次的輪迴，每次的形式、狀態以及結果，都一模一樣，沒有任何區別。」關鍵的問題還在於，梁莊的人們根本就做不到所謂的「吃一塹長一智」，根本就不可能記取必要的經驗教訓：「當風潮過去時，大部分人都落得一地雞毛。但下次，有新的風潮到來時，又一撥人跟進，就像發熱出疹子，隔一陣子，這熱就要發作一次，就要出一次疹子。但是，卻毫無預防能力。」不知道其他人的閱讀感受如何，反正在我，從梁鴻的以上這些文字中讀出的，是身為土地之子的梁鴻一片充滿赤誠的拳拳之心。

不管怎麼說，從總體來看，包括這部《梁莊十年》在內的梁鴻的「梁莊三部曲」，一個總體性的思想內涵，就是在思考表現現代化或者說城市化思潮強勁衝擊下，如同梁莊這樣的鄉村世界到底應該向何處去的根本問題。儘管說梁鴻也不可能給出相關的最終答案來，但她的真切書寫過程本身所具有的重要意義和價值，卻無論如何都不容輕易否定。

林鵬《平旦札》：
一位思想者的精神獨白

　　林鵬先生是一位在書法藝術方面卓有成就的書法家，但同時卻也是一位極優秀的作家。這一點，在認真地拜讀過先生的隨筆集《平旦札》之後，再一次得到了強有力的證實。關於書名的由來，先生在引言部分有過特別的說明：「我欣賞五柳先生，好讀書不求甚解。往往深夜讀書，不知東方之既白。孟子曰『平旦之氣』，朱熹曰『清明之氣』。……有時記下幾句心得，是耶，非耶，知耶，未耶，不知究竟，只覺平淡無奇。忽然想起陶淵明的詩句，『披褐守長夜，晨雞不肯鳴。』進入老年，舊習不改，翻翻讀過的爛書，抄抄昔日的批語，積少成多，命之曰平旦札。平旦者，平淡也。謹志。」雖然先生謙稱自己的這一部讀書隨筆集是「平淡」之書，但「平淡」之書實不平淡也！只有在反覆地研讀揣摩之後，我們方才能夠明白，這些看似平淡的讀書札記之中，其實蘊含著林鵬先生一生的人生與讀書經驗，蘊含著先生對於社會、人生、歷史、文化、文學、教育、書法等諸多領域的深邃思考和認識。「平旦」之書不平淡，實則是一部帶有啟示錄性質的大書。讀過此書之後，我才不無驚訝地發現，其實，以一向以書法家而名世的林鵬先生，實際上更應該被看作是一位傑出的思想者。誠如是，則這一部《平旦札》，也就完全可以被視為是一位思想者的「精神自白書」了。

　　讀《平旦札》，最讓我感到震驚的，首先是林鵬先生在歷史學方面所進行的一些深入思考。比如關於歷史演變的偶然性問題。在第一一六節，先生寫道：「歷史學中沒有『如果』二字。這是公認的一條原則，是為了迫使人們尊

重事實，也就是尊重現實。其實，仔細想一想，這條公認的原則是不對的。這是黑格爾的原則，『凡是存在的，都是合理的。』其實錯了。事物的發展變化，歷史的發展變化，充滿了偶然，充滿了千奇百怪的變數，根本就是鬼神莫測，不可預測，甚至過後你也不知。可能性成千上萬，而現實性只有一個，最終歷史的發展，是在各種各樣的加減乘除之後所得出的得數，是誰也沒有想到過的，簡直是出乎意料。這個得數就是現實，只有一個的現實，完全不盡如人意，無可奈何，只好接收。這就是歷史，這就是歷史學，這就是歷史哲學。」「這個唯一的，擺在我們面前的現實，是歷史強加給我們的，我們沒有辦法拒絕它。它看上去好像是合理的，合乎邏輯的，其實這是思想認識上的一個陷阱。它之所以看上去是合理的，只是人類歷史的敘述者們，盡其所能把它說成是合理的，合乎邏輯的，不過如此而已。」說實在話，對於所謂的歷史，我自己在近幾年內由於受到西方新歷史主義思潮影響的緣故，也曾經進行過相對深入的思考。在思考的過程中，我愈來愈認識到了歷史發展本身的偶然性與無序性，愈來愈認識到了真實發生的歷史，與寫在歷史教科書上的歷史之間的巨大差別。非常簡單的道理，正如同我們每一個人的人生都充滿了偶然性一樣，所謂人類的歷史發展，也同樣是偶然無序的。即使是萬能的上帝，也不可能在事先設計好未來的歷史發展走向。正是在這個意義上，我們才認為克羅齊所謂「所有的歷史都是當代史」的這種說法，蘊含著突出的真理性。然而，相比較而言，林鵬先生關於歷史發展偶然性的論述卻更直接也更內在，確實能夠給讀者以強烈的啟示作用。

如果說關於歷史發展偶然性問題的論述，關涉到的是對歷史的一種根本理解的話，那麼，在《平旦札》中，林鵬先生關於一些具體歷史問題的論述，也同樣給我們留下了深刻的印象。比如，關於中國抗戰的時間問題，在書中的第五十二節，先生寫道：「現代史，就是眼前的史實，中國人也不敢提出自己的獨立的看法。例如第二次世界大戰，是從何時開始。歐洲人認為從蘇德瓜分波蘭開始，一九三九年。中國於是就把抗日戰爭說成是八年抗戰，從一九三七年七月七日盧溝橋事變開始。這就非常令人費解，為什麼中日戰爭是在河北省的宛平縣開仗呢？這地點在北京（當時叫北平）的西南方向近百里，這是為什麼？盧溝橋前的永定河是中日的國界嗎？這事情回想起來很是丟人。正是因為這樣，叫日本人怎麼反思？他能反思嗎？讓他從盧溝橋開始反思嗎？」林鵬先生在這裡提出的其實是我們尋常長期習焉不察的一個問題。

說起來，要解決這樣的問題並不難，但為什麼我們的史學家們卻解決不了這樣的問題呢？很顯然，如果尊重歷史史實的話，我們的抗日戰爭起始的時間，就絕對應該是一九三一年的九月十八日。自從日寇的鐵蹄踏上中國東北土地的那一時刻開始，中國人就已經積極地開展了艱苦卓絕的抗日戰爭。在林先生看來，之所以會形成如此一種狀況，與中國史學界的深受西方或者說歐洲的影響，存在著緊密的聯繫。所以，他才會有力地追問：「中國人寫自己的歷史，是為歐洲人寫的嗎？不知道。」林先生的說法當然是有道理的，但依照我的想法，除了受到西方或者說歐洲的影響之外，政治意識形態的因素恐怕也在發揮著重要的作用。

再比如，關於《周易》中「周」的解釋，林鵬先生也有令人耳目一新的創造性說法。在第八十一節，林先生寫到：「殷紂王囚西伯昌於羑里，遂演《周易》。此時周文王尚未稱王，只稱西伯，其所謂『周易』，也未必就會是西周的易。……我意周而加之以易，或另有深意焉。只是讀書人胡思亂想耳。」那麼，林先生所「胡思亂想」出來的「周易」之「周」，卻又究竟是什麼意思呢？「周也者，周正、周到、周密、周詳、周遊、周流、周邊、周圍、周而復始也。周之義，大矣，不可不識也。周而復始正是周易的根本精神，此不可不察也。它如周正、正道也，正見也，正人君子也，其本質是反邪教的，邪不壓正也。魔高一尺，道高一丈，今人硬改為道高一尺，魔高一丈。以標榜造反有理之精神，不亡何待。周易是正人君子的東西，卑鄙小人無法接近它，此不可不省也。」筆者並非《周易》之研究專家，但為了此文的寫作，卻也專門請教過這一方面的專家。請教的結果是，前人以及現在的其他人在研究《周易》的時候，其關注點往往都在於「易」，一般都簡單化地把「周」理解為「西周」的意思。如同林先生這樣一種對於「周」字的既合情合理而又新穎獨到的見解，確實是第一次見到。雖然這樣的一種說法未必就能取代原有的習慣性理解，但從學術思想多元化的角度出發，林先生如此一種創造性說法的提出，卻也的確是可以聊備一格的。而能夠從長達幾千年來的學術成見中翻出新意來，卻也十分有力地證明林鵬先生具有一種卓爾超群的思想創造力。

史學問題的思考之外，林鵬先生《平旦札》中另一個引人注目之處，就是他對於暴政、仁政以及革命問題的深入思考。應該說，暴政或者說仁政的問題，一直是林先生長期關注的一個核心問題。正因為如此，所以，他才在《平旦札》中多次反覆地涉及到了這個關鍵問題。首先，是到底應該怎樣看

待理解伯夷叔齊的問題。在中國歷史上，伯夷叔齊向來是作為思想迂腐的人物而受到譏諷嘲笑的。但林先生卻對於這兩位先賢做出了高度的評價。在第八節，林先生寫道：「《伯夷叔齊傳》為《史記》七十列傳之首。十二本紀以五帝為首，三十世家以太伯為首，皆有深意焉。」那麼，林先生所說的深意又是什麼呢？且看先生自己的闡述：「伯夷叔齊除了叩馬而諫之外，確實是沒有什麼了不起的英雄行為。不過，叩馬而諫可不是簡單事情，其主旨是反對以暴易暴。這種大仁大勇，正是後來儒家所倡導的以仁為己任的偉大精神。」「以暴易暴，以武力奪取王位，在一般人看來是光榮業績，在伯夷叔齊看來是恥辱，是罪孽，這不是很容易理解的嗎？」說實在話，對於伯夷叔齊義不食周粟的故事，我自己早有所知，但卻從來也沒有想到過應該站在林先生這樣立場上來理解看待。因此，先生對於伯夷叔齊的這種評價，自然就會使我產生醍醐灌頂的頓然開悟之感，並為我重新思考理解社會、人生、歷史的諸多問題打開了一條新的道路。

其實，林鵬先生對於伯夷叔齊所作出的評價，與他對於孟子「仁者無敵」觀念的認同與讚賞，所持立場是完全一致的。必須看到，究竟應該如何看待評價孟子的「仁者無敵」觀念，正是林先生《平旦札》中一再提及的一個重要問題。早在開宗明義的第一節中，林先生就已經明確提出了這個問題：「一九九五年七月，在山西省圖書館大會議室，召開我的歷史小說《咸陽宮》的座談會，大家說了許多有關《咸陽宮》的贊許的話，後來讓我發言，我引用了孟子的話，『仁者無敵』。我說，我堅信『仁者無敵』是顛撲不滅的真理。我認為，『仁者無敵』是中國古典學術中最根本的一條思想主線，是儒學的思想主線，等等，說了一通。」但在後來，林先生忽然不無驚訝地發現，「仁者無敵」在歷史與現實中所遭遇到的，居然是被無情放逐的命運：「我就查《十三經索引》，大出我的意料之外，《十三經索引》竟然根本沒有這話，沒有『仁者無敵』，不列條目，不算成語，不算成詞……《孟子》有呀，為何不列？不可解。後來又查多種詞書，新《辭海》，老《辭海》，新《辭源》，老《辭源》，《漢語大詞典》，《古漢語詞典》以及《四書五經大詞典》，一概沒有。我有點著慌，難道是我記錯了嗎？」林先生當然不可能記錯，真正值得引起我們注意的，恐怕卻是我們所處的這個時代。很顯然，在一個長期崇尚革命精神的現實社會中，如同孟子的「仁者無敵」這樣一種堅決反對暴政的仁愛思想，如果不受到排斥擠壓，反倒會成為一種令人難以置信的天方夜譚。其實，早在遙遠

的中國歷史上，孟子就因為對於「仁者無敵」思想的積極倡導而慘遭過厄運。「我於是又想到了朱元璋為什麼執意要從文廟驅逐孟子，後來又想方設法修改《孟子》的書，是不是就為這話。」正因為孟子力倡「仁者無敵」的「仁政」思想，所以他才會為歷來的行暴政者所嫉恨排斥。這正如林先生所總結的：「自從有了皇帝以後，許多事情荒謬之極，不可思議。常常黑白顛倒，不可捉摸。再者，我又想到，近代以來，中國人奮發圖強，積極進取，尤其是二十世紀，殺人如麻，血流成河，把一個最重要最根本最偉大的真理忘記了，丟失了，或者說遺失了。就像遺失一切一樣，遺失了自己，『我在哪兒？』自然對什麼偉大的精神遺產就更不在話下了。」

既然林先生對於伯夷叔齊的「叩馬而諫」與孟子的「仁者無敵」觀念持大力肯定的態度，那麼，他自然而然也就會對歷史與現實生活中的反人道暴政進行強有力的批判與抨擊。這一點，主要體現在對於秦始皇與法國大革命的批判性反思上。在第四十一節，林先生寫道：「秦朝為何速亡，秦始皇原想二世三世以致無窮，這就是所謂萬世一系，誰知二世而亡……這是兩千年來學者們一直在討論的題目。……若讓我說，秦不是二世而亡，秦始皇在世就已經亡了，到他老人家一死，二世元年陳勝稱王於陳，緊接著六國之後紛紛復起，所謂帝業就算坍塌了。」「這一切的秘密，就在秦始皇的政策之中。仔細檢查他的政策，就可以發現完全是商韓的一套，這是富國強兵的一套，也就是霸道的一套，它既可以把國家引向強大，同時也可以把國家引向滅亡。商韓的藥方，不過就是強力的春藥罷了。所有後來的帝王，在帝王思想的支配之下，著了急都是這樣飲鴆止渴而亡的。」說實在話，只要是具有正常思維能力的歷史學家都不難看明白這一點，但令人感到奇怪的卻是，當他們公開談論這一問題的時候，卻往往總是要閃爍其詞。那麼，原因何在呢？林先生的看法可謂是一針見血：「帝王思想，商韓政策，這才是失敗的根源。人人都可以看得很清楚，唯有你這著名歷史學家倒看不清楚。」「強大的意識形態加上暴力至上的具體政策，這就得出了這樣非常不可思議的社會效果，就是任何人在任何情況下，都沒有真話。」由對秦始皇暴政的批判，進而對現實社會中知識分子精神一種相當普遍的犬儒化現象進行的強烈抨擊，所充分體現出的正是林鵬先生一種難能可貴的現實批判勇氣。

然後，就是對法國大革命的批判與反思。在第二十一節，林先生說：「法國大革命的領袖羅伯斯庇爾，自稱是盧梭的弟子，他把盧梭的非常虛偽並且

充滿惡意的理論發展到了極致，他認為所有反對他的人都是不良分子，應該徹底消滅。他發明了斷頭臺，製造了恐怖時期，他把大批忠誠的革命戰士和民族精英送上斷頭臺。斷頭臺那哧嚓哧嚓斬殺生靈的聲音，在羅伯斯庇爾聽來是說不出的悅耳。他所聽到的最後的斷頭臺的悅耳聲音，是在他的人頭滾落進前面竹筐的時候。」這可真就叫做是富有諷刺意味的現世報了，行暴政者，自己最後也未能逃脫暴政的結果。正因為林先生對於暴政持有堅決反對的態度，所以他才進一步做出了這樣的評價：「無論法國大革命做了多少好事，也無法掩蓋它的罪惡。法國大革命給人類帶來的災禍是述說不完的。」此所謂罄竹難書者是也！

　　正因為林鵬先生對於暴力暴政持有堅決的反對態度，所以，他才借助於英國人阿克頓的說法對於暴力革命進行了十分深入的反省。這一點，集中體現在第五十四節中。「阿克頓說道：『不能容忍任何人和以任何原因逃出歷史有權對錯誤實施的懲罰。』這話是在他的就職演說中。這篇文章收在何兆武主編的《歷史理論與史學理論》一書中，337 頁，非常之好。……他指出，『讚頌乃是歷史學家的破產。』『對歷史經驗的教條化比對它的無知和否定更加危險，因為這會使罪惡的統治得以延續並認可不義的權威……』阿克頓提出，對勝利者，權勢者（例如光榮革命的勝利者，英國國王威廉三世）要更加嚴格……（見該書 364 頁）。這一切，是如此鮮明，如此尖銳，如此激烈。這些話，使我們感到震驚，以往我們連想都不敢想。我們以往只知道法國大革命，巴黎公社，十月革命，羅伯斯庇爾的恐怖政策，斯大林的肅反和大屠殺，至於英國的不流血的光榮革命，我們是一無所知。例如在翦伯贊主編的《中外歷史年表》，1688 年中，對『光榮革命』一字不提。再如基佐的《英國革命史》，幾十年來我們只翻譯出版其上部，置中下部於不顧。我們只承認流血的革命，我們讚美流血，讚美血腥統治……更有甚者，對內部，對同志，對任何思想認識問題，都以暴力手段解決之。」

　　就這樣，由對伯夷叔齊「叩馬而諫」與孟子「仁者無敵」思想的大力肯定，到對於秦始皇與法國大革命的暴力行為的堅決否定，再到對於阿克頓暴力革命批判理論的認可與引證，我們自然也就完全可以說，林鵬先生確實是一位立場堅定異常的人道主義者。雖然說，擁有中國文化本位立場的林先生，曾經在《平旦札》中多次表示對於西方概念名詞的不屑，但嚴格認真地衡量起來，如果遵從學術界通行的理論話語譜系的話，我們還真的只能說林先生

是一位徹底的毫不妥協的人道主義者。其實，稍為瞭解一點林鵬先生經歷的人，就都知道，林先生本人在二十世紀的中國曾經有過很長的一段革命經歷。由一位革命者而精神蛻變為對革命進行深入批判與反思的人道主義者，林先生的思想轉化確實促人深思耐人尋味。然而，從另一種意義上說，也正因為林先生有過革命的真切體驗，所以他對於革命的批判性反思才能達到如此一種深度。「文革前曾號召『在靈魂深處鬧革命』，這就是我在自己靈魂深處的真正革命。我革命的結果是看清了世界，看清了極左路線的本質，看清了流氓土匪的根性，同時也看清了我的本質，中農的本質，自耕農的本質，小資產階級士人（知識分子）的本質。」（第一一零節）「幻滅是一個非常痛苦的過程，但是幻滅的結果卻令我非常愉快。」有了此種堪稱沉痛的幻滅之感，也才會產生如下一種深刻的論斷：「正是根據這個理，也就是天理，才看出了人間的不平，不平則鳴，才發生並且發動了革命運動。待到一革再革，革而又革之後，如果連這個作為根據的所謂天理也革掉了，這就是精神上的繳械投降。也就是說，既然道德觀念是完全不同的，你有你的道德，他有他的道德，你憑什麼打到人家，自己掌握財產和政權呢？這不是搶劫嗎？革命最終是徹底否定了自己，否定了革命自身。」

同樣的，林鵬先生在《平旦札》中所明確出示的中國文化本位論的思想，也是十分引人注目的。在第二十三節，林先生寫道：「中國古代文明是獨立發展起來的，諸如《易》《書》《詩》沒有任何外來的影響。這種獨立性就正是它的獨特性。雖然曾經有過不少疑古派的學者，從中挖掘巴比倫的影響，甚至尋找黑非洲的色彩，白鬧，毫無結果。但是自中古時期以後，也就是魏晉南北朝以後，佛教的影響日益加重，它們來源於印度河流域。雖然如此，中國的佛教是禪宗，它是印度所沒有的。即便是外來影響，中國文化的獨立性，也就是獨特性，依然是存在的。以後唐宋明清，莫不如此。只是近代以來，公海上的堅船炮利，打破了中華帝國閉關自守的美夢。」「自鴉片戰爭之後，中國的事情無一不是受到西歐的影響，獨立性漸漸失掉，依賴性漸漸產生，原先的主動變成了被動。學習西方，變成了亦步亦趨，生搬硬套。最後變成了迷失自我，無所適從。我們的高考首重英文，彷彿中國的高等學府是為英美培養人才的一般，奈何！」從以上的言論中，我們即不難感受到林先生對於中國古典文化的自豪，以及對於近現代以來中國文化所受創痛的極度悲哀。

與先生對於中華文化的情有獨鍾不同，在《平旦札》中，我們也隨處都

可以見到他對於西方文化的不屑與拒斥。比如在第一四零節，就有這樣的說法：「辛亥革命後，從外國留學回來的西服革履的學子們，整天出入衙門，不久變為官僚，滿口這個主義，那個主義。群眾不瞭解他們所說的主義，後來證明連他們自己也不瞭解他們所說的主義。還有比這更可悲的嗎？老實說，西方的任何主義，都無法解釋孔子，這是為什麼，綆短汲深，無可奈何也！批孔將近一百年，只是暴露了批孔者的淺薄與無恥，難道不是嗎？」「『仁者人也，仁者愛也，仁者愛人也』……這都是通俗易懂，人人皆知的常識。但是，關於仁，關於愛，始終沒有得到深刻全面的闡述和發揮，我們只熟悉外國的五花八門的新名詞，什麼人道主義，民主主義，個人主義等等，等等，各種西方破爛，精神垃圾。二十世紀的中國知識分子就像沿街乞討的孤兒一樣，尋找著救國的良方，卻不認識自家文化的價值。」

那麼，我們究竟應該怎樣看待評價林先生這樣一種中國文化本位論呢？我個人以為，一方面，林先生如此一種中國文化本位論思想的形成，與先生對於中國文化博大精深與源遠流長的深入瞭解，是分不開的。正是因為先生對於中國文化有著透闢的理解與認識，所以，他才會不遺餘力地推舉中國文化的重要性。強調這一點，在日益咄咄逼人的文化全球化態勢越來越直逼眼下的現在，尤其具有重要的現實意義。然而，從另一方面來看，我們所必須面對的一個事實卻是，西方文化對於中國產生巨大的影響，最起碼也已經有百年的歷史了。可以說，由於受到西方文化影響的緣故，如林先生想像中的那樣一種純粹意義上的中國文化，在當下的這個時代其實已經是難覓其蹤了。不僅如此，在林先生的這部《平旦札》中，我們還發現了一種很有趣的矛盾現象，那就是，林先生一方面在不斷地指斥批判西方文化，但在另一方面卻又在不斷地徵引一些西方學人的說法。這就說明，即使是如同林先生這樣明確倡導中國文化本位論的中國知識分子，實際上也已經接受了很多西方思想文化的影響。這樣看來，簡單地堅持一種中國文化本位論，在中西文化交融已經有一百多年歷史的現在，其實是不可能的事。因此，與林先生的看法略有不同的是，在我看來，一方面，我們固然應該盡可能地張揚強調中國文化的重要性，但在另一方面，卻也沒有必要把西方文化視若洪水猛獸，採取一種固步自封的文化姿態。以一種積極開放的姿態面對一切外來文化，然後，竭盡所能地發展建構我們自身的文化，恐怕才應該是現實理性的思想態度。正因為如此，所以，儘管我清楚地知道林先生反感來自於西方的概念術語，

但我還是覺得必須徵用西方的說法才能夠對林先生做出某種準確的精神定位。具體來說，通過對於林先生《平旦札》中所體現思想的簡單梳理，我覺得，把林先生看作是當下時代難得一見的具有自由主義思想傾向的傑出思想者，恐怕才是一種比較準確到位的合理性評價。

說到思想者的問題，在現代西方，一向有刺蝟型與狐狸型這樣兩種不同的區別。許紀霖在《中國知識分子十論》的自序中說：「英國大思想家以賽亞‧柏林在分析俄國思想家的時候提出了一個著名的觀點。他引用了古希臘一位詩人的話：『狐狸有多知，刺蝟有一知』，以賽亞‧柏林引用古希臘這個寓言，是說歷史上有兩種思想家，一種思想家稱為刺蝟型，這是創造體系的思想家，刺蝟只對自己所關心的問題有興趣，他把所有的問題都納入到他所思考的一個中心架構裏面，最後他創造出一個很嚴密的理論體系，像柏拉圖、亞里士多德、黑格爾、康德、羅爾斯、哈貝馬斯，這些都是刺蝟型的思想家。另外一種是狐狸型的思想家，狐狸對什麼問題都感興趣，東張西望，沒有一個中心點，沒有興趣要構造一個嚴密的體系，他的思維是發散型的，他的思想在很多領域都有光彩，雖然彼此之間可能有點矛盾，帕斯卡爾、尼采、包括以賽亞‧柏林本人，都是狐狸型的思想家。思想家中的這兩種氣質，沒有高下之分，但彼此存在著緊張。」〔註1〕以這樣的一種標準來衡量林鵬先生，那麼，他很顯然屬並不構建創造自身體系的狐狸型思想者。這一點，在這部其中並無嚴密的邏輯推理體系的讀書隨筆集《平旦札》中表現得非常突出。雖然並無嚴密的邏輯推理體系，但在這部隨筆集當中，作者看似隨意道來，但我們卻隨處都能感受到有思想的火花在閃現，許多方面都能夠從此書中獲得極有益的啟示。說的稍微誇張一點，林鵬先生的這部《平旦札》，其實是一部應該置諸於枕邊，隨時加以翻看的帶有經典意味的隨筆集。因為在不同的時間於不同的心境中翻閱此書，我們所得到的啟示就也會有很大的不同。

說到林鵬先生，最無法忽視的當然就是他的書法家身份。或許正是因為先生擁有這樣顯赫的一種身份，所以，他在《平旦札》中便很少專門談到書法問題。但在僅有的一些涉及到書法問題的段落中，我們特別注意到了先生的這樣一種說法：「『讀書破萬卷，下筆如有神』，說的是寫文章，其實寫字也一樣。這是為什麼？它的道理有類於湯因比的隱退與復出。你白天上班工作，晚上讀古書，只要能潛心深入，差不多就等於隱退。如果你不信，你可以試

〔註1〕許紀霖《中國知識分子十論》，復旦大學出版社，2003年10月版。

試。一段時間不寫字，或極少寫字，認真讀書，等你再次拿起筆寫字、寫文章時，你自己就感覺到很不一樣，至少傅山是這麼做的。傅山是學王鐸的，他的功力大不如王鐸，但他晚年創作了幾件精品，大大超過了王鐸，這是值得我們深思的。這關鍵恐怕就是讀書。」（第一一二節）在這裡，林先生以十分精闢的話語清晰地闡明了書法藝術與讀書之間深刻的內在聯繫。

　　無獨有偶，在今年的《讀書》雜誌上，我正好讀到了資中筠先生的這樣一段文字：「一般說『字如其人』『畫如其人』，不一定對，可以舉出許多反證來。但是樂民這些書畫確實是與人的氣質一致。不論從專業角度如何評價，凡見過他的字的朋友第一個反應不約而同都說是『文人字』，他自己也認同這一提法。他從來對自己的著作、文字、書畫都不大滿意，從審美的角度，對別人也相當苛刻。有幾位當代炙手可熱的中年名人字畫，他就是看不上，評價不是『俗』，就是缺『根底』。他始終認為，寫字首先是讀書人的本分，不是『表演藝術』。不讀書而單練『書法』，那只能是工匠。」「古來大書法家無一不是大學問家。」〔註2〕從林鵬先生的夫子自道，到資中筠先生對於書法問題的談論，都可以明顯見出，要想成為真正的書法大家，首先就必須是一位擁有思想的學問家，就必須是一位真正的讀書人。在卓然超群的書法藝術與深厚的人文思想修養之間，一種天然聯繫的存在實在是無法被否認的。林鵬先生之所以能夠成為一位傑出的書法家，與他那深刻的思想見識，與他那可謂是高山仰止的文化人格之間存在著的內在聯繫，的確是顯而易見無法否認的。

〔註2〕資中筠《春蠶到死絲未盡》，載《讀書》2010年第1期。

陳為人《趙樹理傳》：
遊走於文學與政治之間

　　由於筆者長期從事於中國現當代文學的研究，而且也曾經先後撰寫過若干篇關於作家趙樹理的研究文字的緣故，對於趙樹理的研究現狀可謂有著較為充分的瞭解。日前，筆者有幸邂逅了知名傳記文學作家陳為人的一部題名為「插錯『搭子』的一張牌——重新解讀趙樹理」的長篇傳記。在認真地讀過陳為人這部重新解讀趙樹理的傳記之後，我個人一種清晰的感覺判斷是，雖然此前國內已經相繼有多部趙樹理的傳記問世，但在這所有的傳記作品中，迄今最真實、最具思想啟示性、最具理性思考深度的，恐怕確實非陳為人的這一部長篇傳記莫屬。就我個人有限的閱讀視野，不僅僅是關於趙樹理的傳記寫作，即使是包括那些關於其他傳主的傳記寫作在內，其中絕大多數都是按照時間的順序，從傳主的出生、成長，一直寫到他的去世為止。與這樣一種常規意義上的傳記寫作相比較，陳為人的傳記寫作顯然有著自身突出的特色。這個鮮明的特色，就是一種「問題意識」的強烈凸顯。如果說一般意義上的傳記，作者只是滿足於把傳主的生平事蹟盡可能真實地傳達給讀者的話，那麼，陳為人的傳記寫作就總是試圖通過傳主的生平事蹟來提出一些具有普遍性的問題，並嘗試著給出自己認真思考過之後的答案。這樣一來，陳為人的傳記寫作自然也就形成了自己的結構特色。那就是，他不僅不會平鋪直敘地按照時間順序講述傳主的生平事蹟，而且還會反過來圍繞自己所欲追究的根本問題把傳主的人生故事講述到一種風生水起的精彩地步。雖然說很多人都知道所謂「文如看山不喜平」的道理，但嚴格地說起來，能夠圍繞某一個

核心問題而把傳記作品寫得跌宕起伏寫到如此引人入勝地步的作家，還真是難得一見的。而陳為人，則很顯然正是這樣一位優秀的傳記文學作家。

具體來說，從趙樹理作為一位立場堅定的左翼作家這樣一種特定的文化身份出發，陳為人極其睿智地把自己這部作家傳記的焦點問題確定在了文學和政治的關係問題上。實際上，也正是從這個核心的問題出發，陳為人開宗明義地就把趙樹理可謂波詭云橘的一生命運清晰地歸結為「生於『鬥爭會』，死於『鬥爭會』」。必須注意到，陳為人此處之「鬥爭會」，正是中國共產黨在長期發展過程中所逐漸創造形成的一種極端政治運動方式，具有著突出的無理性暴力色彩。說趙樹理生於「鬥爭會」，是因為他在自己的成名作《小二黑結婚》中，興致勃勃濃墨重彩地描寫過小二黑和小芹被錯誤「鬥爭」以及金旺、興旺此後被正確「鬥爭」的情形，給讀者留下了特別難忘的印象。趙樹理在小說中的這樣一種描寫，當然源自於當時解放區的現實情形。然而，就連趙樹理自己也根本不可能想到的是，大約三十年之後，「鬥爭會」這種野蠻的暴力政治運動方式，不僅會降臨到自己的頭上，而且，自己居然還成為了被批判的對象。這其中所充分凸顯出的，恐怕正是歷史那令人難以捉摸的弔詭性質。「死於『鬥爭會』」，是說趙樹理最後的含冤而逝，乃是拜「鬥爭會」所賜的結果，毋庸多言。在這裡，需要略微展開一下的，是所謂的「生於『鬥爭會』」。這句話的關鍵之處，並不在於趙樹理在《小二黑結婚》中寫實性地描寫了「鬥爭會」的情形，而是著重於強調，趙樹理之所以能夠一步一步地成為黨所需要的極具代表性的左翼作家，正是從《小二黑結婚》的寫作出版開始的。眾所周知，《小二黑結婚》的寫作出版，很是費了一番周折。這場筆墨官司最後竟然打到了彭德懷那裡。只有在得到了彭德懷明確的支持認可之後，小說才得以正式出版。但誰知，正是這本出版時費盡周折的小冊子，出版後居然大領風騷，居然成為了一個具有時代標誌性意義的小說文本。這本小冊子的作者，居然對於此後數十年的中國文學發展，產生了至今想來都無法被忽視的重要影響。

那麼，一位名不見經傳的無名作者的短篇小說《小二黑結婚》，究竟何以會成為引領一個文學時代的標誌性文本呢？這裡，實際上潛藏著一個「天時地利人和」的奧秘。在當時，後來成為中國當代文學藍本的所謂「延安文學」正處於草創時期，已經明顯地感覺到此前的「五四文學」不合時宜的延安文藝界的領導者們，正迫切地需要出現新的創作風格迥然有別於「五四」作家

們的新作家新旗幟，一方面「真實」地紀錄呈現解放區正在進行的前所未見的社會實驗進程，另一方面則也可以充分驗證體現毛澤東《在延安文藝座談會上的講話》理論的正確性。僅僅發表過為數不多的一些小說作品的趙樹理，之所以很快就引起延安文藝界高層的高度重視，並很快地被確立為魯迅之後的另一位標示「方向性」的作家，其根本原因正在於此。以上事實充分表明，趙樹理之所以能夠很快地就在解放區聲名鵲起，關鍵的原因在於政治的需要，是政治的需要成就了趙樹理。但在另一個方面，從趙樹理自己的基本藝術觀來說，他也一向特別看重文學和政治之間的關係。我們都知道，關於自己小說創作，趙樹理曾經講過一句名言：「我寫作品的目的，就是要政治上起作用人民大眾能看的懂。」就這樣，一方面是政治的需要，另一方面是趙樹理自身的基本藝術觀，二者高度契合的結果，當然就是趙樹理作為一位「方向性」作家的異軍崛起。如此看來，所謂「生於『鬥爭會』」云云，強調說明的，實際上就是趙樹理作為一個標誌性作家的誕生過程。因為「鬥爭會」是共產黨在其發展過程中創造形成的一種暴力政治運動形式，完全可以被理解為政治的象徵，所以，陳為人的「生於『鬥爭會』，死於『鬥爭會』」這樣一種簡潔精闢的概括，所一力凸顯出的，正是左翼作家趙樹理糾結於文學與政治之間複雜關係的曲折一生。

問題在於，我們今天到底應該怎樣理解把握趙樹理的思想在文學與政治之間的糾結呢？這其中一個不容忽視的問題，恐怕還是如何看待趙樹理的文學觀念和政治之間的關係。我們注意到，在談到這個問題的時候，有許多人總是不約而同地把政治和農民利益對立起來。比如，作家韓文洲就說：「馬烽和趙樹理不是一回事。馬烽從來是站在黨的立場，是黨領導文藝的幹部；而趙樹理從來都是站在農民的立場，是個農民的代言人。」〔註1〕曾經長期擔任山西省委書記的王謙也說：「馬烽和趙樹理不一樣。馬烽是為黨而寫農民；而趙樹理是為農民而寫農民。所以當黨和農民利益一致的時候，他們倆人似乎沒有什麼差別。而當黨和農民的利益不一致時，馬烽是站在黨的一邊，而趙樹理是站在農民一邊。」按照這樣的看法，一般情況下同被看作是「山藥蛋派」作家的趙樹理和馬烽之間，就出現了可謂是根本性的差異。如果我們在某種意義上可以把「黨」理解為現實政治的化身的話，那麼，這也就意味著，

〔註1〕陳為人《插錯「搭子」的一張牌——重新解讀趙樹理》，廣東人民出版社2011年8月版。本文中其他未注明出處的引文均據此作。

馬烽自始至終都是政治（黨）的忠實代言人，而趙樹理則顯然已經超越了這個境界，更多地是在民生（農民）的意義上進行文學創作的。然而，實際的情況卻並非如此簡單，如此涇渭分明。只要對於趙樹理與馬烽的文學觀念進行一番認真的考辯，我們即不難確認，雖然二者之間確實存在一定的差異，但從根本的文學價值理念上說，趙樹理和馬烽其實還是殊途同歸相當一致的。在這一點上，我以為陳為人看得確實很明白：「現在有一些評論家和研究趙樹理的學者，都刻意指出趙樹理與其他『山藥蛋派』的不同，其實，在配合黨的中心工作，自覺做黨的宣傳員這一點上，他們都走在同一條《講話》指引的『金光大道』上。」惟其如此，所以，陳為人才意味深長地套用「五十步笑百步」的典故，來不無善意地指出了這些看法的荒謬之處。

然而，說明了趙樹理與馬烽之間「五十步」與「百步」的關係，也還僅僅只是看到了問題的一個方面。問題的另一個方面在於，正如許多研究者已經發現的，趙樹理與「山藥蛋派」的其他幾位作家之間，也的確存在著非常大的差異。寫到這裡，有必要簡單分析一下陳為人這部趙樹理傳記的基本結構。我覺得，此書雖然名曰傳記，但在實際上，陳為人所反覆思考表達的，卻只有兩個核心命題。作家所試圖闡明的第一個命題，是趙樹理怎樣成為了一個時代的標誌性作家。關於這個命題，我們在前面已經進行過相應的探討。第二個命題，就是趙樹理在共和國時代是怎樣拼命維護自己作為一位農民作家的人性和藝術良知的。如果說第十二章之前大約三分之一的部分主要關注思考第一個命題的話，那麼，從第十三章開始，此後大約三分之二的部分中，陳為人所嘗試解決的，自然就是第二個命題了。其實，也正是在如何對待農民的切身利益這個問題上，趙樹理充分顯示出了自身與其他「山藥蛋派」作家區別明顯的人格力量。

具體來說，趙樹理那令人敬仰的人格力量，集中表現在大躍進期間與黨形成了鮮明對照的對於農村現實問題的看法上。1959 年，時任《紅旗》雜誌總編輯的老相識陳伯達約請他為新創刊的《紅旗》寫小說。但因為受到內心世界矛盾衝突的制約而實在無法寫出小說，故而沒有能夠如約完成任務的趙樹理，曾經給陳伯達先後寫了兩封反映農村現實狀況的信件。但誰知正是這兩封信，後來居然成了趙樹理反對大躍進因而大受批判的主要罪狀。在這兩封信中，趙樹理根據自己對於農村當時真實狀況的調查瞭解，對於黨在農村所實行的一系列不切實際的左傾躍進政策提出了善意的質疑和批評。雖然說

在 1962 年的大連會議上曾經一度有過對於趙樹理評價的強勁反彈，但從總體的演進趨勢來看，自從 1959 年之後，對於一度被看做文學界「方向性」作家的趙樹理的社會與文學評價，真的是越來越每況愈下了。從 1959 年冬天中國作協內部高層展開的長達數月之久的對於趙樹理的批判會起始，一直到「文革」開始，到形勢失控之後，所謂的革命群眾在「鬥爭會」上對於「反革命」作家趙樹理的殘酷批判大打出手，一直到趙樹理最後在飽經折磨的含冤而死，趙樹理人生的最後十幾年時光，真可謂是淒風苦雨相伴，遭遇異常悲慘。在我看來，趙樹理的晚年之所以會如此悲慘，從根本上說，正是因為他在黨的政策和農民利益發生衝突的時候，能夠堅持自己的人性良知，一味固執地站在農民立場上替農民代言的緣故。某種意義上說，趙樹理的作品和人格到現在依然能夠深入人心，與他這樣一種不合時宜的堅持，存在著極為緊密的關係。

但是，在看到趙樹理維護農民利益這樣一種巨大的人格力量的同時，我們也必須清楚地意識到，趙樹理同樣保持著對於黨，對於自己政治信仰的無限忠誠。我們注意到，在這部傳記的第二十一章結尾處，陳為人首先引述了趙樹理對女兒講過的一段話：「小鬼，不要軟弱，要相信黨，相信群眾。現在確實困難，但這對我們每個人的革命意志都是個很好鍛鍊和考驗，只要對黨和人民有好處，個人受一點衝擊和委屈不該有什麼怨言。」接下來，陳為人評述道：「我現在已經很難分辨出此類話究竟是發自於內心的肺腑之言，還是在當年那種嚴酷形勢下的違心之言，抑或是確實在努力提高自己的『思想境界』，使自己能跟上偉大領袖的巨人步伐？」在這裡，陳為人給出了三種可能。我以為，就趙樹理的實際情形而言，第二種可能其實是不存在的。真實的情況，只可能是第一種或者第三種。這也就是說，從趙樹理最基本得思想構成看，即使對黨的農村政策再不滿意，心裏有再大的怨氣，他都不可能發展到對黨，對自己的政治信仰有所懷疑的地步。正因為一方面要顧及農民現實的切身利益，一方面卻又得考慮黨的農村政策，所以，晚年的趙樹理才明顯地陷入到了一種無所適從無從選擇的困境。從如此一種理解方式出發，我覺得，陳為人在第二十三章中把「文革」中被錯誤批鬥的趙樹理比作《兩狼山》中的楊繼業，也很是非常有道理的。「夜沉沉冷森森初更時分，抬頭看又只見月照松林」，如此淒涼無比的唱詞，傳達出的正是趙樹理如同楊繼業那樣雖然對皇室忠心耿耿然而卻又遭受冤屈的悲苦心境。

　　寫到這裡，我忽然想起，在第十三章中，在談到趙樹理和「山藥蛋派」其他作家的區別的時候，陳為人曾經形象地用「化蛹為蝶」來對趙樹理的精神世界做出過一種說明：「馮翼惟像，差之毫釐，失之千里。白馬非馬，鯨魚非魚，形同質不同。正是這一『生命基因』的不同，使趙樹理超越了『山藥蛋派』的侷限，完成了人格精神的『化蛹為蝶』。」雖然我知道陳為人的意思是在強調趙樹理和「山藥蛋派」之間的區別，但我覺得，趙樹理其實並沒有能夠徹底完成「化蛹為蝶」的精神轉換。雖然他的人格力量足夠令人敬仰，但我們還是不能不指出，從根本上說，趙樹理和馬烽他們一樣骨子裏都是中國的傳統文人。之所以認定他們是傳統文人，就是因為他們雖然生活於現代社會當中，但他們的精神世界卻始終都沒有能夠完成由傳統文人向現代知識分子的根本轉換。在我看來，傳統文人與現代知識分子的一個根本區別，表現在政治層面上，恐怕就在於「忠君」意識的具備與否。雖然說我們早已經進入了共和國時代，現實社會中的「黨」，從實質上說，其實也正相當於古代社會中的「君」。我們注意到，在行文過程中，陳為人曾經引述過魯迅對於中國傳統士人的這樣一種評價：「魯迅在評價到屈原時，用了這樣的詞句：『信而見疑，忠而被謗，能無怨乎？』我們華夏民族文化傳統留存給我們的精神遺產，就是屈原式的『獻身奉君』」。我想，某種意義上，我們完全可以把魯迅的這種評價挪用到趙樹理他們身上。從實際的精神構成看，無論是趙樹理，還是「山藥蛋派」諸作家，與他們所屬文化傳統中的那些「士」，比如那位主動投水而亡的屈原，比如那位「致君堯舜上，再使風俗淳」的杜甫，都有著非常明顯的精神同構性。在這一點上，趙樹理他們和魯迅他們自然也就形成了鮮明的分野。如果說魯迅先生是真真確確具備了獨立人格自由意志的現代知識分子，那麼，趙樹理們就只能被看作是傳統意義上的「士」了。要說趙樹理的精神侷限性，恐怕這才真正算得上呢。事實上，趙樹理小說中的思想藝術侷限，比如總是要「化悲劇為喜劇」，總是要為自己的小說作品設計一個「大團圓」的結局，都很明顯地受制於他的這樣一種精神侷限性。

　　也正是在這個意義層面上，我才特別地認同丁東在《陳為人和他的作家傳記》中的一段論述：「趙樹理是上世紀一位極具代表性的革命作家，黨要求那一代革命作家首先是一個黨員，其次才是一個作家。在這種歷史環境中，趙樹理的人生首先只能是政治人生，其次才是文學人生。政治對於他來說，可謂成也蕭何，敗也蕭何。……趙樹理的悲劇，是個人的悲劇，更是時代的

悲劇。」〔註2〕現在一個關鍵的問題在於，既然趙樹理的人生悲劇早已發生，既然在陳為人的這部傳記寫作之前也早已有多部趙樹理傳出版問世，那麼，為什麼只有陳為人的這一部傳記才能夠對於趙樹理的命運悲劇做出如此別具個性洞見、別有思想深度的一種理解和分析呢？其實根本的原因就在於，陳為人本人就是一位具有突出現代意識的自由主義知識分子。蘇東坡有名篇云：「橫看成嶺側成峰，遠近高低各不同。不識廬山真面目，只緣身在此山中。」尋常人之所以看不清廬山的真面目，關鍵原因在於，他沒有能夠跳出廬山，被困在了廬山之中。蘇東坡的高明之處在於，他是跳出廬山來看的。我想，陳為人的情形與蘇東坡多少有些類似。正因為他已經不再是傳統意義上的「士」，所以，作為自由主義知識分子的陳為人才能夠從根本上看明白依然屬「士」的範疇之中的趙樹理的人生悲劇，才能夠寫出如此厚重且新意迭出的一部趙樹理傳記來。如此一部長篇傳記，顯然能夠幫助我們更好地在政治與文學的關係層面上來理解把握趙樹理的精神世界構成。

〔註2〕丁東《陳為人和他的作家傳記》，載《名作欣賞》2011年4期。

陳為人《馬烽無刺》：
透視中國文壇宗派關係的一扇窗口

迄今為止，我所認真閱讀過的陳為人作家傳記作品一共有四部。這四部作家傳記的傳主分別是唐達成、趙樹理、周宗奇和馬烽。其中，除了唐達成之外，另外三位都是清一色的山西作家。山西作家之所以會成為陳為人集中關注審視的對象，原因當然在於陳為人自己長期供職於山西省作家協會，生活寫作於山西文壇，對於這些傳主的人生與寫作事蹟非常熟悉的緣故。既如此，這些作家出現在陳為人的筆下，成為作家的傳記書寫對象，就是順理成章的事情。

在這裡，需要多說兩句的，是唐達成。只要是讀過陳為人那部《唐達成文壇風雨五十年》〔註1〕的朋友，就都會知道，這唐達成雖然不是山西作家，但在上世紀五六十年代被錯誤地打成「右派」之後，唐達成就被懲罰性地下放發配到了山西太原，成了太鋼的一名普通工人。當是時也，年輕的陳為人也不僅正在這家大型企業工作，而且還狂熱地喜歡文學。唐達成受懲罰被下放太鋼，但對於陳為人他們來說，唐達成的到來卻是天大的喜事。請設身處地想一想，自己身邊突然現身這麼一位可謂是國家級的優秀評論家，可以隨時請教文學方面的問題，對於癡愛文學的陳為人們來說，可不就等於是天上掉下了大餡餅。有了文學這樣一個重要的媒介，唐達成與陳為人之成為患難與共非常要好的朋友，就是自然而然的事情。那個時候的陳為人，又哪裏能夠想得到，人間世事，白雲蒼狗，多少年之後，自己口口聲聲喊著叫著的「唐

〔註1〕陳為人《唐達成文壇風雨五十年》，溪流出版社 2005 年版。

師傅」唐達成，居然又會重返京城，居然還成了中國作協的黨組書記，一度執中國作協之牛耳。正因為在那個特定的歷史時期注定了這樣一種特殊的緣分，所以，在唐達成過世之後，由陳為人來完成如此一本可謂字字泣血、鑄定情真意切的《唐達成文壇風雨五十年》，就自在情理之中了。更何況，早在「文革」結束之前，馬烽就產生過把唐達成調到山西文聯（當時，山西文聯與山西作協還沒有分家，山西作協只是山西文聯的一個下屬部門）來工作的想法。這裡，且以馬烽的一段肺腑之言為證：「……其實，我早就有心把你調回來。還是『文革』前，我聽說把你打發到山西了，我就有心把你安排回文聯來。為什麼呢？咱們山西文聯作協，寫小說的還有這麼幾苗人。西戎呀、孫謙呀、胡正呀、我也算一個。寫得不咋地吧，總能揮舞兩下子。可詩歌、理論就不行，算把手的人不多，那時候，我就想把你和公劉調回來。所以，我有我調人的理由。……李束為不同意。」〔註2〕因為遭到了李束為的堅決反對，馬烽的調人設想受阻無果。完全可以想像，假若沒有李束為的堅決反對，或許唐達成真成了一位山西作家也未可知。總而言之，儘管唐達成不是山西作家，但因了他與山西文壇或者說與陳為人個人之間的歷史淵源，他的出現在陳為人筆端，成為陳為人作家傳記的書寫對象，就是一件必然的事情。

同樣是以文學創作為業的作家，李束為為什麼就要相煎何急？為什麼就非得堅決反對把唐達成調入文聯工作呢？還是讓我們來看馬烽的敘述：「李束為當然有李束為的考慮。第一，咱們機關本身右派好幾個，你再收留外邊的右派？公劉也是右派。」但第二條馬烽卻並沒有痛痛快快地告訴陳為人，一直到很久之後，陳為人再次追問有關問題時，馬烽才交待說：「不能公開說的是個啥問題呢？李束為是怕我的勢力大。李束為總有一種無形的壓力。……後來有人對我說，李束為怎麼會要，弄上你的人就更多了。」（84～85頁）我們此處關於李束為反對把唐達成調入山西文聯工作的分析，其實已經觸及到了本文的寫作主旨，那就是，對於陳為人這部作家傳記中所主要揭示出的籠罩中國文壇多年的宗派關係進行相對深入的梳理與分析。說實在話，讀陳為人的作家傳記越多，就越是能夠強烈地感覺到他的傳記作品的與眾不同。讀陳為人的作家傳記，總是讓我情不自禁地聯想到歐陽修那句「醉翁之意不在酒，在乎山水之間也」的名言來。簡單地說，如果沒有酒，何來醉翁也？離開

〔註2〕陳為人《馬烽無刺》，第84頁，金城出版社2011年10月版。本文的引文全部來自於這部著作，以後只標明頁數，不再特別注明。

酒，絕對不會有醉翁。這也就是說，只有借助於酒，才會有山水之樂的出現。因此，要想完整地理解歐陽修的意思，我們還必須注意到那篇《醉翁亭記》中緊接著的下一句：「山水之樂，得之心而寓之酒也。」由「寓之酒」即可以看出，醉翁自己內心是非常明白的，他知道如果沒有酒，就絕不會有什麼山水之樂。藉此來觀照陳為人的作家傳記，我們也就可以說，陳為人的作家傳記中往往是既有「酒」也有「山水之樂」的。所謂「酒」，就是指傳主本人。所謂「山水之樂」就是說，陳為人的作家傳記，往往並不只是滿足於把作家的生平事蹟展示在廣大讀者的面前，在充分展示作家生平事蹟的同時，他總是有更為深切的言外之旨想要表達出來。據我的理解，這種言外之旨，在《唐達成文壇風雨五十年》中，是對於中國文壇長達五十年之久的風風雨雨進行真實的描寫與鋪敘。在《插錯了「搭子」的一張牌──重新解讀趙樹理》[註3]中，是對於政治與文學關係的再度深入探討，以及對於趙樹理這一類作家的精神價值立場定位。這部《馬烽無刺》自然也不例外。在這裡，這部作品的副標題「回眸中國文壇的一個視角」就顯得極其重要了。由馬烽而回眸中國文壇固然重要，但更為關鍵的問題還在於，到底要回眸澄清什麼呢？我以為，陳為人在他這部關於馬烽的傳記中，所欲深究的一個根本問題，正是困擾中國文壇多年的宗派問題。

話題再回到李束為。人們都知道山西文壇的「西李馬胡孫」是關係密切的五戰友，但卻很少有人清楚，就在這可謂是親密無間的戰友之間，卻也免不了會有宗派情緒的生成，會有宗派主義的問題出現。這一問題，主要就體現在馬烽與李束為他們倆人關係的複雜糾結上。1949年之後，馬烽本來一直在北京中國作協工作。為了更好地深入生活以創作出更優秀的文學作品，當然也是為了逃避所謂周揚、丁玲之間尖銳複雜矛盾的纏繞，用馬烽的原話說，就是「京華雖好，卻是是非之地。惹不起咱還躲不起？三十六計走為上。」（19頁）馬烽斷然決定，離開北京，回山西去。馬烽根本沒有想到，山西也並非世外桃源，雖然較之於中國文壇要小了許多，但山西也還是有一個文壇在的。馬烽根本想不到，回到山西之後，自己很快就會陷入到與李束為的矛盾之中。而這李束為，卻並不是什麼你死我活的敵人，不僅是自己多年的老戰友，而且還同為「山藥蛋派」的代表性作家。當時，李束為作為山西文聯的

[註3] 陳為人《插錯了「搭子」的一張牌──重新解讀趙樹理》，廣東人民出版社2011年8月版。

黨組書記，主持文聯的日常工作。馬烽從北京回來，一個無法迴避的問題，就是誰當文聯主席誰在文聯當家的問題。雖然馬烽力辭文聯主席和黨組書記的位置，甘居李束為之下，只是擔任了文聯的副主席和副書記，但李束為卻從此就形成了一個終身都無法解開的心結。對於這一點，他們共同的老戰友，作家胡正有著一針見血的評述：「那時李束為是文聯主席、黨組書記，馬烽是副主席、副書記。李束為內心有個根本的矛盾，根本的矛盾是什麼呢？主要問題是領導地位與文學成就的問題，這是問題的核心。一是他是山西省文藝界的最高領導，但在創作上又次於其他人。這是他的根本矛盾。」（95頁）按照邏輯推理，既然身為山西文壇的最高領導，身為山西文壇的掌門人，創作成就就應該是最高的。但在實際上，在當時，李束為的創作成就之不能望馬烽的項背，卻是毋庸置疑的一件事情。於是，一方面留戀著文壇的權位，另一方面卻又因為自己的創作成就不夠高而心有戚戚忌憚旁人。儘管馬烽心胸足夠坦蕩，但在頗有鄰人之斧心理的李束為這裡，情況卻沒有這麼簡單。正因為李束為不無先驗色彩地認定，馬烽回到山西，就是要搶走自己所擁有的權力和地位，所以，他才會處處提防馬烽，才把馬烽看作是自己人生中最主要的一個對手。於是，也才會有拒調唐達成事件的發生。不僅如此，李束為與馬烽之間長達數十年之久的恩恩怨怨，恐怕也只有從這個角度方才能夠得到一種合情合理的解釋。

馬烽與李束為之間的恩怨糾葛，固然值得我們關注思考，但相比較而言，更需要引起我們充分注意的，卻是在更大程度上決定影響著馬烽在中國文壇命運沉浮的周揚與丁玲之間的更為盤根錯節的宗派矛盾。陳為人之所以要從丁玲開始敘述馬烽的故事，之所以把周揚與丁玲之間的矛盾糾結作為這部《馬烽無刺》的敘事重心所在，其根本原因正在於此。我們在前面已經提及，馬烽之所以堅持要遠離北京回到山西來生活寫作，正是因為要逃避中國文壇高層周揚與丁玲之間複雜矛盾糾結的緣故。然而，令馬烽所始料未及的是，回到山西之後，他不僅陷入了與老戰友李束為的矛盾衝突之中，而且也並沒有能夠徹底掙脫周揚與丁玲矛盾對他人生命運的制約與影響。這一點，集中爆發在「文革」結束，周揚和丁玲相繼復出之後的新時期。對此，陳為人在《馬烽無刺》中，有著非常清晰的描述和判斷：「客觀地說，唐達成、馬烽二人，都是淡漠為官而認真做事的人，而且，主觀上都不願意攪合進文壇的矛盾漩渦中去。然而，歷史老人卻有喜歡惡作劇的小孩脾性。令唐達成、馬烽想不

到的是，若干年以後，偏偏是他倆，陰差陽錯地被激烈衝撞的兩大板塊，選中為各自利益的代言人，竟然因為中國作家協會黨組書記，此文壇『第一把交椅』的位置，或有心或無意，或正面或迂迴，或主動或被動，或淡然或激烈，或身不由己隨波逐流，或戴著面具作為木偶，於 1984 年、1987 年、1989 年，三起三落、三進三出、上演了『三上桃峰』『三進山城』『三打祝家莊』的連本大戲。」（123 頁）這兩大板塊，不是別的，正是最早萌發於延安時期且長期困擾中國文壇發展的周揚與丁玲這兩個文人集團。對於自己所扮演的這種角色，唐達成與馬烽都是心知肚明的。「唐達成在 1976 年唐山大地震之後說過這樣的話：『我們是地球人。我們必然處於各種板塊的擠壓衝撞之中。』」「馬烽說：『由人不由人，我是被夾在了丁玲和周揚兩人之間。』」（124 頁）有鑑於此，陳為人才會有更進一步的理解與推論：「唐達成和馬烽都身不由己地處於兩大板塊的激烈衝撞之中，開始是周揚、丁玲兩大板塊；周揚、丁玲身後，又演變為張光年、賀敬之兩大板塊。」（124 頁）

　　需要引起我們關注的是，這樣的一種板塊衝突，不僅直接影響到了唐達成、馬烽的命運沉浮，而且也還波及到了與此無關的其他人。山西作家田東照，就是一個典型的例子。田東照迄今最有影響的一部小說，就是中篇小說《黃河在這裡轉了個彎》。這部小說創作於 1980 年代中期，時值丁玲主編的《中國》創刊伊始。丁玲要馬烽向她推薦好稿子，馬烽就把田東照的小說推薦給了丁玲，小說最後發表在《中國》1985 年的第 2 期。然而，小說發表之後卻沒有能夠產生應有的反響。請看陳為人轉述的周良沛關於此事的敘述：「無怪山西作家田東照的中篇《黃河在這裡轉了個彎》發表後沒有獲得大家原先預期得到的反應時，編輯部的同志們都百思不得其解。作者以其深厚的生活底子，冷峻的筆觸，對貧困山村的寫實，讀得人是心跳的。在評論家當時評薦的作品中，它不一定在它們之上，也決不在它們之下。評論家可以不認同丁玲對文學傾向性的看法，總該為作品力透紙背所描繪的人生畫圖所動吧。此時此地，這種文學現象，也只能從非文學的角度去看了。無怪丁玲說：『它要不是發在我編的《中國》上，早就會有人出來叫好，給獎了。我們把它約了來，反把人家埋沒了。真是罪過啊！』」（130 頁）雖然以上的引述似乎有一面之詞的嫌疑，但田東照這部其實還算優秀的中篇小說，在當時，既沒有獲得評論家的相應好評，也沒有能夠獲得什麼獎項，卻是客觀存在的一種事實。假若果真如此，那麼，中國文壇的宗派關係之對於文學創作形成的負面

影響，也就實在是相當嚴重了。

　　必須看到，時間一長，這種宗派觀念甚至會逐漸地滲透到作家評論家的精神深處，會嚴重地影響到作家們看待思考問題的基本思維方式。在這一方面，馬烽自己就是一個典型的例證。請看陳為人在進行採訪時，馬烽對於中國作協「四大」的一種基本評價：「他（指張光年）就和新起來的混成一夥子了。所以，我就候選人也不是了，原來是候選人。就是因為他這次第四次作代會派性搞得太明顯了，到了什麼程度呢？就是把原來的副主席保留，只進不出，當時他下面那些人，劉賓雁、張賢亮、王蒙活動能量也大呢，最後三個原副主席落選了。賀敬之、劉白羽、歐陽山。三個老作家，三十年代的作家，在後來抗日戰爭時期，解放區都是有貢獻的人才能到這個位置。」（164 頁）自己原來是候選人，結果後來又被取消了候選人的資格。想來，馬烽肚子裏是比較窩火的。惟其如此，所以他才會以這樣一種不屑的否定性的語式來談論中國作協「四大」。那麼，到底應該如何看待中國作協「四大」？如何理解一些老作家的落選，一些新進作家的當選呢？儘管不同立場的作家肯定會對此有不同的認識和評價，但在我看來，對於馬烽的看法，我們應該取一分為二的方式來加以理解。一方面，由於中國文壇的宗派關係已然存在了很長一個時期，所以，中國作協「四大」的人事變化，肯定會受到宗派觀念的困擾影響，就是十分正常的一件事情。但在另一個方面，我們恐怕也得承認，從整體上看，中國作協「四大」仍然應該被看作是一次相對成功的大會。尤其是其中的人事變化問題，按照馬烽的敘述，劉賓雁、王蒙他們之所以能夠當選為副主席，是因為他們活動能量很大的緣故。這樣一種看法的偏頗之處，是十分明顯的。如果尊重歷史事實，那麼，我們就必須看到，到 1984 年中國作協「四大」召開的時候，劉賓雁、王蒙他們這一代右派作家已經取得了足夠大的文學實績。與這些右派作家相比較，賀敬之、劉白羽、歐陽山他們這些老作家的創作成績就明顯地相形見絀了。從這個角度來看，中國作協「四大」的選舉結果，在不排除宗派觀念影響的同時，也應該被看作是與會代表意志的正常反映，並不能簡單地看作是劉賓雁、王蒙他們私下活動拉票的結果。由此可見，儘管說馬烽自己多年來置身於中國文壇兩大板塊之間，可謂說飽嘗了宗派關係之苦，然而，或許也正是因為長期置身於這種宗派關係之中的緣故，馬烽自己也自覺不自覺地受到了此種宗派觀念的制約和影響，也自覺不自覺地沿用宗派的思維方式來理解看待文壇人物文學現象了。

在這裡，需要對於傳主馬烽略作分析。陳為人以「馬烽無刺」來為自己的這本傳記命名，是極為恰當的一件事情，就我個人的理解，所謂「馬烽無刺」，最起碼具有以下兩個方面的意思。其一，是指在文學創作和基本的文學觀念方面，馬烽他們這一批「山藥蛋派」作家，或者按照作家周宗奇的說法是「《講話》派」作家，所長期堅持的都是一種積極配合當下政治的創作方式，對於現實社會的批判性明顯不足或者基本沒有這樣一種突出的創作特徵。其二，則是指在工作和日常生活中的馬烽秉承打小就漸漸養成的與人為善的基本原則，從無害人之心。這一點，既表現在他和李束為的關係中，更表現在他 1989 年之後擔任中國作協黨組書記之後的工作作風上。從陳為人的敘述可知，在李束為與馬烽之間的宗派衝突中，主動作梗者一直是李束為，馬烽更多地是在採取必要的守勢。尤其值得注意的是在 1989 年，馬烽作為中國作協的黨組書記，作為大權在握的中國文壇的掌門人，在處理歷史遺留問題時所採取的那樣一種盡可能不處分傷害同志，力盡所能地與人為善的工作作風。所有這一切，都極其有力地說明著，馬烽確實「無刺」。但就是如此一位秉性特別善良的馬烽，由於長期浸染在中國文壇複雜宗派關係之中的緣故，也不由自主地形成了按照宗派觀念、帶著有色眼鏡看人的思維習慣。宗派觀念之流毒遺害之深，於此即可見一斑也。

論述至此，一個關鍵的問題自然也就浮出水面了。那就是，在中國文壇持續日久一些影響巨大的宗派關係究竟是怎樣形成的？是什麼樣的社會文化機制導致了此種惡劣現象的出現？說起來，中國文壇的所謂宗派關係，最遠可以追溯到 1930 年代的左聯時期。之所以在左聯時期開始形成宗派關係，關鍵原因與左聯的組織性質有關。在左聯之前，雖然也有許多文學社團紛紛湧現，但這些文學社團的性質都是純文學的。這也就是說，諸如文學研究會、創造社這樣的文學社團，並沒有文學之外的政治勢力介入其中。某種意義上，左聯可以說是中國現代文學史上第一個帶有鮮明政治色彩的文學組織。由於有政治勢力的介入，所以在組織管理上，也就沿用了政治組織的管理模式。一沿用政治組織所謂管理模式，伴隨著權力的成熟，到底是誰說了才算的問題也就來了。有了權力的滲透，自然就有了圍繞權力產生的權力之爭，有了不同的利益集團。左聯時期之所以會爆發規模極大的「兩個口號」的論爭，其根本原因正在於此。然後，就是延安時期，就是 1949 年之後，伴隨著政治勢力對於文學領域更加深入的滲透介入，宗派關係不僅越來越複雜，而且也

越來越緊張激烈了。尤其是在 1949 年共和國成立之後，伴隨著中國文聯、中國作協這樣一類政治性極強的文學界組織的形成，由於文學界的權力越來越大，因此，原先就已經存在的宗派關係就愈益變本加厲了。陳為人在書中描述的周揚、丁玲兩大板塊，張光年、賀敬之兩大板塊，均可以在這樣的意義層面上獲得理解。歸根到底，這所謂的宗派關係，還是因為中國存在著一個文壇的緣故。某種意義上說，所謂的中國文壇，也是一種具有鮮明中國特色的特殊事物。放眼全球，大約只有我們中國才有這樣的一種文壇存在。別的國家，只有作家，而沒有文壇。即使有所謂的作家組織，大約也都類似於五四時期的文學研究會、創造社。只有在我們這樣的社會體制內，才會有政權對於文學創作的深度介入。其根本目的，就在於有效地控制作家的文學創作活動。有了權力的介入，就有了文壇的形成。既然形成了所謂的文壇，也就有了文壇權力的爭奪。圍繞中國文壇權力的爭奪，出現不同的山頭，形成不同的派系，最終導致宗派關係的生成，也就成為必然之事。之所以是周揚、丁玲、張光年、賀敬之這樣的一些作家官員，而不是其他作家成為文壇不同宗派的代表性人物，也只不過是歷史過程的一種隨機選擇而已。生性善良的馬烽置身於其中所無法徹底擺脫的，實際上正是這樣一種盤根錯節的宗派關係網絡。在此，我們也不妨簡單地設想一下，假若沒有這樣一種性質的文壇存在，假若我們的作家可以不受文壇影響，全心全意專心致志地從事於文學事業的創造，那將會是一種何其理想的文學創作景觀啊！在這個層面上，即使把中國文壇的宗派關係稱之為嚴重影響毒害文學創作發展的一種極其可怕的毒瘤，也還是很有一些道理的。

最後想提出的一個問題是，既然中國文壇的宗派關係實際上已經存在了很多年，但卻為什麼只有陳為人才意識到這一問題的嚴重性，並對之做出了深入的梳理反思呢？我想，其中非常重要的一個原因，恐怕就在於陳為人不僅對於中國文壇有著格外深切的瞭解體會，而且身為持有自由主義思想價值立場的知識分子的緣故。其實，從根本上說，陳為人的反思對象，也並不僅僅是中國文壇，不僅是困擾中國文壇很多年的宗派關係問題。借助於中國文壇宗派關係問題的梳理與分析，把自己的批判反思矛頭對準潛藏在這些問題背後的社會文化體制，才應該被看作是陳為人這部《馬烽無刺》真正的思想價值所在。

魯順民《天下農人》：
一位農裔作家的社會學情懷

　　在斟酌確定本文標題的時候，我曾經一度在「視野」與「情懷」之間產生過選擇的游移不定，到底應該是社會學視野？抑或還是社會學情懷呢？考慮再三的結果，是棄「視野」而擇「情懷」。之所以會是如此，關鍵是要借助這「情懷」二字充分凸顯魯順民內心深處一種無論如何都揮之不去的農人情結。魯順民，是我的大學同窗，我們之間的交往，差不多已逾三十個年頭了。早在大學期間，魯順民那非同一般的文學才華，就已經表現得非常突出。大學尚未畢業，他就已經有書寫鄉村的短篇小說發表在了《山西文學》雜誌上。多少帶有一種匪夷所思色彩的是，很多年之後，他竟然不無巧合地成為了這家文學刊物的主編。對於這種變化，那個時候的他，肯定無論如何都料想不到。一個在校的大學生，就能夠有小說作品刊發在《山西文學》這樣一個頗有影響的文學刊物上，在 1980 年代那樣一個文學寫作依然被視為神聖事業的文學的黃金時代，其實是非常引人注目的一件事情。然則，儘管魯順民很早就已經充分顯示出了他的文學才華，但在那個計劃分配的時代，等到大學畢業的時候，他還是帶有幾分無奈地回到了他緊傍黃河的故鄉河曲，成為一名傳道授業的中學語文教師。他的文學才華對他命運的根本改變，差不多還要等到十年之後。如果我的記憶無誤，就在差不多十年之後的 1996 年，魯順民終於還是依憑自己的文學才華而引起了時任山西省作協領導的關注，被調入山西省作協下屬的《山西文學》編輯部工作。至此，他的身份，也就由中學教師而正式變身為文學編輯。無論如何，我們都得意識到，魯順民的這種身份

轉換，從根本上改變了他的基本生存狀態。雖然也還需要承擔相對繁重的編輯工作任務，但能夠進入山西省作協工作，不僅意味著他可以從此擺脫俗務，一心一意地專注於文學寫作，而且，更為重要的一點是，山西省作協所在地南華門東四條，真正可謂一藏龍臥虎的寶地。置身於南華門東四條這方風水寶地，首先就能夠保證他可以擁有足夠開闊深入的思想與藝術視野。這一點，對於一位真正有志於在文學寫作上有所成就的現代作家來說，意義殊為重要。實際上，也正是在進入南華門東四條之後，魯順民的文學趣味在不知不覺中發生著某種微妙的變化。

是的，正如你已經預料到的，我想要說的是，曾經一度專注於小說寫作，並且在小說寫作上也曾經取得過驕人成績的魯順民，在進入南華門東四條之後，其文學趣味居然逐漸地遠離了自己曾經輕車熟路的小說寫作，彷彿在人們的不經意間就變身為一位對於非虛構的紀實文體抱有濃烈興趣的作家。在這其間，除了受到周圍一些作家朋友影響的緣故之外，我以為，一個不容忽視的重要原因，恐怕就是他對於社會學經典著作的大量接觸與浸淫。至今猶記，應該是在世紀之交的時候，魯順民彷彿突發奇想地對各種社會學經典著作發生了濃厚的興趣。於是乎，什麼費孝通、吳文藻，什麼涂爾幹、韋伯、齊美兒、吉登斯，無論中西，那些社會學大師的經典社會學著作，他都曾經一部又一部地抱回到他在南華門東四條的蝸居里。現在想來，魯順民文學趣味的逐漸轉移，應該與這些社會學著作對他的影響有關。又或者，在小說寫作的過程中，對於中國鄉村社會一向抱有強烈探究興趣的魯順民，越來越喪失了虛構的熱情，越來越覺得只有充分地借助於社會學的研究考察方法，方才有可能幫助他更深入地理解把握鄉村社會。總而言之，一種大家都看得見的突出表現就是，越是到了晚近一個時期，魯順民便越是遠離小說寫作，到最後，他乾脆就徹底放棄了小說寫作，把全部精力都義無反顧地投入到了以鄉村社會為主要表現對象的非虛構文體寫作中。但千萬請注意的一點是，我們這裡只是在討論魯順民作為一位作家個體的文學文體選擇問題，並沒有關涉到諸如小說這樣的虛構性文體與非虛構文體之間的文體價值高低問題。實際上，無論選擇何種文體，只要你有足夠的思想藝術能力，都可能會寫出真正堪稱優秀的文學作品來。

在強調魯順民文學趣味由小說文體轉向非虛構文學文體的同時，其實也還存在著一個關於他身份定位的問題。雖然早在 1980 年代，魯順民就已經借

力於高考這種方式跳出了農門，由一名鄉下人而變身為城市人，雖然魯順民
也曾經因為自己的農籍身份而無端地屢受傷害（這一點，自有《1992，我們
的藍皮戶口》一文為證。在此文中，魯順民特別真切地記述了自己在 1992 年
花錢購買藍色城市戶口的經歷。為什麼要去花錢買城市戶口，關鍵在於城市
戶口的高人一等：「要知道，一個農民戶口糟害過我們多少農家子弟，我們 1960
年代出生的人，從上小學開始就受農民戶口之累了，考學的時候，報志願，
有一欄就是填寫你的戶口屬性，我們只能填『農應』或『農往』，不能填報技
工學校，技工學校是專為市民戶口的同學準備的。」（《天下農人》第 30 頁。
後文中凡引述此書者，只注明頁碼）魯順民自己，在上小學時也曾經有過一
次因報錯戶口屬性而遭受侮辱的體驗：「我那時剛剛九歲，剛剛九歲的我便是
一個『爛農民』，這種恥辱一直印在心底裏，頓時感到身邊的世界是如此的污
濁不堪。」（30 頁）），但是，只要我們對於他的文學寫作狀況稍加留心，就不
難體察到其內心深處簡直就是冥頑不化的一種牢固鄉村情結的存在。比如說，
同樣是出生於農籍，儘管不能說我自己就不關心生於茲長於茲的那個鄉村世
界，但與魯順民相比較，卻可以說是差之甚遠了。日常生活中的魯順民，不
僅總是要尋找或者創造各種機會到鄉村去做充分深入的田野調查，而且還總
是皺著眉頭，以一副憂心忡忡的姿態關注並思考著鄉村世界的過去、現在以
及未來的命運。也因此，雖然魯順民並沒有像作家賈平凹那樣公開聲稱「我
是農民」，但實際上，正如同其前輩沈從文、趙樹理、賈平凹們一樣，他其實
同樣屬身在城市心繫鄉村的那一類作家。我們之所以在談到魯順民的時候要
特別強調他的農裔身份，其根本原因顯然在此。

　　之所以是魯順民而不是其他作家，能夠從陳為人一部關於趙樹理的長篇
傳記中讀出趙樹理的一種鄉紳情結來，很大程度上也與他的這種簡直濃得化
不開的鄉村情結緊密相關。關於趙樹理，魯順民最起碼有兩個判斷堪稱獨步
於所謂的趙研界。其一，是關於趙樹理大眾化寫作方式的選擇。一般人都會
依據趙樹理本人的創作談，把趙樹理的這種選擇與農民的接受能力聯繫在一
起，但魯順民卻獨闢蹊徑地指出了趙樹理的這種選擇，與中國古代的白話書
寫傳統之間，其實關係密切：「這種選擇很值得玩味。民間的傳統表達，說書、
鼓詞、快板、章回小說等等，實際上從宋元開始初露端倪，明清之際已經非
常成熟，這種表達方式，是沒有受到外來文化衝擊的傳統白話，但是它本身
卻與士文化有著千絲萬縷的聯繫，沒有傳統文人的參與與整理，根本不可能

有經典的元曲、雜劇、話本的產生，鮮活的民間語文則又反過來推動著舊白話的成熟與發展。趙樹理在五四之後不長時間就自動選擇這樣的表達方式，當然有讓老百姓讀懂、讀通的考慮，然而，從作家自身的角度去考察，其實不完全是這麼回事，更多的情況下，他還是覺得這樣的表達能夠準確地體現他的想法，能夠給他提供才華發揮的空間，寫起來過癮，讀起來上口。大致上，他的小說語言，是改造後的傳統舊白話。」（148 頁）究其根本，正是如此一種富有藝術智慧的選擇，讓趙樹理擁有了一個簡直如同汪洋大海一般的民間社會的理解與擁戴。其重要的文學史地位，也由此而得以堅實奠定。其二，是關於趙樹理鄉紳情結的敏銳發現。在魯順民看來，趙樹理鄉紳情結的形成，與其父親的影響分不開。他的父親不僅識字，會打算盤，而且還能夠算卦，極類似於《小二黑結婚》中的那位二諸葛，可以說是他們村裏的半個鄉紳。趙樹理的這種鄉紳情結，突出不過地表現在他 1950 年代末期冒死寫萬言書的行為當中。在這封影響極大的萬言書中，身為作家的趙樹理，根本就沒有一絲一毫涉及文學，他所集中討論著的，全部都是當時刻不容緩的農村問題。對於趙樹理的此種行為，魯順民給出的評價是：「這個行動，當然怎麼理解怎麼拔高都不過分，為民請命，替農民說話等等等等，但顯然，當趙樹理埋頭奮筆疾書洋洋萬言下筆的時候，已經不是一個作家，但他是一個農民嗎？顯然也不是。這時候的趙樹理，是一位面對自耕農完全消滅，傳統鄉村秩序完全塌陷而痛心疾首的士紳面孔。」（151〜152 頁）在此種論斷的基礎上，魯順民還有更進一步的發揮：「這就是趙樹理。中國文化官員的趙樹理，能夠自覺而敏銳地捕捉到建設鄉村新風尚的蛛絲馬蹟，富有奪天才情的作家趙樹理，能夠採用民間舊白話的表達方式和吸收民間文化的精髓進而將之發揮到極致，而有著濃厚鄉紳情結的這樣一位農民的兒子，哪裏能夠容得鄉村社會秩序陷入混亂？所以，他的作品，無一例外都在營造和維護著關於鄉村社會的某種秩序，他心目中肯定有一個理想的鄉村國的。」（152 頁）以我愚見，魯順民之所以能夠對趙樹理有如此深刻的洞見生成，關鍵原因恐怕在於，魯順民自身本就是一位有著濃厚鄉紳情結的文化人。別看他進入太原這樣的現代城市生活已經有二十年的時間，但在他的骨子裏，卻依然是一個農民的兒子，他對於鄉村世界的那種深切眷戀大約是要伴隨其終身的。很大程度上，正是因為魯順民和趙樹理之間存在著某種文化心理同構，所以他才會對趙樹理有一種簡直就是惺惺相惜一般的真切理解與認識。

　　就這樣，一方面是魯順民的文學趣味由虛構的小說而轉向了非虛構文學文體，並且對社會學的田野調查方法保持著極強烈的興趣，另一方面則因為魯順民在骨子裏就是一位農民，有著某種濃得化不開的鄉村情結，二者合力作用的一種直接結果，就是這部沉甸甸的非虛構隨筆札記集《天下農人》（花城出版社 2015 年 9 月版）的最終生成。雖然名曰「天下農人」，但在實際上，因為作家對於山西的農村生活多有深入的體察與瞭解的緣故，所以，被收入這部隨筆札記集中的文字，可以說全部都與山西的農村生活密切相關。但正所謂窺一斑而知全豹，因為山西的農村在全國頗具代表性，所以將其徑直命名為「天下農人」，也自是順理成章之事。具而言之，在這部《天下農人》中，魯順民自覺運用社會學田野調查方法對於山西農村生活的關注與思考，主要沿著現實與歷史兩個維度展開。首先是現實的維度，這一方面，最具代表性的一篇文章，就是這部作品集中篇幅最長的那一篇《王家嶺礦難採訪手記》。2010 年 4 月的那場王家嶺礦難，因為透水事故的驟然發生，多達 153 名礦工被困井下長達八天八夜，到最後，經過從中央到地方的多方協作積極救援努力，創造了中國礦難救援史上的一個「奇蹟」：除了 38 名礦工不幸死亡之外，竟然有 115 個鮮活的生命被救生還。因為包括央視在內的各大媒體對那場礦難大救援進行了現場直播式的追蹤報導，那場礦難以及後來的救援，遂成為廣為人知的一個焦點事件。礦難發生後，趙瑜、魯順民、李駿虎、黃風、玄武這五位作家，曾經受命組成「王家嶺搶險救援作家小分隊」，在第一時間趕赴王家嶺礦難現場，進行實地的考察採訪。他們五位的這一次採訪活動，最終形成的成果，是一部五人合作完成的長篇報告文學作品《王家嶺的訴說》。然而，雖然已經生成過那部《王家嶺的訴說》，但那畢竟是五人合作的產物。既然是五人合作，那其中的碰撞與磨合，爭議與妥協，無論如何都是難以避免的事情。也因此，那部作品便只能夠被看作是五位作家集體意志的一種體現。魯順民之所以執意要書寫他的這一篇《王家嶺礦難採訪手記》，並且要將其收入到這部《天下農人》中來，顯然有著他自己一種特別的思想考量。倘若說趙瑜等五人合作的長篇報告文學更多著眼於礦難本身的理性沉思，那麼，有著牢固鄉村情結的魯順民，在他的長篇採訪手記中，則更多地是從對農民的關切出發，思考表現著農民的悲慘遭際與不幸命運。

　　既然是一篇以礦難及其救援過程為表現對象的非虛構採訪手記，其中肯定少不了會有關於這場礦難成因的深入思考。因為在礦難發生八天八夜之後，

居然從井下救出了 115 條鮮活的生命，所以，「奇蹟」一詞，曾經一度成為使用頻率最高的語詞。但魯順民，卻很顯然對此非常地不以為然：「奇蹟，奇蹟，奇蹟。『奇蹟』，是 2010 年清明節左近所有媒體使用頻率最高的詞語，驚喜，歡呼，最後變成徹頭徹尾的叫囂，最後讓人大倒胃口——因為救上 115 人之後，還有 38 名工友在井下生死不明，命懸一線。難道因為是奇蹟，就能夠改變它是一個悲劇的本質嗎？」（278 頁）魯順民的追問，真的稱得上是擲地有聲。不要說還有 38 名工友生死不明，即使還只有一個工友被埋在地下，又或者，即使所有工友全部被救出，你就能由此而斷言說這場礦難就不是一場悲劇嗎？救援的成效當然應該被肯定，但無論如何我們也都得把礦難視為徹頭徹尾的悲劇而進行深入的理性反思。在這個層面上，魯順民的尖銳詰問，其實有著非同尋常的現實意義。實際上，也正是因為把王家嶺礦難看作了一場由於管理不善而造成的徹頭徹尾的悲劇，所以，魯順民才會不遺餘力地尋根究底，探詢悲劇最為根本的成因。很大程度上，能夠從戰爭狀態下的企業生產角度來思考王家嶺礦難的成因，乃充分體現了魯順民目前所抵達的思考深度：「事實上，我們今天的企業，仍然沒有脫離多少戰爭年代的那種表達方式和行為方式，動不動就大幹多少天，通奪開門紅，動不動就爭創一流，勇奪第一，動不動就克服困難，爭先創優。」更進一步地，魯順民寫到：「——相對成熟的那些現代化企業，早已經將這些陳詞濫調換算為標準的、制度化的管理學用語，相對成熟的企業文化正在培育，正在慢慢形成。別小看這些用語，它反映的實際上是一種行為邏輯，一層層分解指標，一層層加碼，一層層落實，最後，真正標準的、制度化的信號也一層層在衰減，於是，企業變成一個大戰場，與天鬥，與地鬥，與人鬥，豈知其樂不肯無窮，因為戰爭的惟一成本就是人命。戰爭狀態下，不出人命才有鬼了。」（407 頁）作為一個現代企業，本來應該以科學精神為根本出發點來打造自己的企業文化，應該最大程度地尊重嚴格的制度化管理，但或許是與我們現行的社會政治體制密切相關的緣故，我們在現實中更多看到的卻是如同王家嶺這樣依然為戰爭化思維所主導著的所謂「現代企業」。依憑如此一種其實相當原始野蠻的思維方式來搞企業，礦難不發生才見鬼呢？！

造成礦難的深層原因之外，值得引起我們警思的，還有那樣一種總是好大喜功的自覺造假心理。這種可謂根深蒂固的新聞報導思維方式，即使在王家嶺，即使面對著 150 多工友被埋在井下多日的嚴酷現實，也同樣表現得淋

漓盡致。是的，正如你已經想到的，我這裡的具體所指，正是央視現場直播中那樣一種簡直厚顏無恥的造假行為：「電視上說，經過三天來的救援，已經鋪設好 6 條管道同時出水，出水量達到每小時多少多少立方米！」但實際上呢？「明明只有 2 條管子出水，還那麼細，怎麼能說是 6 條？」（292 頁）面對如此一種明目張膽的新聞造假行徑，那些身在現場的家屬們的憤怒，自然也就可想而知了：「等王雯走出工棚，救援井口那裡的中央電視臺轉播車已經讓人圍死，責問、責罵、責備，最後，大家一擁而上，幾乎要把轉播車掀倒。記者們都躲進車裏不敢出來。」（292 頁）在情況如此嚴重的礦難現場，面對著那麼多被埋在井下的生命，我們的媒體都敢公然撒謊，可見新聞造假已經差不多成為了國內媒體的本能。為什麼會造假？隱藏在其後的，一方面固然是報喜不報憂，另一方面則是一種所謂的政績心理在作祟。

　　對於礦難的深層理性反思，固然是魯順民這篇礦難採訪手記的一方面價值所在，但相比較而言，這篇手記更為重要的價值，卻體現為作家對於農民現實艱難生存處境的真切體察與表現上。問題在於，一篇書寫礦難的採訪手記，又怎麼會與農民聯繫在一起呢？卻原來，透水事故發生後那些被埋在地下的 150 多名礦工當中，差不多可以說全部都是離開土地後的打工農民。如此一種情況，甚至於給新聞報導都造成了一個不小的難題：「所有的媒體和官方表述，都注意到了被困工友的稱呼，剛開始還稱為『被困礦工』，後來，語氣模糊，一會兒是礦工，一會兒稱為職工。是的，被困的，包括在王家嶺碟子溝項目部施工的所有工隊，幾乎無一例外都是外包施工隊，說白了就是農民工隊伍。」以至於，到最後，「只能謹慎地表述為『被困工友』」。（363 頁）一場礦難發生了，不幸被埋者中卻幾乎沒有一個真正意義上的礦工，居然絕大多數都是農民，這就不能不讓有著農民文化本位立場的魯順民出離憤怒了：「何況，被困的這些人兒，大部分，絕大部分是農民。」（388 頁）那麼，農民，尤其是在當下時代的中國，這個特指名詞到底意味著什麼呢？「農民意味著什麼？農民怎麼去定義？其實，農民並不複雜，農民者也，不就是那些沒有任何福利保障為生存而四處奔波的人嗎？」「在中國，這樣的身份延續了將近六十年。有人振振有詞地說：中國農民是全世界最有保障的人群，因為他們擁有自己的土地。」（388～389 頁）在魯順民看來，如此一種說法絕對稱得上是一個「彌天大謊」：「是的，他們擁有自己的土地，土地給他們衣食，幾千年來，農民把土地視為命根子，共產黨打天下，若不是承諾給農民以土地，

『使耕者有其田』，哪裏會有今天這樣的天？這樣晴朗的天？可是，土地真的給了他們保障了嗎？土地裏除了出產糧食，能出產做一個公民必須擁有的政治、經濟、文化資源嗎？」（389頁）實際上，所謂農民擁有自己的土地，不過是一種表面現象。因為我們實行的是土地國有制，所有土地的最終擁有者，是那個看起來非常抽象的國家。就此而言，農民所真正擁有的，只不過是土地的使用權而已。無數難以辯駁的事實充分證明，那個看似抽象的國家，可以隨時以各種「神聖」或不那麼「神聖」的名義剝奪農民使用著的土地。唯其因為農民擁有土地是一種假象，所以，除了1980年代曾經借助於所謂的「包產到戶」表現出過一度時期的活力之外，被嚴格的戶籍制度牢牢地捆綁著的農民，要麼被強迫走一條所謂社會主義的集體化道路，要麼只能夠背井離鄉進入城市成為所謂市場經濟時代的農民工。魯順民在這一篇《王家嶺礦難採訪手記》中所聚焦表現著的，就是那些打工農民的不幸命運遭際。

　　需要強調的一點是，或許與魯順民對於社會學的浸淫有日有關，他在自己的這一篇礦難採訪手記裏，盡可能地恪守田野調查的原則，盡可能忠實地把被採訪對象的話語如實記錄下來。而這，恰恰在某種程度上暗合了美國文學批評家蘇珊·桑塔格的關於文學創作的一種論斷：「藝術作品，只要是藝術作品，就根本不能提倡什麼，不論藝術家個人的意圖如何。最偉大的藝術家獲得了一種高度的中立性。想一想荷馬和莎士比亞吧，一代代的學者和批評家枉費心機地試圖從他們的作品中抽取有關人性、道德和社會的獨特『觀點』」「對藝術作品所『說』的內容從道德上贊同或不贊同，正如被藝術作品所激起的性慾一樣（這兩種情形當然都很普遍），都是藝術之外的問題。用來反駁其中一方的適當性和相關性的理由，也同樣適用於另一方。」〔註1〕在這裡，蘇珊·桑塔格的意圖，顯然是要刻意地強調肯定藝術呈示功能的重要性。其所謂「最偉大的藝術家獲得了一種高度的中立性」的核心論點，實際上就是在為藝術的呈示功能進行著強有力的辯護。如果我們承認蘇珊·桑塔格關於藝術呈現功能的論述具有真理性的內涵，那麼，魯順民之普遍採用的口述實錄的方式，也正是在最大程度地恪守著如蘇珊·桑塔格所言的「高度的中立性」美學原則。通過這種口述實錄的田野調查方式，那些被迫在王家嶺下井挖煤的普通農民工的悲劇命運遂得到了強有力的藝術呈現。比如，胡而廣，一個很不起眼的包工隊隊長。他說，

〔註1〕蘇珊·桑塔格《論風格》，見《反對闡釋》，第30、31頁，上海譯文出版社2003年12月版。

自己「帶出來的人，最大的 45 歲，最小的 20 多歲，比方那個時錦濤，25 歲。他最年輕。大部分都在 30 多 40 多歲。總共帶出來 50 多人，下去困在下面的是 11 個人，是一個班。三班倒，24 小時不斷人。50 多個人都是老鄉。」（297頁）按照胡而廣的說法，他自己 20 多年來一直在山西這邊幹煤礦，可以說是一個老煤礦了。自己從老家一下子帶出來 50 多個人，結果就有 11 個人被困井下，胡而廣內心極度不安，倍覺心疼：「從他們困在裏頭那一天，直到獲救，我就是一天一頓飯，每天晚上，站到那個煤堆上，一直看，凌晨 5 點才回去睡一睡，心疼哪！都是十幾個弟兄。」（299頁）幸運之處在於，胡而廣帶出來的這11 個人到最後竟然奇蹟般地全部生還。然而，在經歷了如此一種生死驚嚇之後，包工頭胡而廣發誓今後再也不從事下井挖煤這一高危職業了：「不管怎麼說，我們回去咋地也行，不幹煤礦了。」（301頁）事實上，早在遭遇透水事故之前就已經幹了 20 多年煤礦的胡而廣，並非不清楚這一職業的高危性質。如同他這樣的農民工們之所以要冒著高風險到煤礦打工，歸根到底還是因為生存狀況太過貧窮的緣故。受到極度驚嚇的胡而廣，可以從此以後遠離煤礦，但剛剛從井下被救上來的李國宇，卻明確表示自己還會在煤礦繼續幹下去：「傷好了之後，我想我還得回去。為啥？我現在的負擔太重，我呢，以掙錢為主。如果有更好的職業當然幹更好的，但咱無智，有智吃智，無智吃力，咱無智，吃力。不能趴下，趴下啥也不成。我這人膽子從小就大。不怕，傷好了之後還得回去。」（381頁）「明知山有虎，偏向虎山行」，李國宇之所以在剛剛經歷了極其恐怖的透水事故之後依然表示自己還會繼續下井挖煤，並不是因為他多麼留戀這一行當，而是自己委實太過貧窮，家庭負擔太過沉重了。倘不如此，一家六口人的生計就無法維持了。也正因此，在聽了這番話之後，有著牢固鄉村情結的魯順民才會痛切地寫到：「這個 2009 年還在深圳做蚊香的河南小夥子，2010 年正月搖身一變成了井下作業的礦工，我不知道該說什麼好。他告訴我好了以後還得幹這個，這時候，我心裏湧起來的，已經不僅僅是悲愴了。」（382頁）即使遭受再大的人生劫難，生活也都不能不繼續下去。對於類似於李國宇這樣的農民工來說，身無長技，除了出賣苦力，除了從事類似於煤礦這樣的高危職業之外，他們真的是別無選擇。

　　魯順民不僅關注思考著當下時代農民們的現實生存困境，而且也把他那飽含憂思的目光投注向了遙遠的過去，凝眸回望著晃動在歷史背景下的農民身影。具體來說，魯順民歷史維度上的農民關切，乃集中體現在他對於土改

問題持續不斷的關注思考上。土改，作為中國現代史上非常重要的一個歷史事件，對中國農村的政治、經濟以及文化結構產生了根本性的影響。它不僅顛覆終結了中國農村長期存在的那樣一種以鄉紳為中心的傳統鄉村秩序，而且也決定了此後農村的基本發展走向。據我所知，魯順民很早就對土改發生了濃烈的興趣。他在土改問題上的用心用力之勤，在國內文學界也很可能是罕見其匹。一方面，魯順民身居山西，其故鄉河曲縣當年本就隸屬於晉綏邊區，另一方面，由於受到「左」傾思想的深度影響，晉綏邊區土改的暴力與血腥化傾向特別嚴重，因此，魯順民對於土改這一重要歷史問題所進行的田野調查，自然也就鎖定了當年的晉綏邊區這一特定區域。需要注意的一點是，由於魯順民長期關注思考土改問題，圍繞晉綏邊區的土改，他所形成的文字，數量絕不在少數，被收入到這本《天下農人》之中的，僅僅只是冰山一角，只是其中的一小部分。但正所謂一滴水也能夠反映太陽的光輝，雖然只是其中的一部分，但通過這一部分田野調查的結果，我們卻完全可以對當年土改的慘烈境況有一種直觀的瞭解。

關於土改的話題，還得從「山藥蛋派」已故老作家胡正說起。1947 年底，時任《晉綏日報》編輯的胡正，曾經因為「張紅奴事件」而被迫做過一次違心的檢查。張紅奴，是保德縣化樹塔村的一個普通農民，在土改中不僅分得了 11 餉又一畝土地，而且還先後分得一石二斗近 400 斤原糧。但這張紅奴，卻是一個成天價好吃懶做游手好閒的「二流子」，僅僅兩個月的時間，就已經坐吃山空了。恰恰也就在這個時候，邊區政府同時也在搞春貸活動。其中，就涉及到了張紅奴。然而，在討論是否應該給張紅奴提供春貸的時候，村里人卻差不多異口同聲地表示反對。為什麼呢？「在鄉村的日常倫理秩序中，為富須仁，為貧須勤，這樣才能贏得道德上的認同和同情，但是這個張紅奴是一身的毛病，顯然有違鄉村社會日常倫理秩序要求。」（418 頁）到最後，雙方矛盾激化的一種結果，就是張紅奴自殺未遂事件的釀成。受到「左」傾錯誤思想影響的緣故，當時的《晉綏日報》曾經一度大做文章，替張紅奴這樣的農村「二流子」障目。胡正的被迫做違心檢查，也就在這個時候。魯順民的睿智之處在於，通過張紅奴事件，在《底層政治動員的成本與收益》一文中，對土改的「左」傾化問題進行了深入的反思：「轟轟烈烈開展的晉綏土改運動在後期之所以急遽『左』傾，與當年的這種明顯冒險的倡導顯然有關係，或者說，正是這樣一種與民間日常倫理相悖的倡導，才使晉綏根據地後期的土

改運動急遽『左』轉。這個提倡在 1948 年土改『糾偏』中，曾受到毛澤東、任弼時等中央領導人的嚴厲批評，被斥為『單純的貧雇農思想』，是『左』傾錯誤的一個集中表現。」（426 頁）然而，問題的關鍵在於，類似於張紅奴這樣的「二流子」在鄉村政治運動中的興風作浪，卻並不只是在土改運動中。對於這一點，魯順民也作出過一針見血的分析：「但不幸的是，在此後的運動中，這種提倡裏面隱含的『運動技巧』卻被以各種名義固定了下來。這些人的面孔，每一個經歷過『運動』的人想來都不陌生，沒事的時候嘀嘀咕咕，一有風吹草動則蠢蠢欲動，而運動一來就衝鋒陷陣走在前頭，這些人未必都是『二流子』，但大部分身上有『二流子』的一些共同特點，本事不大，脾氣不小，少理性，多殘忍。想想這些曾經活躍異常的面孔對人是個不小的折磨，不說也罷。」（426 頁）

　　然而，既然是歷史的一種真實存在，魯順民就不可能不說。這不，在接連幾篇「1947 年晉綏土改田野調查」中，他就會屢屢涉及到這些熱衷於搞運動的鄉村「二流子」。當然，從根本上說，這些「二流子」在暴力與血腥土改的過程中所扮演的其實更多是一種工具或打手的角色。相比較而言，更應該為土改的暴力與血腥化承擔歷史責任的，其實是土改工作組，是中央或邊區政府裏的土改高層決策者。通過魯順民幾篇口述實錄的田野調查結果，我們即不難發現，那場具有極「左」色彩的暴力與血腥土改過程中，真正的受害者，大約有三種人。其一，是類似於牛友蘭、劉少白這樣一些曾經給中共領導的革命事業做出過重大貢獻的開明紳士。比如，劉少白。「劉少白是前清的貢生，山西大學畢業。老漢在舊時代官場上幹了好些年，後來在天津由王若飛和安子文介紹入黨，入黨時間很早。他和牛友蘭先生為興縣辦過許許多多好事，辦起一高二高，後來還籌辦了一所中學，這在黃河兩岸是破天荒的事情，1940 年，兩個老漢拿出一半多家產辦起興縣農業銀行，給共產黨解決經費。劉少白思想很開明，他的三個女兒從小就不纏足，而且都送出去念書，大女兒劉亞雄、二女兒劉競雄、侄女劉佩雄都是很有名的，都擔任過國家高級幹部。子侄輩共 9 人，有 7 人被送到北京、太原、延安讀書，都參加了革命。」（466～467 頁）但就是這樣一位對共產黨的革命多有貢獻的開明紳士，在土改中也遭到了莫須有的肆意凌辱。這凌辱，首先來自貧農團團長任奴兒。連自己的媳婦都是劉家給娶下的任奴兒，誣陷劉少白曾經打過他兩個耳光之後，當眾打還了當年的東家兩個耳光。然後，是劉少白的那個馬弁。馬弁無

端控訴劉少白曾經打過他兩馬鞭子之後，同樣打還了老漢兩馬鞭子。接下來，是街上的一個名叫二子的剃頭匠。二子誣陷劉少白有一次拒付剃頭錢，遭到老漢的斷然否認之後，竟然衝老漢的臉上吐了兩口唾沫。平白地遭受了這些莫須有的凌辱還不算完，到最後，農會居然提出要撤掉劉少白邊區臨參會副議長的職位。

其二，是周二干干、吳興隆這樣家有土地財產的地主富農。尤其值得注意的是，這些地主富農在土地財產被剝奪的同時，也還遭受著各種非人的殘酷折磨。更有甚者，很多被鬥爭的地主富農乾脆就被農村的那些「二流子」們折磨致死了。這一方面的一個典型代表，就是周二干干。周二干干雖然家裏有錢，在藥鋪裏都有股份，但日常生活中卻特別吝嗇小氣，習慣於裝窮。土改開始後，面對著貧農團的再三逼問，周二干干仍然不肯坦白交代。他的一味抵賴，最後招來的，只能是貧農團的「磨地」酷刑折磨：「記得鬥爭他的時候婦女會也參加了，二干干周掌櫃當下被兩三個婦女會唾了個風雨沒漏，臨了還是被脫光上衣磨了地。頭朝後，腳朝前，兩個貧農團手提腳後跟就拉著周二掌櫃磨了一圈。拉得風快，地上的料炭菠菜籽還不過癮，誰不知道給扔進兩塊青石蛋，聽見週二掌櫃的腦袋在青石蛋上磕得蹦蹦響。拉一圈，乞告一回，說哪裏哪裏藏著洋錢呢。貧農團照那地方掏下去，起出二三百。不多，再拉，三回五回，婦女會張毛女實在憤恨得不得了，在周二得肚皮上放了一盤小石磨，讓大家沒想到的是，她放上小石磨之後，一屁股就坐在那扇小石磨上，像坐了一掛馬車似的，指揮說：拉上走，看他說不說。」（434～435 頁）就這樣，幾經殘忍折磨之後，一貫小氣的「鐵公雞」周二干干不僅被迫交代了多達三千多塊大洋的底財，而且連自己的小命都丟掉了：「周二干干最後怎麼樣了？」「拉死了，那還沒有死？我給你說……到後來，張毛女從磨子上下來才發現周二干干幾輩子就咽了氣，後腦勺子被磨塌，腦漿都拉了一路，後脊背的肋骨白生生的，一根是一根，就像打場的連枷……我給你說。」（435 頁）除了「磨地」之外，被用來對付鬥爭對象的還有諸如「坐圪針櫃」「扔四方墩」「火燙鉗子夾」「小鬼搬磚」等各種各樣形形色色的殘忍折磨手段。很多本不該死的地主富農，只是因為貧雇農的一句話，就完全可能丟掉自己的生命。在當時，很多的冤假錯案就是如此造成的：「槍崩的後兩天，也就是臘八過後那幾天，說是槍崩錯了。不僅僅是她（指口述者的妻姥娘），許多人都槍崩錯了，要糾正。球，人死了怎麼糾？這種混亂局面大概持續了三

個多月，很快就結束了。打死多少地主，沒稽究，不知道。但僅我知道的就有十多個。」（437～438頁）槍崩錯了，怎麼辦？如何糾正？「後來糾偏，有定錯成分，比如呂品賢，還有好多人。錯打死槍斃的，給補以一石糧食，幾匹布了事。人死不能復生，也只能這樣。」（438頁）相對於寶貴的生命來說，再多的補償都無濟於事。這些地主富農的冤屈身亡，很顯然都是土改政策極「左」化所導致的必然結果。反過來說，這所有的冤假錯案的普遍發生，所充分證實的，也正是土改的暴力與血腥性質。

其三，是苗混獅、劉允文等共產黨的農會、民兵隊幹部，或者乾脆就是如同王作義這樣的軍區幹部。比如，苗混獅。身為農會秘書的苗混獅，之所以會首當其衝地在土改中被活活整死，一方面因為他在平時的工作過程中難免會得罪人，另一方面則因為他在村裏屬被欺侮擠壓的外來小戶。對於苗混獅，貧農團使用的折磨工具，是浸透水之後又被凍結實了的纖繩疙瘩：「這東西打人，真是留痕不流血，錘打之處，只見一片烏青，連一點血也不見。挨後三下打，乾嘔兩聲就沒動靜了。架苗混獅的兩個貧農團眼見得他往地下出溜，還說是裝死，摸了一把才反過頭來罵在河、在存說：『不用打了，死球了還打？』手一鬆，苗混獅像一堆剔了骨頭的肉一樣癱在地上。死了。」（509頁）苗混獅的遭遇，應該說已經足夠淒慘，但相比較而言，軍區幹部王作義的被殺害更是出人意料之外。王作義的被殺害，與其父王登雲在「三查」時被劃為經營地主有關。本來夠不上地主條件的王登雲，一家三口人都在運動中被無端處死。貧農團的人們之所以要把目標對準軍區幹部王作義，是怕遭到王作義的復仇：「這一下，村裏幹部都著了慌，知道王作義在軍區做官，而且，村里人傳說他在綏蒙軍區做大官。不把這個人拉回來，後患無窮，就決定把王作義從軍區叫回來，寫了封信給軍區，讓王作義回來。」（536頁）毫無防備的王作義根本不知道家裏已經發生了這麼大的變故，只以為村裏群眾是叫自己回來交代問題的。於是，就那麼一個人回來了。不回來不要緊，一回來，王作義就在劫難逃了：「王作義就跟張得勝出來。張得勝讓王作義朝前走，他在後頭跟著。這走，走，一直走到廟巷子，張得勝從後頭就開槍了，啪一下子，一槍就打死了。」（537頁）這可真叫是「人在家中坐，禍從天上來」，一個與土改本來毫無干係的軍區幹部，僅僅因為自己的父親被打為「經營地主」，就莫名其妙地被無端冤殺了。一個年輕有為的生命，就此戛然而止。某種程度上說，王作義之冤，簡直比竇娥還要冤！

　　細察土改中以上三類暴力行為的生成過程，我們即不難發現，第一，那些在土改運動中善於興風作浪，總是主動跳出來折磨別人者，往往是如同張紅奴一樣好吃懶做游手好閒的「二流子」，亦即那些鄉村世界中的流氓無產者。這些人在土改過程中的種種惡劣行徑，再一次強有力地證實著魯順民此前對於這一類人的觀察結論：「本事不大，脾氣不小，少理性，多殘忍。」他們的如此一種惡劣行徑，嚴重破壞著鄉村世界固有的日常倫理道德秩序。第二，類似於張紅奴這樣的「二流子」，之所以能夠上躥下跳地作惡不斷，一方面是因為政府派駐的土改工作組的不作為：「工作（團）退走了，上頭還派來一個人，叫趙國壁，也不主事。群眾要咋辦就咋辦。他管不了，凡事全聽村上這些老漢們的。村裏的『三查』就是他們主持的。」（532 頁）但在這些「二流子」的興風作浪與工作組的不作為背後，土改高層決策者的導向才是最為關鍵的因素：「剛開始，新聞導向並不願意公開地違逆民間的日常倫理秩序而給二流子這一名詞平反正名，但對他們的關注卻是很明確的。到了 11 月晉綏土改『左』傾風潮達到登峰造極的時候，就徹底拋開這種顧慮，從理論上徹底地為『二流子』開始正名和平反了。」對於這一點關鍵性的歷史因素，我們無論如何不能不察。

　　不能忽略的一點是，為了確保田野調查的真實性，也為了能夠更完整地為歷史存真，在以口述實錄的方式呈現當年土改原貌的同時，魯順民也煞費苦心地四處搜尋，既把當年《晉綏日報》關於土改的各種新聞報導，也把檔案館裏收藏著的相關史料，全部都以「參證文本」的形式附錄在了「田野調查」報告後面。有了這些參證文本的存在，那段雲山霧罩的殘酷歷史情形就會以一種立體的方式更加清晰地被呈現在廣大讀者面前。

黃德海《讀書·讀人·讀物》：
金克木年譜或一代知識分子的心路歷程

　　黃德海這些年來在金克木身上用力甚深，是眾所周知的事情。這一點，自有其精心編輯的《書讀完了》和《明暗山——金克木談古今》這兩本金克木的選集為證。很大程度上，黃德海的學術興趣近些年來的明顯由當下時代的文學而轉移向中國的古典，就是受到金克木影響的結果。但多少有點出乎我預料之外的，是他竟然會耗費極大心力創作出《讀書·讀人·讀物》（載《江南》雜誌 2021 年第 5 期）這樣一部絕對稱得上是別出心裁的長篇非虛構作品。先後兩次認真地讀過這部副標題為「金克木編年錄」的《讀書·讀人·讀物》之後，我首先想到的一個問題，就是作品的文體定位問題。之所以會是如此，關鍵在於黃德海自己在後記《嘗試成為非虛構成長小說》中的相關表述：「更大的問題在於，雖然明知道會有各種各樣的缺陷，我還時時想著別出心裁，實驗一些自己能想到的方式，希望這個編年錄有機會成為並非虛構的成長小說，可以給人帶來不侷限於一時一地的益處——尤其是在時代和命運偶然或必然的觸碰下，一個人如何不消泯掉所有自強可能，甚至在某些特殊的時刻轉為上出的契機。」〔註1〕在這裡，黃德海明確強調，希望自己的這個金克木編年錄能夠成為一部非虛構成長小說。在我看來，黃德海這麼說的一個重要理據，恐怕就是金克木自己對《舊巢痕》和《難忘的影子》所做出的一種文體界定。這一點，黃德海自己在注釋部分也曾經專門借金克木之口而有

〔註1〕黃德海《嘗試成為非虛構成長小說》（後記），載《江南》雜誌 2021 年第 5 期。

所提及：「『《舊巢痕》和《難忘的影子》是小說還是回憶錄？』『書中自有一個世界。書寫得好，假的也成真的；書寫得不好，真的也成假的。小說體的回憶錄，回憶錄式的小說，有什麼區別呢？真事過去了，再說出來，也成為小說了。越說是真的，越是要人以假為真。越說是虛構，越是告訴人其中有真人。』（《讀者和作者》）『寫此書於七十年代末，為給上山下鄉兒女知道前代的事，不為發表。過了三年才有出版之議，所以不像小說也不足為怪。』（評點本《舊巢痕》第三回旁批）」一方面，《舊巢痕》和《難忘的影子》在出版時的確被標明為小說，但另一方面，最起碼，按照黃德海的鉤沉與考辨，其中所敘述的那些人和事，其實都有現實的來歷與依憑，完全可以被當作信史來看待。正因為如此，在整個編年錄的編撰過程中，黃德海才會把《舊巢痕》與《難忘的影子》中的相關敘述作為真實發生過的事件來加以徵引。實際上，金克木自己的理解是一回事，通常文學理論中的闡釋與界定，則是另一回事。在金克木那裡，的確可以有「小說體的回憶錄」，但依照一般的文體規範，只要是回憶錄，就必須是真實的，或者最起碼必須做到主觀意義上的一種真實（正如古希臘哲學家赫拉克利特所強調的那樣，「人不能兩次踏入同一條河流。」按照新歷史主義的說法，不管動機如何，要想在時過境遷之後重返歷史的現場，都是不可能的）。而小說，其本質規定性之一，就必須是想像虛構的。比如，艾布拉姆斯在他那部影響巨大的《文學術語詞典》中，在「小說」這一詞條中，開宗明義就強調：「『小說』這一術語現被用來表示種類繁多的作品，其唯一的共同特性是它們都是延伸了的、用散文體寫成的虛構小說。」〔註2〕除了長度、散文體之外，艾布拉姆斯所特別強調的一點，正是小說的虛構特點。儘管說在同一個詞條裏，艾布拉姆斯也曾經提到過非虛構小說（「歷史小說的另一近代分支是被其創始人杜魯門・卡波特稱為非虛構小說的小說形式。這類小說採用多種小說技巧，例如違背事件發生的時間順序，描述事件參與者的精神狀態等，以此生動地刻畫出近代人物和事件。它不僅建立在歷史記錄之上，也常常建立在作者與小說中主要人物的私下訪談上。」〔註3〕），但如果我們細細地參詳一下艾布拉姆斯所給出的所謂非虛構小說的那些特點，就

〔註2〕 艾布拉姆斯《文學術語詞典》，第 505、515 頁，北京大學出版社 2014 年 11 月版。
〔註3〕 艾布拉姆斯《文學術語詞典》，第 505、515 頁，北京大學出版社 2014 年 11 月版。

可以發現，黃德海的這部《讀書‧讀人‧讀物》與之一點都不相符。由以上分析可見，雖然黃德海明確表示想要使這部金克木編年錄處理成一部非虛構的成長小說，但因為其中所徵引的材料可以說「無一字無來歷」，全都有所根據的緣故，要想讓讀者把它理解為以虛構為本質特徵的小說，其實是相當困難的一件事情。但其實，我清楚地知道，身為文學批評的從業者，黃德海自己也並非不清楚非虛構文學與小說二者之間的差別所在。在這種情況下，他仍然堅持要完成一部理想中的非虛構成長小說，或許又有深意存焉。又或者，按照黃德海在後記中的自述，他如此一種努力的結果，是為了求得某種表達上的普遍性，意即，雖然他所集中關注的只是金克木這一個體，但卻企圖從中折射表現出某種普遍的生存經驗（所謂「不侷限於一時一地」）。但與此相關的問題是，如果把這部金克木編年錄看作是長篇非虛構文學，恐怕也一樣能夠達到折射普遍性的那種藝術效果。既如此，筆者到最後也只能把黃德海自己的想法乾脆「置之度外」，遵從於自己的閱讀感受，首先把這部別出心裁的《讀書‧讀人‧讀物》看作是黃德海為金克木做的一個年譜：「我通讀過出版的金克木先生作品，編過兩本金先生的集子，反覆提起過他的數篇文章。每當認識深入一點，產生的疑問也就多了一些。比如，金克木的自學幾乎成了傳奇，可他自學的方法是什麼？比如，金克木曾有近三十年中斷了學術工作，晚年奇思妙想層出不窮的原因何在？比如，很多人欣賞金克木的思想文章，為何至今沒有一個哪怕簡陋的年表？……這些比如經常在我腦子裏迴蕩，大多數時間盤旋一下就過去了。」[註4]在這裡，黃德海最起碼傳遞出了兩個方面的信息。其一，作為一位曾經而且還仍將產生重大影響的中國現代知識分子，金克木迄今都未曾有一個「哪怕簡陋」的年表，這是極不正常的一件事情。個中原因，或者是因為金克木思想的過分駁雜與艱深，也或者是因了金克木其人某種程度上的不合時宜。也因此，在黃德海自己生活中「某件事」的直接觸動下，他終於鼓起勇氣：「我能不能盡自己的微力試著解決其中的一個比如呢，比如來做一個編年錄？儘管諸務多憂，事件被切碎成一塊一塊，也可以在塊狀的縫隙裏一條一條寫下去不是嗎？」[註5]黃德海努力的具體結果，就是這部被他命名為「讀書‧讀人讀物」的金克木編年錄，其實也就是

〔註4〕黃德海《嘗試成為非虛構成長小說》（後記），載《江南》雜誌2021年第5期。
〔註5〕黃德海《嘗試成為非虛構成長小說》（後記），載《江南》雜誌2021年第5期。

一部特色鮮明的金克木年譜。雖然其中很多地方都會涉及到金克木的學術研究，但僅僅用學術二字卻又絕對無法概括這部作為「異樣標本」的作品。也因此，與其說是金克木的學術年譜，反倒不如說是他的人生年譜更為恰切。因為此前從未有過此類作品，所以，黃德海此作填補空白的意義，也一目了然。其二，雖然是金克木年譜，但我們卻一定不能忽視黃德海在後記中所特別強調的那幾個「比如」。在我看來，這些個「比如」所充分凸顯出的，正是年譜編撰者黃德海一種帶有突出主體性的強烈問題意識。說實在話，很多時候，年譜也僅僅只是年譜而已，能夠如同《讀書・讀人・讀物》這樣一部帶有突出問題意識引領的年譜，雖不能說絕無僅有，但也是非常少見的。從根本上說，黃德海此作的獨有深度與別出心裁，全都與這些問題意識的引領緊密相關。更進一步說，在把這部《讀書・讀人・讀物》看作金克木年譜的前提下，儘管很可能有違黃德海自己的初衷，但我卻還是更願意將其從文體的角度理解為一部特色鮮明的長篇非虛構文學作品。作為一部個性化特質突出的長篇非虛構文學作品，黃德海此作最根本的價值，或許就是通過金克木這一個案的深度展示與剖析，而對二十世紀中國知識分子的曲折心路歷程有一種相對深入的透視與表現。

這部長篇非虛構文學作品的標題，很顯然來自於金克木發表於《讀書》雜誌 1984 年第 4 期上的一篇同名文章。這篇文章，用黃德海的評價，就是：「自陳少、懶、忘的讀書經驗，由此而推至讀人、讀物，思路跳蕩，見解通透。」在這篇肯定並非隨意寫來的文章中，金克木立足於自己的人生經驗，對讀書一事做了相當精彩的闡釋與解說：「我讀書經驗只有三個字：少、懶、忘。……讀得少，忘得快，不耐煩用苦功，怕苦，總想讀書自得其樂；真是不可救藥。現在比以前還多了一點，卻不能用一個字概括。這就是讀書中無字的地方比有字的地方還多些。」「我讀過的書遠沒有我聽過的話多，因此我以為我的一點知識還是從聽人說話來的多。其實讀書也可以說是聽古人、外國人、見不到面或見面而聽不到他講課的人的話。反過來，聽話也可以說是一種讀書。也許這可以叫『讀人』。」「我聽過的話還沒有我見過的東西多。我從那些東西也學了不少。可以說那也是書吧，也許這可以叫做『讀物』。物比人、比書都難讀，它不會說話；不過它很可靠，假古董也是真東西。……物是書，符號也是書，人也是書，有字的和無字的也都是書，讀書真是不易啊！」首先，如此一種特別的讀書經驗，恐怕只能夠獨屬金克木自己。不僅僅是通常

意義上的「讀書」，連同「讀人」和「讀物」在內，都被金克木看作是讀書的題中應有之義，是讀書三種不同的境界或者狀態。與此同時，金克木也還明確提出了「無字之書」的說法。有文字的地方，當然是書，這個很好理解。但如果能夠從另外那些沒有文字的地方，也能讀出更加豐富的思想內涵來，恐怕就是讀書的別一種高遠境界了。如此一個過程的完成，所充分依仗的，只能是閱讀主體某種非同尋常的思維與聯想能力。但其實，依照我的理解，當黃德海把金克木這篇文章的標題徵用為這部金克木編年錄的標題的時候，很顯然也還包含有與金克木自己的理解有所不同的內涵。這就是，倘若聯繫整體意義上這部金克木編年錄，如果我們從根本上還原「書」「人」和「物」的本義，那麼，所謂的「讀書」還是讀書，是金克木作為一位知識分子的一種本質屬性。而「讀人」，就變成了金克木在其漫長的人生歷程中與各色人等打交道的全部經歷。至於「讀物」，假如我們可以把「物」置換為人和物共同構成的「世界」，那麼，所謂的「讀物」，就可以被理解為金克木對自己置身於其間的社會與世界的理解與認識。從這個角度來看前面曾經提及過的「有字之書」與「無字之書」，如果我們把「有字之書」理解為各種書籍的話，那麼「讀人」（理解認識各色人等）與「讀物」（理解認識社會與世界），也就完全可以被看作是對所謂「無字之書」的一種閱讀過程。很大程度上，只有以上書、人、物三個方面全都被包含在內，金克木的人生方才稱得上完整。

閱讀《讀書‧讀人‧讀物》，有一個細節非常耐人尋味。那就是，不只一個到訪者注意到，晚年金克木在北大朗潤園居所偌大的書房裏，竟然空蕩蕩地很難找到書的蹤影。比如，錢文忠的回憶：「我第一次見金先生，是在大學一年級的第二學期，奉一位同學轉達的金先生命我前去的口諭，到朗潤湖畔的十三公寓晉謁的。當時，我不知天高地厚，居然在東語系的一個雜誌上寫了一篇洋洋灑灑近萬言的論印度六派哲學的文章。不知怎麼，金先生居然看到了。去了以後，在沒有一本書的客廳應該也兼書房的房間裏（這在北大是頗為奇怪的）甫一落座，還沒容我以後輩學生之禮請安問好，金先生就對著我這個初次見面還不到二十歲的學生，就我的爛文章，滔滔不絕地一個人講了兩個多小時。」一個是德高望重學富五車的前輩先生，一個是初出茅廬剛剛入學不久的青年學子，前者竟然不管不顧地給後者滔滔不絕地主動講授兩個多小時，一方面，固然說明著金克木早已滲入骨髓的平等意識，另一方面，卻也說明著錢文忠的孺子可教。如果不是早已憑文章認定錢文忠是一位可造

之材，狂狷如金克木者，又怎麼可能面對他一個人而滔滔不絕兩個多小時呢？
但同樣引人注目的一點，就是那個「沒有一本書的客廳應該也兼書房」。比如，
李慶西的回憶：「揚之水麗雅帶我去見金克木先生，騎著自行車，從東城騎到
海淀。金先生住北大朗潤園，家裏房子好大，卻空空蕩蕩，連個書架都沒有
（一點不像大學者的居室）。當時就奇怪，沒好意思問。」李慶西之所以能夠
對金克木那空空蕩蕩的大書房留下深刻印象，很顯然是因為如此一種情形，
太出乎他的預想。之所以沒有書架，關鍵在於無書可放。一位如金克木這樣
鼎鼎大名的前輩學者，他的書房又怎麼可以空空蕩蕩呢？正因為有錢文忠和
李慶西他們兩位的回憶互為參證，所以，晚年金克木的朗潤園居所裏幾乎難
覓書的蹤影，應該就是確鑿無疑的一種事實。無論如何，金克木書房的如此
一種情形，都會讓我們大跌眼鏡，甚至會讓我們感到有那麼一點點無所適從。
一個關鍵的問題是，難道我們真的可以由金克木書房的空蕩蕩情形而進一步
確證他自己在《讀書·讀人·讀物》那篇文章中強調讀書經驗時的所謂「少、
懶、忘」嗎？答案自然只能是否定的。晚年金克木的書房裏之所以總是空空
蕩蕩，主要因為從某種角度說，到這個時候的他，書早已讀完了（請注意，金
克木發表在《讀書》雜誌上的一篇文章，乾脆就被他自己徑直命名為《「書讀
完了」》。一方面，書無論如何都不可能讀完，但在另一方面，倘若按照金克
木的理解，書又是可以「讀完」的。這裡的關鍵在於對書的某種理解與界定：
「只就書籍而言，總有些書是絕大部分書的基礎，離了這些書，其他書就無
所依附，因為書籍和文化一樣總是累積起來的。因此，我想，有些不依附其
他而為其他所依附的書應當是少不了的必讀書或則說必備的知識基礎。」既
然存在著「不依附」其他的必讀書，那麼，閱讀者一旦把這些無論如何都不
可能被忽視的必讀書讀完，也就在某種程度上可以說「書讀完了」）。當然，
書的理論上可以被「讀完」，與金克木晚年書房裏的空空蕩蕩，並不能簡單地
劃等號。但儘管如此，我們卻也不能簡單地因為金克木晚年書房的空蕩程度
而否定他事實上的學富五車。只要我們認真回顧一下金克木的曲折人生歷程，
就不難發現，某種程度上，對金克木來說，他的書或許早在 1912～1945 年的
所謂「學習時代」期間就已經全部「讀完」了。

　　一方面，由於金克木出生於一個擁有讀書傳統的官宦人家，另一方面，
卻也與中國社會長期以來形成的「萬般皆下品，惟有讀書高」的潛在觀念的
影響有關，金克木小小年紀就開始了他那至今看起來都特別令人驚豔、咂舌

的讀書生涯。金克木最早的發蒙老師，是他的大嫂：「嚴格說，正式教我說話的第一位老師是我的大嫂。我不滿三足歲，她給我『發蒙』，教我認字，念書，實際上是教我說話。」從 4 歲開始，他就以背誦《三字經》的方式開始認字了：「我探索人生道路的有意識的學習從三歲開始。學說話的老師是從母親到大嫂，學讀書的老師是從大嫂到三哥。讀書也是說話，當大嫂教我第一個字『人』和第一句話『人之初』時，我學習了讀書，也學習了說話。」但僅有大嫂是不夠的，「在他念了一段書以後，上新學堂的三哥認為這樣死背書不行，買了一盒『字塊』給他。一張張方塊紙，正面是字，背面是畫。有些字他認得，有些字認不得，三哥便抽空教他。他很快念完了一包，三哥又給他買一包來。」就這樣，時間不長，僅只是到了 5 歲的時候，金克木就已經念完了《三字經》和一大盒「字塊」，只是還「不會寫字，不會講」。到了下一個年頭，金克木的學習視野就進一步擴大了。先是「三哥奉大哥之命教讀書，以《百家姓》《千字文》《千家詩》《龍文鞭影》不適合作兒童讀物，教讀商務版《國文教科書》。」金克木 6 歲的時候，是 1917 年，在那個時候的內陸中國，他能夠接觸到商務版的這個《國文教科書》應該說是非常了不得的一件事情。這一套《國文教科書》「可能是戊戌變法後商務印書館編的第一套新式教科書，書名題字下是『海鹽張元濟題』。書中文體當然是文言，還很深，進度也快，可是每課不長，還有插圖。」我們都知道，如果著眼於教育理念和教育制度，金克木的幼年時期，恰好是中國由傳統的私塾教育向源自於西方的現代教育轉型的初始時期。更多地取決於三哥的開明，少小年紀的金克木能夠得以開風氣之先地直接接觸到這一套商務印書館的新式教科書，真正稱得上是三生有幸。一個人精神底色的形成，很大程度上，與他幼年時所接受的家庭教育緊密相關。金克木學貫中西的最早被賦形，恐怕就是他 6 歲時對商務版《國文教科書》的學習。能夠與三哥的教育理念相媲美的，還有在那時身為一家之主的大哥。那是在金克木 7 歲的時候：「大哥臨行，囑咐讀書及相關事宜。『趁記性好，把《四書》念完就念《五經》，先不必講，背會了再說，長大了，記性一差，再背就來不及了。……到十歲再念詩詞歌賦、古文，開講也可以早些。《詩》《書》《易》《禮》《春秋左傳》，只要背，先不講，講也不懂。這些書爛熟在肚子裏，一輩子都有用。』」「十歲以後念點古文、唐詩、《綱鑑》。現在世道變了，沒有舊學不行，單靠舊學也不行。十歲前後，舊學要接著學，還要從頭學新學。」「頭一條是要把書念好，然後才能跟你三哥同大嫂學那些『雜

學』。那是不能當飯吃的。」無論如何都不能被忽視的一點是，也正是在他 7 歲的時候，通過三哥，金克木最早開始接觸學習英文：「跟三哥學英文，有所感：『我讀了幾本古書以後就學英文，由哥哥照他學習時的老方法教。』」由於在這個過程中不得不接觸英文語法，金克木竟然產生了這樣一種奇怪的感覺，竟然由英文的學習而聯想到了中西衝突問題。:「英國人的腦袋這麼不通，怎麼能把中國人打得上吐下瀉？什麼地方出了毛病？」到了下一年，等到金克木 8 歲的時候，他的閱讀視野得到了進一步的擴大。先是各種「閒書」的被發現：「助大嫂理書，見《天雨花》《筆生花》《玉釧緣》《再生緣》《義妖傳》（《白蛇傳》）等，並見《六也曲譜》及棋譜《桃花泉弈譜》《弈理指歸圖》等。大嫂有言。『念書人不光是要讀聖賢書，還要學一點琴棋書畫。……聖賢書要照著學，這些書不要照著學；學不得，學了就變壞了。不知道又不行。好比世上有好人，有壞人，要學做好人，又要知道壞人。不知道就不會防備。』」與這一批「閒書」的被發現緊密相關的一點是，到了稍後一些，也即他 10～14 歲期間，金克木曾經以速讀的方式大量閱讀各種古典小說：「家長另有一個小小的藏書箱子，裏面全是小說，大半是石印的小字本（叫『刀頭本子』），也有大本子，也有木版印的，什麼都有，有全有不全。《三國》《水滸》《西遊》等這時才看到。他那時大半能看懂，可是傍晚偷偷去看，眼睛吃了大虧。」具體來說，金克木的快速看書「這一習慣是由於偷偷看書怕被發現而來的。儘管是正經書，也不許私自動，所以非趕快翻看不行。」與這一批「閒書」的被發現差不多同時，對金克木的精神成長更為關鍵的一點，是他在家中對一批西方典籍不其然間的發現：「在另一箱裏，叫《富強齋叢書》，裏面開頭就講電學。其中有個書名很奇怪，叫《汽機必以》（就是現在的『手冊』）。這是『格致書院』出版的。還有一套字同樣小得不得了的大部書是《皇清經解》。有一箱子裏有一些洋紙大字兩面印的新書，都印著『作新社藏版』，是在日本橫濱印的。還有一批《新民叢報》（梁啟超編），一套《不忍雜誌》（康有為編）又有梁啟超的大部書《飲冰室文集》。還夾著小本石印書，題目是：《勸告國民愛國說》，《勸告婦女放足說》，都是白話的。有一本鉛印線裝書，長長的，封面上三個大字：《天演論》，下署『侯官嚴復』。……忽然在夾縫中找出一本不大不小的鉛印書，題為《巴黎茶花女遺事》，署名『冷紅生譯述』。他翻看了一下，覺得文章很好，可是不懂講的是什麼事，茶花女為什麼要死。這同他看《天演論》一開頭說，『赫胥黎獨坐一室之中……』一樣，有趣，卻不知說的

什麼。更不知道他已經接觸到了當時兩大譯家：嚴復、林紓。他覺得這些洋人跟中國人很不一樣。」以上林林總總，黃德海為我們所形象展示出的，正是金克木 10 歲前的基本閱讀情況。看一看金克木的當年，想一想我們自己在 10 歲前的所謂「閱讀學習」情形，端的是好不愧煞人也。說實在話，我們在同一個年齡段的閱讀學習，較之於二十世紀初頁的金克木，只能夠勉強說是九牛一毛都不如的。

到了 9 歲，也即 1920 年的時候，金克木告別了學齡前兒童階段，開始隨同三哥，進入安徽壽縣第一小學上學。由於國文程度夠得上四年級，但算數程度只是夠得上一年級的緣故，金克木被校長安排到了二年級。年級的安排合理與否且不說，需要引起我們特別關注的一點，是那個年代的小說課程設計。根據金克木自己在《比較文化論集》自序中的回憶：「上小學後，『國文』老師倪先生教五、六年級時就不用課本而自己選文印給我們念：從《史記》的《鴻門宴》到蔡元培的《洪水與猛獸》，從李後主的詞到《老殘遊記》的《大明湖》，不論文言、白話、散文、韻文，都要我們背誦並講解。教『手工』『圖畫』『書法』三門課的傅先生會寫一筆《靈飛經》體小楷，會畫扇面，會做小泥人、剪紙等玩藝兒，經常為我的勉強及格而歎氣。還上『園藝』課，種糧、種菜、種花；有時還在野地裏上『自然』課。每年植樹節要植樹。『音樂』課教簡譜和五線譜甚至告訴我們『工尺上四合』中國樂譜；教彈風琴，吹笛子。這些我也只能勉強及格。『體育』課有啞鈴操和踢足球，還教排隊、吹『洋號』、打『洋鼓』、學進行曲（當時譜子是從日本來的，譯名『大馬司』等）。小學也有『英文』課，不講文法，只教讀書識字，同教中國語文幾乎一樣。第一課教三個字母，拼成一個字『太陽』。後來還教『國際音標』。『算術』雖有課本，老師也不照教，從《筆算數學》等書裏找許多『四則』難題給我們作，畢業前竟然把代數、幾何的起碼常識也講了。老師們都恨不得把自己的知識全填塞給我們。『歷史』課有『自習書』；『地理』課要填『暗射地圖』。校長陳先生……不教課本，好像是在歷史課和地理課的知識上加注解，並且講《申報》《新聞報》上的時事。每星期六的『周會』上，除講故事、唱歌、遊戲外，還練習『演說』，像是『公民』課的實習。在一個現在也還不通火車的縣城裏，那時全城也沒有多少人訂上海的報紙和雜誌，但是《東方雜誌》《小說月報》《學生雜誌》《婦女雜誌》《少年》雜誌和《小說世界》等，甚至舊書如康有為編的《不忍》雜誌、梁啟超編的《新民叢報》，還有陳獨秀編的《新青年》等的散

本，卻都可以見到，總有人把這些書傳來傳去。這小縣城的一所小學成了新舊中外文化衝激出來的一個漩渦。年輕的教員都沒有上過大學，但對新事物的反應很快，甚至還在我們班上試行過幾天『道爾頓制』（一種外國傳來的學生自學教員輔導的上課方式）。」請原諒我一字不拉地摘引了金克木自序中的這麼一段回憶文字，不如此就無法完整而真實地呈現金克木當年所就讀的壽縣那所第一小學的課程設計全貌。只要兩相對照一下，我們當下時代與金克木那個時代小學教育方面的差異，就已經一目了然。尤其值得注意的是，早在小學階段，「國文」和「算術」老師，居然就可以徹底擺脫所謂教材的束縛與羈絆，就可以按照自己的意願，以自編教材的方式進行授課。如此一種「自由」的情形，於今想來，在強烈感歎不再可能的同時，我們也的確只能夠是「雖不能至，心嚮往之」了。

　　但請注意，以上還並不是金克木在其小學階段所接受教育的全部。除了正規的學校教育之外，尚需注意以下幾點。第一，因為結識了同學的哥哥，閱讀視野原本就非常闊大的金克木，更是開闊了其閱讀視野：「（按同學哥哥）這裡桌上的書差不多都是我沒見過的。有的連書名也不懂。例如馬君武譯的《赫克爾一元哲學》又名《宇宙之謎》。……於是我憑空得到了一個新圖書館。不懂什麼叫『一元哲學』，還是從小說看起。先看《東方雜誌》《小說月報》摘編的小本《文庫》。還有魯迅和周作人合譯的《現代日本小說集》。可惜他的小說很少。……他有不少心理學書。多次說，心理學是常識，每人都得懂一點。他讓我先看陳大齊的《心理學大綱》，說是可以由此入門。他說這書是偏向構造派的，以後再看機能派的，然後看那本《行為主義心理學》，《社會心理學》放到最後。還有杜威的《思維術》，暫時不必看。」小小年紀的小學生便要接觸高深的哲學、心理學，如此一種情形，即使放到現在，也無論如何都不可思議。第二，「始得思維之樂」。因為受到哥哥用銅錢占卜的影響，金克木不僅對「六壬」產生強烈興趣，而且還別有所悟：「這不但鍛鍊記憶，而且要求心中記住各種條件，不但排列組合，還得判明結構關係，解說意義，認清條件的輕重主次及各種變化，不可執一而斷。我這時才想到，古來哲學家演易卦還是鍛鍊思維能力，和下圍棋及做數學題是一個道理。對兵家還有實用價值。」第三，「始知數學之妙」：「看到一次方程式所做例題，我大吃一驚。原來『四則難題』一列成方程式就可以只憑共識不必費力思考便得出答案。……看到方程式能這麼輕易解答算術難題，那一刻我驚呆了。驚奇立刻

變成一陣歡樂。是我自己發現的，不是別人教的，才那麼高興吧？」第四，更進一步地，等到小學畢業的時候，他不僅讀到了一本《混合算學教科書》，而且還特別注意到了其中的「格蘭弗線」。一般情況下，初中數學課的講授程序應該是代數、幾何、三角順序而來，但這部教科書卻「打亂了規定次序混合教」。歸根到底，「這書是用高中才能學習的解析幾何原理來講初中數學。」在初中還沒有上的時候，便搶先接觸到了高中才要學習的解析幾何知識，金克木學習突出的超前性，於此即可見一斑。

15歲，金克木雖然已經小學畢業，但卻依然癡迷於閱讀和學習，曾經一度師從私塾的陳夫子接受傳統訓練。這期間，除了學習《書經》《禮記》《左繡》《易經》等古代典籍之外，最不容忽視的一點，是他的讀《馬氏文通》而有所悟。一開始，倍覺難懂，但後來，他「靈機一動，明白過來。是先有《史記》，後有《文通》，不是司馬遷照《文通》作文章，是馬氏照《史記》作解說。懂了古文看文法，很有意思。不懂古文看文法，照舊不懂。人遵守生理學法則，生理學造不出人來。人在先，研究人的學在後。這樣一開竅，就用在學英文上。不用文法學英文，反用英文學文法。不管講的是什麼，不問怎麼變化的規則，只當英國人講的一句話，照樣會講了再記規則。說話認識字在先，講道理在後。懂了道理更容易記。學文法先背例句，後背規則，把規則也當作一句話先背後講。把外文當古文念，果然順利多了。……以後我學什麼文也用這種顛倒法。」不管怎麼說，金克木閱讀《馬氏文通》並「有所悟」的這一段經歷，對於我們有著強烈的啟示意義。金克木的「有所悟」，很顯然意味著他在學習的過程中已經找到了某種方法論的東西。我們注意到，黃德海在後記中，曾經特別強調：「更重要的是，隨著寫作的深入，金克木獨特的學習和思考方式逐漸聚攏為一個整體，玲瓏剔透又變化多端，我從中感到的鼓舞遠遠大於沮喪。或許沒有什麼比驚奇更為吸引人，或許所有的東西都會有自己的『格式塔』（gestalt，完形），反正最終，差不多就這樣完成了。」〔註6〕如果說金克木在其長期的閱讀和學習過程中的確形成了獨屬自己的「學習和思考方式」，那麼，閱讀《馬氏文通》時的「有所悟」，就可以被看作是獨屬他自己的「學習和思考方式」之始。

請原諒我用如此之大的篇幅來介紹探討少年金克木一直到小學畢業時的

〔註6〕黃德海《讀書‧讀人‧讀物——金克木編年錄》，載《江南》雜誌2021年第
　　　5期。

閱讀學習情況，倘若不如此，我們就不僅難以理解晚年金克木的書房為什麼儘管空空蕩蕩，但他卻總會顯得學富五車這樣一個重要問題，而且也無法理解金克木到底是怎樣「煉」成的。從根本上說，正是依仗於金克木在少年時期就已經廣泛涉略中外古今的各種典籍，打下了紮紮實實的閱讀基礎，才會有那個知識構成特別駁雜豐富的現代知識分子的最終養成。遺憾之處在於，等到 1930 年，時年 19 歲的金克木迫切地想要上大學的時候，他卻因為經濟來源中斷的原因，而永遠地失去了進入大學深造的機會。這一點，他在晚年時曾經專門對相知甚深的《讀書》編輯揚之水有所提及：「（三哥）把地賣了八百塊錢，只給了他一百，餘皆抽了大煙，而原說定（大概是其父臨終時吧【按此為分家時的決定，而也不確切，參前文】），大哥負撫養之責，二哥為其娶妻，三哥則供其讀書。『當初若是供我上了大學，今天也就不是這樣了！』……看來沒能取得文憑是先生終生遺憾。」無論是從日常心理揣度，抑或還是借用弗洛伊德的精神分析學理論，因三哥貪佔了七百塊錢而致使金克木未能如願以償地接受大學科班教育，乃是他終其一生都沒有能夠釋懷的一個精神情結。依照常理推斷，既然沒有上過大學的金克木尚且取得了這麼突出的學術成就，假若他上了大學，接受了大學的科班教育，那肯定會如虎添翼，肯定會取得較之於實際更高的學術成就（正如他二哥後來告訴他的：「假如對他說是『傾家蕩產』的款子，能交給他上學，說不定他能實行方的建議（按補習一年，弄到高中文憑，然後考上國立大學。那麼一來，也許他的一生就會是另一番景況了。」）但，這無論如何也只是一種可能。認真想一想，或許也還存在著另外一種可能。那就是，假若金克木真的按部就班地上了大學，依照常規接受了大學的科班教育，其最終結果恐怕也未必就一定能企及或者說超越金克木的現實學術成就。

關鍵的問題是，正如同歷史無法被假設一樣，金克木的人生也無法被假設。因此，在這裡，我們也只能夠就金克木的現實人生歷程而展開相應的討論。一種現實的情況是，從 1930 年，金克木 19 歲的時候，僅僅擁有小學文憑的他，就已經開始了自己一個人在北京（主要是北京）單槍匹馬的漂泊人生。在青年金克木的「京漂」過程中，最引人注目的一點，就是他那興趣與涉略均極為廣泛的自學人生。且讓我們看一下他 19 歲那一年在北京的自學狀況：「徘徊於大學門外，上『家庭大學』。『大學的門進不去，卻不妨礙上另一種大學。……過不了幾天，青年 A（即金克木）便自封為『馬路巡閱使』，出

門去走街串巷了。」那麼，青年金克木到底是怎麼樣「走街串巷」的呢？一是「讀報」，二是進入位於頭髮胡同的市立公共圖書館：「我忽然發現宣武門內頭髮胡同有市立的公共圖書館，便走了進去。……館中書不多，但足夠我看的。閱覽室中玻璃櫃裏有《萬有文庫》和少數英文的《家庭大學叢書》，可以指定借閱，真是方便。冬天生一座大火爐，室內如春。我幾乎是天天去，上午、下午坐在裏面看書，大開眼界，補上了許多常識，結識了許多在家鄉小學中聞名而不能見面的大學者大文人的名著。」正是在這裡，金克木有幸很早就接觸到了簡直「不知所云」的康德的《純粹理性批判》和弗洛伊德的《精神分析學引論》。三是進入「私人教授英文」處，學習《阿狄生文報捃華》：「教學變成了討論。討論又發展為談論。從文體風格、社會風俗到思想感情，從英國到中國，從十八世紀到現代，越談越起勁，最後竟由教學發展到了聊天，每次都超過了一小時。甚至他要走，老師還留她再談一會兒。」四是進入「私人教授世界語」處，「由張佩蒼至蔡方選，輾轉獲教。金克木對世界語的興趣，最早萌生於他 18 歲的時候。用他自己很久之後在《比較文化論集》自序中的說法，就是：「我在小學畢業後從上海函授學校學習世界語，想從這不屬哪一國的語言知道一些小國、弱國如波蘭（世界語創造者的故鄉）的情況。同時也沒有忘記追問那些大國、強國的人是怎麼回事。」從這個時候起始，一直到 1950 年金克木 39 歲時，「參加第三次世界語座談會」，先後兩次「參加首都世界語者集會」，「參加首屆初級世界語講習班開學典禮」，「參加柴門霍夫博士九十一歲誕辰紀念儀式」等一系列活動，我們即不難看出，金克木最起碼終其大半生都對世界語保持了強烈的興趣。從他曾經長期熱衷於世界語的學習和推廣來說，我們完全可以把金克木看作是一位立場比較堅定的世界主義者。五是由張佩蒼介紹至中山堂圖書館、松坡圖書館、中國政治學會圖書館。正是在中國政治學會圖書館，「他第一次看見倫敦泰晤士報，字那麼小，有那麼多張。還有日本的朝日新聞。」六是「逛舊書店和舊書攤」：「他還進了一所更加不像樣的大學，那就是舊書店和書攤子。他常去站在那裡一本本翻閱。」七是，「蔡時濟暫至外城教小學，因經濟困難搬入便宜公寓。結識外鄉朋友王克非，帶入大學旁聽，開始『課堂巡禮』。」需要特別注意的是，這幾所大學都是私立大學：「教員不管，聽課的學生越多，他的名氣越大；沒人聽課，他的飯碗就成問題了。學校的本錢是文憑。你不要文憑光上課，是給它捧場，又坐不壞它的椅子。上課的學生越多，越證明學校辦得好，熱熱

鬧鬧，更能招攬學生，便於籌經費。這些大學只怕學生不上課，不怕不是學生來上課。」八是「至民國大學，聽教育學、國文、公共英文和專業英文，復聽生理心理學、德文、法文課。」九是「至中國大學，聽俄文、英國文學史、英文課」：「他利用停頓時機貫串起來聯想，注意了幾個聽懂的專名，才明白過來，原來她是在講英國的人情風俗。隨後她又說了一個小故事，還加上點評注。發現了話題，就容易懂了。能聯貫，也能預測下句。好比幼時讀《孟子》，知道了『章旨』，便能弄清『節旨』。隨後就能一句一句由自己去連貫起來，進入教師的思想線路，和她一同前進。」十是「至北京師範大學，聽外國人教英文課，窗外聽錢玄同、黎錦熙課。」先是錢玄同：「想聽聽名教授的課，卻不敢進課堂。只在窗外望瞭望錢玄同教授。他是個身材不高的戴眼鏡的胖子。桌上放著舊皮包，這使他想起《吶喊》序中說的『金心異』。想到這是促使魯迅寫作的人，肅然起敬。」再是黎錦熙：「他同樣在窗外聽了黎錦熙教授的課。個子稍高些，講話很慢，講『比較文法』。」十一是「旁聽熊佛西戲劇理論課」：「講的內容很充實生動，多半是講外國，也講中國。有時夾點英文。理論講的不多，實際例證講的不少，而且邊說邊演，給人印象很深，卻復述不出核心內容。」十二是「再讀屠格涅夫」。金克木最早接觸屠格涅夫的小說，是 15 歲小學畢業前後的事情。這裡之所以會專門再次閱讀屠格涅夫的小說，可見他對屠氏作品的喜歡程度。更進一步說，屠氏小說中的一些人物和思想，曾經對金克木的現實人生產生過一定程度的影響：「最著名的一部長篇小說是《父與子》。我先看了耿濟之從俄文譯出的本子，後來又從蔡方選先生借來世界語的譯本再看一遍，算是自以為看懂了，大受震動，對主角巴札羅夫發生無窮感慨。屠格涅夫創造了『虛無主義』一詞。這個人就是虛無主義者，不信傳統，信科學，和父親一輩的舊思想決裂，終於陷入悲劇結果，令讀者又喪氣，又憤慨。」除了以上種種閱讀和學習的情形外，這一年，後來成為優秀詩人的金克木，也開始了自己的文學創作歷程，嘗試寫小說。他最早創作完成的兩個短篇小說，分別是篇幅兩三千字的《雨》和四五千字的《此中人語》。各位不妨設身處地地想一想，即使金克木當年能夠如願以償地進入大學接受科班教育，他要想如以上所列，僅僅在 19 歲的一年時間，就這麼廣泛深入地涉略學習如此之多的知識領域，恐怕也都是不可想像的事情。

　　事實上，從 19 歲的 1930 年，到 26 歲 1937 年因全面抗戰事發後的被迫離開，金克木在北京度過的以自學為主的「大學」時光，對金克木之所以會

最終成為金克木，有著至關重要的決定性影響。首先，在此期間，他先後得以聆聽章太炎、胡適、魯迅等一代宗師的演講。演講的具體內容某種意義上並不重要，重要的是那種現場的感受，與此後長時間內不自覺的潛移默化。其次，在此前粗淺接觸外文的基礎上，進一步強化了各種外文的習得與掌握。如 1932 年的「讀英文報紙《華北明星》，領會英語新聞寫法。」「讀完英文原本《威克斐牧師傳》，探英文奧妙。」1933 年的「暑期，回北平。至北大聽德文、日文、法文課。」「聽邵可侶法語課，建議去聽二年級課。」1934 年的「春，聽邵可侶二年級法語課，結識沙鷗，初見『保險朋友』。」「結識習世界語者楊克（楊景梅）、吳山（安偶生，Elpin）。」金克木對多種外語的熟練掌握，就是在這個時期。再次，借助於各種機會，先後結識了一批文學和學術界的朋友。1932 年，「寫新詩，寄往雜誌，遙識戴望舒、施蟄存。」1933 年底，「施蟄存寫信介紹，得識徐遲。」1934 年，結識沙鷗。「替邵可侶居間聯絡茶會，結識吳宓。」「結識朱錫侯等。」「在法文會上認識了朱錫侯以後，又由他認識周麟，還認識了賈植之，就是賈芝。」1935 年，「結識鄧廣銘，成為學術指路人。」「結識楊周翰。」「經沈仲章推薦，隨穆天民學『新疆話』，得識羅常培。」1936 年，「因鄧廣銘，結識傅樂煥、張政烺。」以上各位，不僅均是文學界和學術界的一時之選，而且也都在不同程度上影響到了金克木自己的命運。第四，作為詩人和學者的金克木，也是在這個時候起步，開始嶄露頭角的。由於先後結識了戴望舒、施蟄存、徐遲等幾位詩人，金克木開始了自己的詩歌創作：「結果是幾首詩在當時唯一能繼續出版的大型文學雜誌《現代》上刊登了出來。」「施蟄存……寫來一封信，說戴望舒和他均看了我的詩歌，很欣賞。」從這個時候起始，金克木的新詩就陸陸續續發表在了《現代》雜誌。等到 1936 年，年僅 25 歲的金克木，就已經有上海時代圖書公司出版了詩集《蝙蝠集》。與詩歌創作相比較，金克木這個時期更引人注目的一點，就是學術研究上的成績突出。這一方面，最值得注意處，就是他的撰文與周作人商榷：「鄧（指鄧廣銘）約寫文，作《為載道辯》，刊 1935 年 12 月 5 日《益世報‧讀書週刊》。詳解『言志』和『載道』內涵，分剖周作人及其弟子文章，認為不可能完全做到毫不『載道』的『言志』，提倡、製造的『言志』，早已非是。」依照金克木的記述，這一事件的大概過程是：「『周作人演講，鄧恭三（按鄧廣銘字）筆記』的《中國新文學源流》出版後引起軒然大波。周提出『言志』和『載道』的對立，提倡晚明小品。……其實依我看，『言志』仍是『載道』，不

過是以此道對彼道而已，實際是兄弟之爭。他叫我寫成文章看看，我知道他又藉此約稿，便說，寫也是白費力，你能登？他說：『你寫，我就發，只看你怎麼寫。』於是我寫出了《為載道辯》，將近萬言，沒署筆名，交給他。話雖說得婉轉，對周仍是有點不敬，以為不會發表。可是全文登出來了，一字未改，佔了整整一期。我沒問他，毛子水主編和周作人對此文有什麼意見。後來見面時他笑著說：『朱自清以為那篇文是毛子水寫的。每月照例由毛出面用編輯費請客，四個編輯也參加。朱來了，對毛說，他猜出了那個筆名。五行金生水，所以金就是水。當然毛作了解釋，說那不是筆名，是一個年輕人。』」「這可以說是我發表大文章的『開筆』。」當時的周作人已經是能夠號令學界的領袖級人物，年僅 24 歲的金克木，竟然能夠以一種「初生牛犢不怕虎」的精神撰寫文章與周氏進行商榷，一方面，凸顯出那個時代學術風氣的寬容與自由，另一方面則也充分顯示出了青年金克木過人的才華和識見。一般來說，我們都會把詩人和學者金克木歸類於文科中人，但誰知，就是這樣一位詩人氣質突出的文科學者，竟然會對天文學也產生非常濃鬱的興趣，而且也還有所成就。他最早對天文學發生興趣，是在 1933 年，22 歲的時候：「讀沙玄文章，迷上天文學。」「想不到從此我對天文發生了濃厚興趣，到圖書館借書看。」正因為如此，也才有了金克木 1936 年時對天文學著作《流轉的星辰》的翻譯介紹。在朋友的幫助下，他的譯稿不僅很快由中華書局出版，而且得到了兩百元的版稅。以至於，那時的金克木，甚至以為僅憑出賣譯稿就可以維持生計了。能不能維持生計且不必說，一位明顯不過的文科生，竟然可以如此之深地涉足了天文學的領域，金克木知識的廣博程度於此即可見一斑。

提及金克木那帶有突出傳奇色彩的自學生涯，抗戰期間他在印度的那一段經歷，無論如何都不容忽視。1942 年，金克木 31 歲的時候，在印度開始比較深入地接觸印度文化：「稍見印度文化內情」：「（按陸揚語）金克木 40 年代在印度求學三年，接受的幾乎是私塾式的教育，而且當時印度恰恰是從殖民地轉變成獨立國家的轉折時期，他接觸了各種各樣的人，真正進入了印度文化的核心，因此他更注重研究文化，尤其注重印度文化與中國文化、西方文化間的比較研究……」「略窺中、歐、印哲學門徑，有『三作』」：「《壬午春作》……自注：『太平洋大戰起後致力於讀印度古今文及哲學書，故此詩多用佛語，但末兩句仍近道家言。哭窮途者阮籍也。』《枕上作》有云，『難遣人間意，安知天地心』，自注謂：『是時略知中、歐、印三方哲學思想，

兼感時事，未能忘情，徬徨歧路，故作此詩。』《壬午秋作》自注：『讀歐陽竟無文知其說涅槃於中庸，糅合儒佛，因試作此詩。』」等到下一年，金克木 32 歲的時候，「入加爾各答帝國圖書館，始學梵文。」「史氏的《佛教邏輯》和歐陽的《藏要》諸序是將我引向佛學之門的。由此我才能略懂曾在哈佛大學及列格勒大學任教授晚年到鹿野苑隱居的印度憍賞彌居士的指教，對佛藏與佛教實際以及梵語和梵學稍窺門徑。」「此後我逐漸又明白了要由律判教。我讀了史徹巴茨基的書發現了從歐通印的哲學之路。於是以佛教哲學發展為中心而尋印度哲學思想歷史軌跡，以印度為樞紐而尋中國和歐美日本的思想途徑的相通和相異。」方法論的意義，無論如何都不容低估。當金克木開始產生以上思想的時候，他的確已經在摸索比較文化研究的路徑上尋找到了方向性的啟示。他後來能夠在這一方面有很大成就，能夠成為國內首屈一指的印度文化研究以及東方學研究大師，這個時候的所謂「略窺門徑」，其實構成了一個很好的起點。這期間，尤其值得注意的，是他在鹿野苑追隨憍賞彌居士時的學習精進情形：「適有天竺老居士隱居於此……昕夕講論，愈析愈疑，愈疑愈析，忽東忽西，忽古忽今，亦佛亦非佛，大展心胸眼界。老人喟然歎曰：畢生所負『債』（漢譯為『恩』）唯此為難『償』（漢譯為『報』），今得『償』矣。」在學習過程中，金克木他們竟然無意間找到了一種後來才在西方有所發展的研究思路：「當時我們是在做實驗，沒想到理論。到七十年代末我看到二次大戰後歐美日本的書才知道，這種依據文本，追查上下文，探索文體，破譯符號，解析闡釋層次等等是語言學和哲學的一種新發展，可應用於其他學科。」他們二人通力合作的直接結果之一，就是「習」或者說破解印度的《波你尼經》：「這經在印度已經被肢解成一些咒語式的難懂句子，本文只有少數學究照傳統背誦講解了。老居士早有宏願要像他早年鑽研佛經那樣鑽出這部文法經的奧秘，可惜沒有『外緣』助力，碰上我這個外國人，難得肯跟他進入這可能是死胡同的古書。」用金克木事後的追憶：「是他在給我講梵語時提出試驗『左右夾攻』《波你尼經》，指導我和他一起試走他自己一直沒有機緣嘗試的途徑。也是他提出對沙門的見解，更是他使我能親見親聞一位今之古人或古之今人，從而使佛教的和非佛教的，印度的和非印度的人展現在我面前。」毫無疑問，如果沒有當年隨同憍賞彌居士的一起修習梵文，肯定也就不會有金克木對印度文化的通透把握和理解。

　　當然，說到金克木的「學習時代」，無論如何都不容忽視的一點，就是他

和「保險朋友」之間可以說長達一生的精神知己關係。金克木最早得識「保險朋友」，是 1934 年他 23 歲的時候。那一年，在旁聽邵可侶法語課的時候，他結識了「保險朋友」：「出課堂門，眼前一亮。年幼的同學 Z 女士（按即保險朋友）手拿著書正站在一邊，對我望著，似笑非笑，一言不發。」隨後，他就開始與「保險朋友」通信：「我寫了一封法文信。簡單幾句問候和盼望開學再見，附帶說我在教暑期夜班世界語，地點在師大。」具體來說，他們兩人的相約作「保險朋友」，是在 1935 年的時候：「我下了決心。既然到了好像是總得有個女朋友的境地，那就交一交東京這個女同學作朋友吧。是好奇，也是忘不了她。於是寫了信……又說，還是她這個通信朋友保險。……沒多久就來了回信。……『你只管把我當作保了險的朋友好了。』」「真是心花怒放。有了個保險的女朋友。一來是有一海之隔；二來是彼此處於兩個世界，決不會有一般男女朋友那種糾葛。我們做真正的朋友，純粹的朋友，太妙了。不見面，只通信，不管身份、年齡、形貌、生活、社會關係，忘了一切，沒有肉體的干擾，只有精神的交流，以心對心。太妙了。通信成為我的最大快樂。我不問她的生活，也不想像她是什麼樣子。甚至暗想她不如別人所說的美，而是有缺點，醜。」此後，與「保險朋友」的通信，就成了金克木日常生活中的一個重要組成部分。然後，就有了他們 1938 年在香港的那次見面夜談：「這是一次特殊的談話。她把信中不能講的，也許是對別人都不能講出來的，一件又一件向我傾吐。我也照樣回報。從自己到別人，從過去到未來，從歡樂到悲哀，都談到了。這是真實無虛的對話。我們的關係從此定下來了。沒有盟。沒有誓。只有心心相印。她有的是追她談愛情談婚姻的人，獨獨缺少真心朋友。那麼，『你沒有朋友麼？我就是。我來補這個缺，』她的話，我一生沒有忘記。我的話，我一生沒有改變。可惜的是，我太沒用了。一絲一毫沒有能幫助她解除煩惱。除了寫信，還是寫信。就是信，也常常引起她煩惱，甚至生氣，可能還傷心。」正是在這次夜談後，金克木專門作詩有記：「忽漫相逢已太遲，人生有恨兩心知。同心結逐東流水，不作人間連理枝。」再往後，「保險朋友」乾脆就出國去了歐洲：「居上饒，得保險朋友至瑞士消息，作《有感》《有憶》二首。『遙憐日內瓦，難得夜明珠。』『一夕傷心語，十年撲面塵。』自注謂：『「日內瓦」，已知盧君至瑞士。』『懷念盧君，不見不忘也。』」既然彼此間有很深的感情，那金克木為什麼堅決不肯和她結為「人間連理枝」呢？對此，金克木的摯友吳宓先生曾經有所表達和記述：「彼旋以詩中人盧希微小

姐（Sylvie）之照片多枚示宓，而述其歷史及心情。蓋此小姐屢次曾對金傾心，而金之態度為『我絕不與伊婚。讓伊去嫁她的表兄。故上次伊自日內瓦來函，我覆信云：我已死去。——我愛伊深至，為此愛作了這許多詩訴苦。而終不肯婚伊。這樣做法，我正可維繫著伊對我的愛情。我將隨便娶一個能煮飯洗衣之太太，買一丫頭來做太太，亦可。』依照金克木對吳宓的說法，他對「保險朋友」的感情，實際上陷入到了某種悖論的狀態之中。越是愛她，便越是要遠離她，越是不能和她進入到世俗婚姻的狀態之中。在這裡，金克木所堅決恪守遵循的，似乎是婚姻為愛情的墳墓的理念。正因為如此，他才會特別強調「我將隨便娶一個能煮飯洗衣之太太，買一丫頭來做太太，亦可。」我們都知道，到後來，成為金克木夫人的，是好朋友唐長孺的妹妹唐季雍。那已經是 1948 年，金克木 37 歲的時候：「5 月 22 日，與唐季雍結婚，胡適證婚。」那麼，金克木和唐季雍之間，到底有沒有那種可以稱之為真正愛情的東西呢？抑或她也僅僅只是「一個能煮飯洗衣之太太」？或許與找不到相關的實證材料有關，黃德海在《讀書‧讀人‧讀物》中並沒有做任何交代。又或者，沒有做任何交代本身，就是一種明確的暗示，也未可知。總之，不管怎麼說都無法被忽略的一點是，金克木與「保險朋友」之間的精神或情感聯繫，甚至一直維持到了 1993 年，金克木 82 歲的時候。那一年 5 月，「保險朋友」去世：「前天才得到的我的最好的女朋友的死訊。信中只說了年月日，沒有說地點是在地球的這一邊還是那一邊。不過這不要緊。死人的世界是超出時間空間普通三維四維概念的宇宙，是失去時地座標的。要緊的是死後以什麼面目出現。若是離開人世時的形貌，我和她都已經是八十歲上下，雞皮鶴髮，相見有什麼好？還不如彼此都在心目中想著兩個二十幾歲的男女青年在一起談笑，毫無忌憚。」依照常理，終其一生的好友去世，金克木應該備感悲痛才對。但他的現實表現卻很是有一點若無其事的樣子。這就不能不讓我們聯想到莊子的「鼓盆而歌」。無論如何，由金克木與「保險朋友」所聯想到的，乃是類似於林徽因和金岳霖他們之間的那種美好感情。很大程度上，如此一種能夠穿越時空的美好情感的生成，與當時那樣一個相對寬鬆自由的時代土壤根本上的滋養之間，其實有著難以被剝離的內在關聯。

　　從藝術結構上看，整部《讀書‧讀人‧讀物》被黃德海切割為「學習時代」「為師時代」和「神遊時代」三個部分。這三個不同時代所分別對應的，恰恰也就是金克木的青年、中年和晚年三個不同的時期。既然是三個不同的

歷史時期，那我們就必須考察一下，各自所佔的文本篇幅。第一個時期的起止時間，是從 1912 年到 1945 年（其中的開頭部分，用不到兩頁的篇幅，簡單介紹了一下金克木的家世，尤其是他的祖父和父親的基本情況），34 年的時間，所佔用的文本篇幅是 42 頁。第二個時期的起止時間，是從 1946 到 1981 年，35 年的時間，所佔用的文本篇幅是 19 頁。第三個時期的起止時間，是從 1982 年到 2000 年，18 年的時間，所佔用的文本篇幅是 17 頁。倘若借用敘述學上的敘述速度的概念，「學習時代」的敘述速度最慢，對一年人事的敘述，用一頁多一點的篇幅進行敘述。其次是「神遊時代」，18 個年頭，佔用了 17 頁的文本篇幅，差不多是一年一頁的速率。敘述速度最快的，中間的「為師時代」，35 年的時間，所佔用的文本篇幅才只有 19 個頁碼，差不多兩年才能夠佔用一個頁碼。三個不同的時代，為什麼會有如此明顯的區別？造成這種現象的根本原因，我們恐怕只能到不同的歷史背景當中去尋找。也因此，倘若說第一個時期，也即「學習時代」，黃德海試圖回答的問題是金克木是怎樣「煉成」的，那麼，到了第二個時期，也即所謂「為師時代」，黃德海所試圖回答的，就是金克木是怎麼樣「非」金克木化的。或者也可以說，黃德海所試圖思考的核心問題，就是金克木為什麼不是「金克木」，他是怎樣被迫走到自己的反面的。

　　事實上，1946 年 35 歲的金克木離開印度回到中國的時候，很是一些躊躇滿志，他準備在前半生打下的堅實基礎上，主要利用在印度期間所習得的那些豐富知識，以在印度哲學思想研究和比較文化研究方面大展身手：「因為我覺得，除湯用彤先生等幾個人以外，不知道還有誰能應用直接資料講佛教以外的印度哲學，而且能聯繫比較中國和歐洲的哲學，何況我剛在印度幾年，多少瞭解一點本土及世界研究印度哲學的情況，又花過工夫翻閱漢譯佛典，所以自以為有把握，其實不見得，不過是少年氣盛不知天高地厚罷了。」心懷絕大抱負且不必說，關鍵的還有當時的學術空氣的自由活潑：「與周煦良、唐長孺、程千帆、沈祖棻為友。」：「這是新結識不久的四位教授，分屬四系，彼此年齡不過相差一兩歲，依長幼次序便是：外文系的周煦良，歷史系的唐長孺，哲學系的金克木，中文系的程千帆。……程的夫人是以填詞出名的詩人沈祖棻，也寫過新詩和小說。她是中文系教授，不出來散步。但常參加四人閒談。他們談的不著邊際，縱橫跳躍，忽而舊學，忽而新詩，又是古文，又是外文，《聖經》連上《紅樓夢》，屈原和甘地做伴侶，有時莊嚴鄭重，有時嬉

笑詼諧。偶然一個人即景生情吟出一句七字詩，便一人一句聯下去，不過片刻竟出來一首七絕打油詩，全都呵呵大笑。……珞珈山下在一起散步的四人教的是古典，而對於今俗都很注意，談的並非全是雅事。……雅俗合參，古今並重，中外通行，是珞珈四友的共同點。其實這是中國讀書人的傳統習慣。直到那時，在許多大學的教師和學生中這並不是稀罕事，不足為奇。大學本來是『所學者大』，沒有『小家子氣』和『行會習氣』的意思吧？」與這種空前寬鬆自由的學術空氣相匹配的，是只有小學文憑的「小學生」金克木能夠一躍而成為中國頂級大學（先是武漢大學，後為北京大學）的教授。如此一種「不拘一格降人才」的非常之舉，也大約只有在那個特定時代才會發生。

　　關鍵的問題在於，當「小學生」金克木終於成為大學教授的時候，已經是公元 1946 年，距離 1949 年的「天翻地覆」已經沒有幾年了。如此短暫的時間，心懷遠志的金克木尚未能夠施展手腳，就已經進入了被裹挾進了一個全新的歷史時期。從這個時候開始，一直到 1981 年的即將退休，就整體而言，身為學者的金克木，其實並沒有什麼學術成績可陳。翻檢這個階段長達三十多年之久的編年錄，在本應產生大成就的人生壯年時期，即使是曾經學富五車的金克木，他的學術成績也只能說是乏善可陳。這個歷史時期的金克木，除了參加各種社會政治活動，作各種表態性的發言之外，剩下的就是或者對其他學者進行批判幫助，或者自己作為資產階級學術權威而接受思想改造了。比如，1952 年他 41 歲的時候：「4 月 1 日，參加座談會。」「馬寅初校長主持召開有關朱光潛教授的思想座談會。曹聯亞、鄭昕、孫承諤、湯用彤、楊人楩、向達、金克木、季羨林、文重等參加了會議。大家一致認為，應進一步幫助朱光潛教授提高和加深對自己資產階級思想的認識。」「4 月 16 日，參加座談會。」：「馬寅初校長召開座談會，湯用彤、錢端升、向達、羅常培、孫承諤、金克木等二十位教授參加。新從朝鮮歸國的曾昭掄、張景鉞教授也趕來參加。」到了 1966 年他 55 歲的時候，自己也終於成為了「資產階級學術權威」和「歷史反革命」，被迫接受批鬥：「有一天，我正在和一些『牛鬼蛇神』搬運石頭……和我同抬一筐的是化學系的傅鷹教授。」兩個人只知道低頭抬筐認真接受「改造」，而不知道一起勞動的人們早就散了：「這時猛然發現如在荒原，只有兩個老頭，對著一堆石頭，一隻筐，一根扁擔，一堵牆，一片空地。」「不約而同，兩人迸發出一陣哈哈大笑。笑得極其開心，不知為什麼，也想不到會笑出什麼來。」如此「自覺勞動，自然自在，自得其樂，什麼化學

公式佛教哲理全忘到九霄雲外去了。這真是一生難得的一笑。開口大笑，不必說話，不用思想，超出了一切。是不是彼此別有會心？不一定。」「到一九六六年我拔草、清除垃圾、打掃廁所時忽然想起來的小說人物只有孔乙己。『我是孔乙己嗎？』五四時期的小說已經幾十年不看了，但兒時描紅寫的『上大人孔乙己』和說『多乎哉，不多也』的《論語》句子的落魄文人還從小到老跟定了我。」

但請注意，即使在「為師時代」的政治風暴中金克木被迫斯文掃地的時候，他也與同時代的很多人不同，在一些問題上，也還能竭盡所能地有所堅持。比如，1958 年 47 歲時關於《紅樓夢》的一段議論：「路上談起俞平伯先生整理的《八十回本紅樓夢》，我說經過俞老的校訂是書大概可以接近原貌了。金公立即反駁說：不然，我看《紅樓夢》大可重新整理研究，比如書中第一回開頭就說：『此開卷第一回也。作者自云：因曾歷過一番夢幻之後，故將真事隱去，而借「通靈」說此《石頭記》一書也；故曰「甄士隱」云云。……這些話似乎不像小說的正文，很可能是正文之外的評語，被抄書人抄混到正文裏了。』必須承認，金克木的這種說法乃出自於自己並非空穴來風的認真思考。果然，根據相關知情者的記載：「1975 年，上海印出了胡適所藏《脂硯齋重評石頭記》（即『甲戌』本。金公所指出的上述一段文字，果然不在正文之內。）」雖然說《紅樓夢》這一學術公案至今都不可能有定論，但金克木觀點的學理性卻無論如何都不可否認。比如，1964 年 53 歲時《梵語文學史》的出版：「本書是一九六○年寫出的講義，一九六三年作了一些修改和補充，曾於一九六四年印出，作為高等學校文科教材……梵語指的是古代印度通行的文言，包括了比古典梵語更古的吠陀語。書中涉及的語言有和梵語關係密切的佛教南傳經典所用的巴利語，還有佛教北傳經典的一部分所用的雅俗合參的語言，但未能包括耆那教的一些經典和其他一些文獻所用的俗語，只是提到幾部俗語文學作品和耆那教經典概略。書中論述的時代是從古代印度有文學作品留下來的上古時期起，到大約十二世紀。」尤其難能可貴的一點是，金克木在該書的編寫過程中對一些必要原則的「頑固」堅持：「這本書一望而知是依照當時的教科書規格和指導思想編寫的。然而我沒有放棄自己原先的原則，一是評介的作品我必須看過和讀過，沒看到的則從簡；二是處處想到是中國人為中國人寫，盡力不照抄外國人熟悉而中國人不熟悉的說法。因此我只能以語言為範圍而且只能寫梵語文學的古代部分。」誠所謂謹言慎行，即使在那

個畸形時代，金克木依然守住了自己的學術底線。再比如，1965 年 54 歲的時候，金克木曾經給學生黃寶生的某一篇文章打分：「在五年級的一次開卷考試時，我選譯了印度古代宗教哲學詩《薄伽梵歌》中的 20 首詩，然後寫了一篇譯後記，運用階級和階級鬥爭的觀點分析批判這部宗教哲學詩，結論是『它的全部內容是唯心的，反動的。印度歷代統治階級都利用它，作為鞏固剝削制度和麻醉勞動人民的工具』。但是，金先生給我打的分數是 4 分。顯然，這說明金先生當時的思想還是比較冷靜的。因為金先生教過我們《薄伽梵歌》，他在講解中並沒有對這部作品採取簡單的全盤否定的態度。」

　　雖然說伴隨著「四人幫」的倒臺，一場歷時十年之久的政治運動在 1976 年金克木 65 歲的時候結束了，但學術的真正恢復生機卻不是那麼簡單的事情，尚需留待一些時日。尤其值得注意的是 1978 年。那一年，年已 67 歲的金克木重新開始讀書寫作：「大約一九七八年之後，我才再到圖書館去公然看一點不是指定非看不可的書。許多年沒有這樣看書，從前學過的幾乎全忘了，世上的新書和新學全不知道。無論中文書、外文書，看起來都是似曾相識。我彷彿返老還童，又回到了六十年以前初讀書的時代，什麼書都想找來看看。」就這樣，經過數年的轉換和過渡，等到他在 1982 年 71 歲時正式退休，伴隨著「神遊時代」的到來，曾經沈寂了太長時間的金克木，終於在學術上得到了真正爆發的時候。從那個時候，一直到他不幸去世的 2000 年，這十八年的時間，可以說是金克木學術上的「黃金時代」。假如說此前的那個「為師時代」是使得金克木不是金克木的一個歷史時期，那麼，這個「神遊時代『就完全可以說是能夠充分證明金克木還是金克木的一個歷史時期。如果說三聯書店的那個《讀書》雜誌不僅在 1980 年代以來的思想解放運動中，並在此後的歷史階段都曾經出演過非常重要的角色，那麼，退休後方始「老夫聊發少年狂」的金克木，就以其海量的文章而在其中起到了積極的推波助瀾作用。雖然只是短短的十八年時間，但金克木卻做了很多事情。比如，出版了大量具有鮮明創造性的學術著作。其中諸如《印度文化論集》《比較文化論集》《舊學新知集》《藝術科學叢談》《文化的解說》《文化獵疑》《書城獨白》《蝸角古今談》《燕口拾泥》《風燭灰——思想的旋律》等，都曾經產生過相當大的影響。此外，也還有諸如《舊巢痕》《難忘的影子》《天竺舊事》等回憶性的小說（或散文）作品行世。這些作品對我們更好地理解金克木其人，毫無疑問有著不容忽視的重要作用。關鍵的問題在於，這個時期的金克木在他的著作和文章中，曾經提出過很多有創造性的獨到見

解。比如，關於印度文化的一些理解：「我講印度的古代，心目中並沒有忘記印度的現代，甚至我是為現代而追尋古代的，印度有『古之古』和『今之古』；可以由今溯古，也可以由古識今；古今之間有異中之同，又有同中之異。西方人論述印度文化也有各自的不同說法，都有其『來龍去脈』，不可一概而論。」比如，對神話的別一種理解：「西方人以希臘神話為標準，以之解古印度神話，由此以為中國無神話。其實古希臘、印度神話皆零星散見，不過希臘、羅馬古人組成系統故事，敘述較早，而中國的《山海經》《天問》等未得發揮。先民神話今日世界上正在有各種新闡釋。我們亟需照古希臘人那樣，將零星化為系統，加以敘述，以新觀點作通俗化，不盡歸之於野蠻、愚昧而抹殺。多年來承襲西方人舊說需要先列事實予以澄清。」再比如，關於傳統的真知灼見：「金公首先問我：你說傳統是什麼？我一時答不出來。金公說：傳統是指從古時一代又一代傳到現代的文化傳統。這個『統』有種種形式的改變，但骨子裏還是傳下來的『統』，而且不是屬個人的。⋯⋯當然變了形象也有了區別，但仍有不變者在。這不能說是『繼承』。這是變化中傳下來的，不隨任何個人意志決定要繼承或拋棄的。」以上這些有限的羅列之外，晚年金克木在學術上尚有創見多多，由於篇幅的緣故，這裡不再一一。

　　但在結束我們這篇已顯冗長的文章之前，我們卻仍然需要提及他人對金克木的一些評價，以及金克木對其他人的一些評價。首先是季羨林。他們之間的矛盾，早在 1958 年的時候，就已經初現徵兆初露端倪。那一年，季羨林「率先發難」，寫了一封「致金克木先生」的大字報：「希望你能挺身而出，抓緊時機，鼓起幹勁，挖一下自己思想的根，把那些不健康的東西挖掉，把自己改變成一個又紅又專、朝氣蓬勃、身體健康的教育和科學研究者，再為人民服務三十年。」等到 1960 年的時候，就已經日趨激烈了：「一個梵文問題，讓季先生講很簡單，讓金先生講可就複雜了。季先生五分鐘就能講清的問題，讓金先生講起碼要半個小時。⋯⋯因為兩個人講課的風格很不一樣，時常鬧點小矛盾，金先生說季先生的講課方式是『資本主義』的，季先生很不服氣，說：『我這資本主義總比封建主義好吧？』北大黨委統戰部得知二人的關係後，曾經勸告季先生：『金先生是我們的統戰對象，您應當和他搞好團結。』」儘管如此，但實際的情況卻是，伴隨著時間的推移，他們兩個人的關係卻越搞越僵了。或許是由於積怨已深的緣故，等到 1990 年金克木 79 歲的時候，季羨林在至臧克家的信中曾經專門「攻擊」金克木：「有一次你曾談到金克木寫的文章，『不知所云』。若以朦朧

詩觀之，庶幾得之。」而金克木的回應是：「近聞我胡塗亂抹的小文有人說是看不懂。我很吃驚。我說的什麼就是什麼，怎麼會不懂？只怕是要找其中的『微言大義』找不出，才說是不懂吧？」但到了 1993 年金克木 82 歲的時候，季羨林卻仍然在找機會繼續他的「攻擊」：「5 月 13 日，徐梵澄言及」：「前些年季羨林曾經指著金克木一篇文章對我說：『所談何益！』可是前不久看到他自家做起文字來，仍是浮躁，甚無謂。」然後是錢鍾書。最早是在 1986 年，金克木 75 歲的時候：「有位學者曾於 1986 年春天初訪金先生，當金先生問及現在的文化熱中哪些人在青年人中最有影響時，告曰：老的首推錢鍾書與金先生，年輕些的無敵於李澤厚。金先生評價道：李澤厚才情有餘而根基不足。錢老是大學問家，但有好掉書袋之癖，厚厚 4 本《管錐編》，我看了一本足以達旨。」緊接著，是 1987 年 76 歲時，與揚之水的一番談話：「說起錢鍾書，金夫人說，這是她最佩服的人。金先生卻說，他太做作，是個俗人。」「不過金先生又說，錢是俗人（道此語已非一次），是做出來的名士，且對他的掉書袋頗不以為然。」然後，就到了 1998 年金克木 87 歲高齡的時候。先是錢鍾書發表了一首古體詩《偶見江南二仲詩因呈振甫》：「同門才藻說時流，吟卷江南放出頭。別有一身兼二仲，老吾談藝欲尊周。」此詩被金克木看到後，他情不自禁地和了一首：「2 月 1 日，致信和錢鍾書詩」：「頃偶見『書訊』中詩，戲和一首，以博一笑。『聞抑二仲尊一周，排行榜上競風流。談藝何須爭坐位，茫茫煙雨灑樓頭。』」請一定注意，在涉及到季羨林和錢鍾書的時候，黃德海儘管一直恪守著只作客觀徵引而不作任何評價的書寫原則，但其中所暗含的比較意義層面上的褒貶，其實也還是一目了然的。明眼人對此當會發出會心一笑。事實上，也不只是在旁涉到季羨林和錢鍾書他們二位的時候，而是在此書的書寫過程中，尤其是到了後面的「為師時代」和「神遊時代」，由於社會條件不允許的緣故，黃德海在很多地方都是引而不發，或者乾脆只能夠「以不寫為寫」，正所謂「不著一字」而「盡得風流」。

　　無論如何，在這部題名為《讀書・讀人・讀物》的篇幅並不算大的長篇非虛構文學作品中，黃德海借助於通篇對金克木以及他人相關文字的廣泛而得當的徵引，既能夠讓讀者充分領略二十世紀中國知識分子中的一大奇人金克木豐富的精神內涵與奪目的精神光彩，也能夠在一種象徵隱喻的層面上通過金克木這一個案而進一步挖掘表現一代知識分子的心路歷程，所以，我們便不能不對這一「異樣標本」（黃德海語）給出相應的高度評價。

東黎《黑白照片》：
那些散落於貧瘠時代的生命記憶

　　東黎這本題名為《黑白照片》（江蘇文藝出版社 2014 年 8 月版）的回憶錄，拿到我手裏已經很有一些時間了。由於有太多事情的纏繞，一直到稍早一些時間，我方才打開了這本裝幀設計格外精美的回憶錄。首先吸引我眼球的，自然是那一圈腰封上的編輯薦語：「這本書讓我想起《城南舊事》。筆調同樣溫暖而感傷，都是用一個孩子的眼睛來看成人世界，都有一個大時代作為底色。」「作家不僅寫了『無數煎熬的日子，只是姐弟倆相視而笑的一碗溫暖甜粥』，更記錄下一個風雨如晦的年代裏，許多不為人知的歷史細節。」「希望這本書，有足夠好的運氣，也能在中國現當代文學中佔據一定地位。」東黎是我的朋友，雖然我對於她出色的寫作才能很有信心，但畢竟已經擱筆多年，那麼，她的這部回憶錄竟然會具有這麼好的品質嗎？竟然可以與林海音的名作《城南舊事》相提並論，有可能「在中國現當代文學中佔據一定地位」嗎？我清楚地知道，我們所置身於其中的，乃是一個眼球經濟的時代。不管採用怎樣一種誇張的不靠譜方式，只要能夠吸引讀者的注意力，把人民幣從他們深捂著的口袋裏掏出來，也就算取得了成功。在這樣一個時代，諸如此類腰封上多少有點誇張其詞的編輯薦語，我們日常的耳聞目睹，的確已經太多了。面對著如此一種不堪的現實狀況，在內心中有所提防，就是正常不過的一種閱讀心態。一部作品，到底成色如何？必須經過自己的眼球親自檢驗之後，方才作數。說實在話，我正是抱著如此一種將信將疑的心態進入到了東黎的《黑白照片》之中。

　　實際上，也只有在先後兩次認真地讀過《黑白照片》之後，我才最終認定，雖然現在還很難判定這部回憶錄是否就真的能夠如編輯薦語所言「在中國現當代文學中佔據一定地位」，但說它是一部極類似於林海音《城南舊事》式的作品，卻無論如何都是能夠成立的一種觀點。實際上，也並不僅止於林海音的《城南舊事》，能夠讓我們聯想到的，也還有蕭紅的名作《呼蘭河傳》。儘管近些年來也接觸過不少回憶錄作品，但如同《黑白照片》這樣可以給我留下難忘印象者，其實並不多見。這部作品的副標題為「聽媽媽講過去的故事」，是作為母親的東黎，應那個時候正在北大求學的愛女的強烈要求，對於自己少年時期所親歷人生往事的一種真切回憶。東黎的少年時期，恰好是後來被稱之為「十年浩劫」的「文革」時期。因為過分強大的政治凌駕於所有生命之上的緣故，無論是就社會形態的正常度而言，還是就人性的被滿足程度來說，那都是一個嚴重匱乏的貧瘠時代。那麼，一個天真幼稚的生命，在那個不正常的貧瘠時代，究竟會經歷哪些不尋常的人與事？會目睹什麼樣的社會與人性狀況？所有這一切，都在東黎的這本《黑白照片》中留下了切實的印跡。面對著《黑白照片》，我們所面對的，實際上也就是一個孩子散落於貧瘠時代的點點滴滴生命記憶。

　　閱讀《黑白照片》，首先令我驚豔不已的，就是東黎非同尋常的語言工夫。作家的敘事狀物，是那樣的簡潔凝練，那樣的準確到位，那樣的鮮活靈動，那樣的鉛華洗盡，那樣的韻味十足。比如「趕廟會」中的這樣一段：「太陽剛剛躍上遠處的崖頭，橘紅色的光芒染了很多地方，村街到處明晃晃的，人一閃一閃地走在光芒裏。我的身上臉上都是光，展開手，手上滿是光芒，握一下，感覺握住了一種溫暖，驅走了一些早晨的寒意。」「人」可以「一閃一閃」地走在「光芒裏」，「展開手」，手上居然可以「滿是光芒」，而且進而還可以握住「一種溫暖」。

　　比如《割草》中的一些文字：「田野裏到處是植物。有楊樹，柳樹，楓樹，柞樹，柏樹。山丹丹花還在開，有橘紅的，有褐紅的，不多，一朵一朵地隱現在灌木叢裏；枸杞子都紅了，像一個個小燈籠似的掛在枝幹上；益母草的花總是密集地怒放著，粉粉地晃動著；野苜蓿的花是藍色的，葉子成雙成對地長；打碗花開黃花，像小喇叭，它不能輕易動，動了手會腫；蒼耳子成熟了，像豆子，滿身都是刺，走過它，帶一些在褲腿上，得一個一個摘；山桃條蔓延在地上，絆腳，拽都拽不斷，像一根根小繩。有鳥飛過頭頂，嘀——嚦！嘀嚦

囉！一串鳴叫，翅膀下扇動著黃色，是黃鸝鳥；核桃鳥極小，就像核桃，不定睛，看不到它在樹葉間的跳躍；鵪鶉能飛，但它很少飛，總是匆匆忙忙地在草間穿行；野雞拍一下翅膀，從這個土崖飛到另一個土崖，像一束彩色的布從空中滑過；石雞是土色的，躲在灌木和草叢裏，看不見，聽得到它沙啞的聒噪聲……」「野兔像子彈一樣從身邊掠過。」就我個人的閱讀感覺而言，在當下的文學作品中，如同東黎這樣真切再現鄉村景觀的如詩如畫的文字，真的已經是「大雅久不作」了。短短幾行文字，作家以其控制力極強的語言，區分度極高地描寫了若干種植物，若干種鳥類。某種程度上，東黎的這段文字，完全可以與魯迅先生名作《從百草園到三味書屋》中那段「不必說碧綠的菜畦……」那段文字相媲美。

再比如「一把酸棗」中的一段文字：「栓愛說：桃花、杏花、梨花、蘋果花都有開敗的時候，棗樹還光禿禿的。過了端午節，吃了粽子。棗樹就長葉了，開花了。棗花像芝麻扣，黃的，開得繁了，到處是棗花的香氣，香得嗆人，會打噴嚏。花謝了，樹上就結了很多棗，小疙瘩，綠的，能吃，但不好吃，沒什麼味。棗半紅時就好吃了。棗有很多種，有脆棗，葫蘆棗，壺瓶棗，木棗。脆棗和黑丫子棗紅得早，脆的好吃，酸甜的，咬一口掉渣。然後是葫蘆棗和壺瓶棗紅。木棗最後紅。木棗脆的時候不好吃，得曬乾。做糕餡好吃。棗裏最好吃的是壺瓶棗，個頭大，樣子像小口大肚的瓶子，脆的乾的都好吃，甜的，像糖。」關於大棗的這段話語的發聲者栓愛，是一位普通的鄉村孩子。他在給剛剛從城市來到鄉村不久的「我」普及傳授著與大棗相關的知識。從作家的筆端流淌而出的，活脫脫全都是鄉村生活化的聲口，全都是靈動且及物的短語。漢語那樣一種簡潔明快的表現力，在東黎的這段文字中，真可謂得到了淋漓盡致的體現。

如果不是由於篇幅的限制，我真的就想這樣一段一段地抄錄下去。別的且不說，單只是抄錄這些文字的過程本身，就是一種莫大的審美藝術享受。但東黎《黑白照片》的價值卻並不僅僅只是體現在語言的出色運用上。語言能力的非同尋常之外，這部作品更重要的價值，乃體現為東黎借助於一位少年孩子的眼睛，對於那個貧瘠時代生命的諦視與思考。雖然並無明確的時間標示，但從文本字裏行間所透露出的若干蛛絲馬蹟，我們卻不難判斷出，這部回憶錄中的全部故事，大約發生在「我」七歲到十二三歲之間。七歲到十二三歲，正好是一個人成長的關鍵時期，說不懂事，但已稍通人事，說已懂

事，卻還懵懵無知。從地域的角度看，這段時間「我」或長或短先後生活過的地方，分別是北京、小城以及莫村。東黎的這部《黑白照片》也正是依循著自然的時間順序，書寫著自己真切的生命記憶。這其中，給讀者留下深刻印象者，大約莫過於若干死亡場景的描寫。

首先是開篇不久的二姨之死。關於這位天生麗質但卻命運多舛的二姨，作家給讀者只提供了三個相關的細節。其一，是本來家在北京的二姨突然來到了小城的「我」家。為什麼呢？「是因為她和二姨夫鬧彆扭了，好像二姨夫和什麼女人相好了，那女人以前是個舞女，賤貨！二姨一賭氣，就帶著兩個最小的孩子離開了北京。」其二，是「我」無意間在半夜看到的一個瘮人場景：「我先看到有一個星火在黑暗中一閃一閃的，接著看到一張慘白的臉在火星後面一下一下地隱現，那是二姨的臉。她的臉僵僵的，只有嘴唇無聲啟合，吸吮著一支香煙，幾下，香煙就縮短了許多，剩下一個煙頭。接著，我看見兩根白白的手指從黑暗中浮出，它們柔柔地把還在燃燒的煙頭泯滅了，又有幾根手指浮出來，所有的手指混在一起，蠕動著把煙頭上的紙剝開，然後把裸露出來的一撮煙絲兒送進一張紅紅的嘴裏。二姨在嚼煙絲兒，在吞煙絲兒，她的脖頸微微地挺直了一下。」無論如何，我們都必須承認，二姨半夜吸煙這一場景，鬼氣森森般地讓人覺得特別瘮的慌。很顯然，二姨的這種反常舉動，與前面所說二姨夫的出軌，存在著直接關聯。雖然說東黎的筆觸特別節制，只是點到為止，但設身處地地想一想，我們就可以明白此情此境中二姨的內心世界到底會有怎樣的一種苦。一個無助的女性，實在也只有到了一種苦不堪言的地步，才會有二姨這樣極度反常的表現。其三，則是二姨的突然死亡。根據三表姐的轉述：「二姨回到地安門的家裏，還沒來得及喝完一杯水，就被一幫『紅衛兵』帶走了，帶到一個中學。聽知情的人說，二姨被帶到一間教室裏，被幾個紅衛兵圍著，有個紅衛兵問她是不是地主婆張美英？二姨說：我根本就不姓張！紅衛兵說：還敢嘴硬！說著，就從腰間解下帶金屬扣的武裝帶，掄起來，照著二姨的頭上猛抽了一下。就這一下，二姨倒在地上就死了，沒說一句話，甚至沒吭一聲。」不知道為什麼，關於二姨到底是不是張美英，是不是地主婆，以及是不是姓張，東黎並沒有再做進一步的介紹，但退一步說，即使她真的是一個家庭出身不好的地主婆，即使是在那樣一個極不正常的時代，也無論如何都罪不當死。但一種慘酷異常的現實卻是，一個活生生的鮮活生命，就這樣面對著一種無名的暴力，莫名其妙地消亡了。更何

況，這位女性的內心世界裏還攜帶著不可能輕易平復的情感創傷。關鍵還在於，對於二姨如此慘烈的一種死亡情形，東黎並沒有做過度的渲染，她只是以簡潔的文字提供了三個互有關聯的細節而已。但讀者實際的接受狀況卻正好相反，作家越是以克制壓抑的方式點到為止，就越是能夠喚起一種悲劇的閱讀感覺來。

其次，是四姨夫和李美琳的非正常死亡。四姨夫之死，緣於胃疼病的突然發作。胃疼病發作後，家人很快把四姨夫送到了就近的醫院，但四姨夫卻在醫院裏死了：「他忍痛到了醫院，坐在走廊的一個長椅上，後來躺在長椅上，等待著醫生來救治他。表哥們樓上樓下地跑，哭喊，找醫生，終於在一個會議室裏找到了正在開批鬥會的醫生們，這時已過了很長的時間了。當一個醫生跟著表哥們來到長椅前時，四姨夫已經死了，四姨也昏死在他的身邊。」在那個視財富為罪惡的時代，四姨夫本就一直因家裏過去曾經開過珠寶店而戰戰兢兢地夾著尾巴做人，孰料即使如此，也仍然無法逃脫邪惡命運的捕捉。究其實質，四姨夫之死，是拜那個不正常時代所賜的一種結果。醫生的天職本就是堅守崗位救死扶傷，但在那個被政治席捲了一切的時代，醫生們也都去開批鬥會了。既然救死扶傷的人們都去互相批鬥了，那麼，如同四姨夫這樣的病人的被耽誤以至於最後不治身亡，也就是順乎邏輯的必然結果了。

但相比較而言，更令人難以接受的，卻是「我」的同齡人李美琳的意外死亡，因為她還只是一個年幼無知的小學生。那是一年的六一兒童節，要舉行盛大的慶祝活動。全城的小學生們白天上大街遊行，晚上再到燈光球場去看晚會演出。但誰知，悲劇就發生在燈光球場的晚會上。燈光球場只有兩個出口，晚會剛剛開始不久，天公就不作美，風雨雷電一起發作。年幼的小學生們哪裏見過這樣的陣仗，一時之間就狼奔豕突，擠作一團，相互踩踏。結果，「那個晚上，燈光球場一共踩死七十多個孩子，踩傷的孩子更多。」七十多個孩子，七十多個如花似玉的生命，而李美琳，就是這眾多無辜孩子中的一個。對於李美琳的死，郝東黎寫到：「從未有過，李美琳的模樣那麼清晰無比地出現在我腦海裏。她個兒不高，大奔兒頭，圓圓的大眼睛，下嘴唇厚，好像老撅著嘴，笑起來，左嘴角邊綻出一個小酒窩。李美琳說：能敲小鼓也不錯了。李美琳還說：敲小鼓多好呀！敲一會兒，能到陰涼處坐一坐。練隊可沒有意思啦，老是走。李美琳的聲音在我耳畔響起，我不禁哭了。」在宣傳隊裏，「我」對自己只能夠敲小鼓不滿意，但在連小鼓都敲不上的李美琳看來，

能夠敲小鼓已經是非常令人羨慕的事情了。但就是這位一心想著敲敲小鼓的孩子，在那場突如其來的踩踏事件中，卻永遠地閉上了自己稚嫩的眼睛。那麼，誰應該為這場悲劇承擔責任呢？追根溯源，還只能是那個扭曲變態了的貧瘠時代。只有在那個政治至上的運動式思維籠罩一切事物的貧瘠時代，一座小城，才會把全城的小學生都組織起來，上街遊行，舉辦燈光球場的盛大晚會。很顯然，這些，方才是那場大悲劇得以最終釀成的根本前提所在。

與以上三位的死亡形成鮮明對照的，是「我」家被下放到莫村之後的另外一場死亡，也即老元狗之死。老元狗是大隊部的門房，雖然他並沒有娶過老婆，單身一人過活，但生活態度卻特別積極樂觀。按照鄉村的習俗，他把自己的侄兒雙虎過繼到了自家名下，好給自己頂門子，而且在過世之後也好有人打幡。一天晚上，突然有人來喊身為赤腳醫生的母親去大隊部，原來是老元狗快要不行了。好奇的「我」尾隨而去，目睹了一場鄉村裏的死亡：「王二妮搬了個高凳子，放在老元狗的頭前，又在高凳上放了個小凳子。他把煤油燈挪到小凳子上。高燈下亮，一團微弱而柔和的燈光輝映著老元狗的臉，他悄無聲息，表情安詳，像睡著了一樣。」「我沒感覺害怕，原來死了人是件很平靜的事。」

只要是人，就必須面對包含著生老病死在內的生命過程。死亡，乃人生的必然歸宿。西哲謂，向死而生，就是說在很多時候我們只有在死亡的映照下才能夠更透徹地思考感悟生命存在的意義。很顯然，對於出現在東黎《黑白照片》中的諸多死亡場景，我們也應該在這個層面上來加以理解。然而，同樣是死亡，卻又有著各自不同的死亡形式。倘若說老元狗的死亡，算得上是壽終正寢，死得其所，所以才會「表情安詳」，才能夠讓「我」認識到原來死亡也居然可以是一件「很平靜的事」，那麼，此前二姨、四姨夫和李美琳的死亡，就都是不正常的死亡，是我們平常所謂的死於非命。尤其值得注意的一點是，在對這些死者生命剝奪的同時，也還更有對他們人性尊嚴的極度冒犯。關鍵在於，他們何以不能夠如同老元狗一樣壽終正寢呢？究其根本原因，作祟者只能是那個特定年代極其不合理的時代政治。那個特定年代時代政治之強大，已經發展到了就連李美琳這樣的幼稚小兒都不肯放過的地步。但同樣置身於那個貧瘠時代，老元狗又何以能夠逃脫畸形時代政治的捕捉呢？這裡一個不容忽視的重要原因，恐怕就是城鄉之間的差別。那三位生活在更靠近時代政治漩渦中心的北京或者小城裏，而老元狗卻生活在相對偏僻的可謂

天高皇帝遠的鄉村世界。這也並不是說在莫村在鄉村世界就一定能夠徹底躲開時代政治的籠罩，比如說，就在莫村，也有諸如巧愛她們一家悲劇的發生。巧愛的父親叫茂昌，是莫村唯一的地主。因為他有三十畝地，是村裏擁有土地最多的人。到了土改劃成分的時候，村裏一定得有一個作為剝削者的地主才行，比來比去，自然也就非他莫屬了。問題是，茂昌的這三十畝地，根本就與所謂的階級剝削無關，「是他家幾代人下苦力幹出來的，是他家幾輩人從牙縫裏擠出來的，捨不得吃捨不得穿的幾輩人啊！」如此地依靠勤勞而發家，卻要被打成地主，成為所謂的階級敵人，茂昌自然會覺得特別冤枉，無法接受。再加上茂昌氣量狹小：「他成了地主成分，就覺得自己活得不像人了，不是人了，氣的得了噎症，兩三年的光景人就不行了。」茂昌的死，一是嚇壞了自家的婆姨，他老婆從此之後就整天一個人磨磨叨叨，神經不正常了。二是生下了兩個傻兒子，因為他老婆懷孩子的時候就已經不正常了，所以生下的，就只能夠是大憨憨和二憨憨這兩個憨子。虧得有抱養下的養女巧愛在勉力支撐，否則，這個遭遇淒慘的家庭恐怕早就支離破碎了。

然而，儘管在鄉村世界，在莫村，也會有諸如茂昌一家的悲劇性遭遇，但相對而言，鄉村世界較之於城市的遠離時代政治，卻也還真是毋庸置疑的一種事實。大約也只有在鄉村世界，才能夠包容如同張培江這樣的形跡可疑者。張培江可以說是莫村的一個異類，已經四十多歲了，既不結婚娶老婆，平常也很少和人打交道。雖然他自稱是莫村一個叫張老千的兒子，跑回來認祖歸宗的，但此前卻誰都沒有見過他。心性頗有幾分敏感的「我」父親，從他走路的樣子上斷定他肯定有一番不尋常的來歷：「父親說，他一定當過兵。只有訓練有素的軍人才能像他那樣走路。」既然有過當兵的經歷，卻又刻意地隱瞞，張培江也就只可能是國民黨的兵了。如此一位來歷形跡可疑者，倘若在城市裏，只怕早就被剝了幾層皮，早被掘了祖墳，但在那個貧瘠時代的莫村，他卻能夠奇蹟般地幸存下來。當然，鄉村世界如同地母一般的溫暖包容，更突出地體現在對待「我」父母的態度上。「我」父母是以下放幹部的身份來到莫村的。在那個政治突出的時代，下放幹部的到鄉村世界落戶，實際上是讓他們進行勞動改造，本身就帶有極鮮明的懲罰性質。對於這一點，身為村支書的郭德壽可謂心知肚明。但他的看法卻是：「接受貧下中農再教育？怎麼教育？你們是從城裏來的人，文化高，水平高，見過世面，貧下中農能教育你們什麼？」正是從這種理念出發，郭德壽不僅沒有讓「我」父母去農業生

產一線參加勞動以改造思想，而且還對他們的工作與生活進行了頗具人性溫暖的安排。根據「我」父母各自的條件，他安排父親幫助村會計王二妮理帳，母親幫赤腳醫生武丙英給人看病。關鍵是，公分還一點都不能少。就這樣，「父親和母親在村裏都獲得了一份安逸而擅長的工作，是他們沒想到的。他們臉上露出久違的笑容。」在那個政治至上的貧瘠時代，莫村能夠敞開胸懷包容張培江，包容「我」的父母，所充分凸顯出的，正是一種難能可貴的人性溫暖。

莫村那如同地母般的包容胸懷之外，同樣能夠讓讀者讀來倍覺溫暖的，是東黎《黑白照片》對於「我」成長過程中一系列童年遊戲的真切記述。或許與這本書最初的寫作動機是給讀大學的女兒講述自己當年的成長故事有關，在寫作過程中，東黎把很大一塊精力傾注到了關於自己當年童年遊戲的再現與記述中。而且，我們還不難發現，一旦涉足於童年遊戲，郝東黎的筆觸行進速度馬上就會緩慢下來，就會對這些童年遊戲展開細緻深入的工筆細描。從四處搜集原料製造焰火，到費盡心機地捋槐花，從精心餵養學飛鳥，到杏核的兩種玩法（一種叫「吹三下」，一種叫「砸杏核」），從專心致志地彈玻璃球，到玩從羊身上取下來的羊拐拐，從細緻耐心地養蠶，到一夥孩子聚集在一起打撲克牌「拉火車」「爭上游」，從寒冷冬天的溜冰車，到盛夏不知深淺差點丟掉小命的學游泳，一直到多少帶有一些現代文明氣息的打乒乓球，所有這些童年遊戲，在東黎筆下，都得到了可謂是淋漓盡致的藝術表現。閱讀東黎這些描寫童年遊戲的文字，我個人的感覺特別親切。之所以如此，蓋因為我的年齡比東黎也小不了多少，她在自己的少年時期所經歷過的那些童年遊戲，我也基本上都有過切身的體驗。遺憾處在於，伴隨著所謂現代化的衝擊，伴隨著所謂社會的進一步發展，伴隨著時間的無情流逝，所有這些我們曾經感覺異常親切的童年遊戲，早已經「風流總被雨打風吹去」了。對於現在的孩子們來說，什麼製造焰火，什麼彈玻璃球，什麼玩羊拐拐，什麼「吹三下」「砸杏核」，說起來都已然是天方夜譚般地丈二和尚摸不著頭腦了。也正因此，東黎的《黑白照片》中就彌漫著一股濃得化不開的強烈懷舊氣息。更進一步說，還不僅僅是懷舊，而且我們還能夠從其中真切體會到一種生命的溫暖。是的，沒錯，就是生命的溫暖。在這裡，有一個普遍的觀念誤區須得有所澄清。那就是，在「文革」這樣一個畸形的時代政治籠罩一切的貧瘠時代，是不是還會有人性的溫暖與生命的歡樂存在？答案只能夠是肯定的。一方面，

我們固然得承認那是一個嚴重冒犯人性與生命尊嚴的不正常時代，那個時代固然會有生命的非正常死亡悲劇的發生，會有種種令人不堪的對於人性與生命的凌辱與損害，對於這些人性與生命的苦難，東黎的《黑白照片》自然有真切的記述。但在另一方面，我們卻必須看到，即使是在一個時代政治極端不正確的時代，普通民眾的日常生活不僅依然在延續，而且他們的日常生活中也還會有獨屬那個特定時代的人性溫暖與生命歡樂。對於如同「我」這樣正處於生命成長關鍵時期的稚嫩孩子來說，那個時代獨有的童年遊戲所承載著的，正是如此一種充滿著本真色彩的人性溫暖與生命歡樂。

別的且不說，單只是東黎在「影子四姨夫」中對於「我」過分專注地在槐樹底下玩螞蟻這一細節的悉心描寫，就足以讓會心者擊節讚歎不已。由於「我」全身心地投入到了玩螞蟻的遊戲中，根本就沒有察覺到天其實早已變了：「挖著挖著，我聽到身體的四周響起了劈劈啪啪的聲音，看到眼前的浮土上出現了一個個濕漉漉的小土坑。有一股濕氣混著土味蔓延開來。我抬了一下頭，臉立刻被幾個雨點砸了。雨來得太快了，轉眼之間，我腳邊的土就成了泥，小螞蟻們被泥掩蓋了。我哭了，擔心小螞蟻們去哪兒躲雨。我繼續用木棍掘土，掘起的土立刻變成泥。這時，我的一條胳膊被人拎了起來，身體也不由自主地被拎在空中。轉眼之間，我被從樹下拎到屋裏，腳才落地。站穩了，腳邊是一攤從衣服上流下來的雨水。這時，我才看清拎我的人是四姨夫。」雖然已經察覺到了有雨水在落下，但精神過於專注的「我」卻不僅對此渾然不覺，而且還憂心忡忡地擔心著那些個螞蟻到底應該到哪裏去避雨。自己在雨中而不自覺，反過來卻要為那些渾渾噩噩的螞蟻們擔心，東黎的如此一種描寫，在充分凸顯「我」稚嫩心性中的本然悲憫情懷之外，更能夠讓我們聯想到曹雪芹《紅樓夢》中極著名的「齡官畫薔」那個精彩細節。「我」的為螞蟻擔心，與賈寶玉只知道替齡官擋雨而忘記自己也同樣淋在雨中，二者有異曲同工之妙。此外，東黎這種處理方式的精妙還在於，借助這一細節順勢交代了四姨夫曾經的身世。卻原來，就在挖掘螞蟻洞的過程中，「我」意外地得到了一塊墨綠色的石頭：「它不黏土，很光潔，拿在手裏光溜溜的。是塊好看的石頭。」懵懵懂懂的「我」根本就不知道，自己無意間挖掘出的，居然是一塊成色很好的翡翠。那麼，「我」為什麼會如此湊巧地挖出一塊珍貴的翡翠呢？也正因此，四姨才會特別叮囑說：「你四姨夫家過去開過珠寶店，公私合營時自家的珠寶都上交了。這時再出現顆翡翠，會有很多事說不清，明白

嗎？」聽了四姨的這番話後，「我感到了寒冷，大聲地打了個噴嚏。」這樣看來，東黎關於「我」玩螞蟻這一細節的描寫，其實有著可謂是一箭雙雕的功效。一方面，玩螞蟻的遊戲本身既極富童趣，又能見出「我」的本然悲憫情懷，另一方面，通過四姨讓「我」聽得似懂非懂的一段話語，所巧妙彈撥出的其實是一種充滿凜凜寒意的時代政治的弦外之音。就此而言，那一句「我感到了寒冷，大聲地打了個噴嚏」，實際上帶有突出的象徵隱喻意味。

作為一部回憶錄，關於「我」的成長過程的書寫，無論如何都是其中不容忽略的重要部分。東黎《黑白照片》在這一方面也有著堪稱濃墨重彩的精彩表現。比如，在「一地紙」中，「我」家不僅被突如其來地抄家，而且父親和母親也都被帶走去住「學習班」了。父親和母親被帶走，家裏就剩下了年幼的「我」和更加年幼的弟弟。就這樣，年幼的「我」必須承擔起照顧弟弟的責任。人都說，窮人的孩子早當家，我要說的是，在那個政治異常的貧瘠時代，恐怕卻更多的是有問題家庭的孩子早當家。於是，你就可以看到「我」怎麼樣照貓畫虎手忙腳亂地學著熬小米粥、炒土豆絲。這一部分，最不能被忽略的，是其中關於貓吃麻雀的真實場景描寫。「我」家的鳥籠裏養著一隻並不討人喜歡的麻雀，就在父母被帶走之後的一個晚上，一隻不知來歷的大白貓突如其來地現身在鳥籠旁邊，要吃掉這隻麻雀。是一隻什麼樣的貓呢？「在黑暗的屋子裏，在那一束月光下，那隻貓在我眼裏變得異常可怕，完全就是個猙獰的怪物。」儘管「我」和弟弟大聲喝斥，拼命阻止，但最終沒能夠制止大白貓的殘忍舉止。「我不禁哭了起來，淚眼朦朧中，看著大白貓把鳥籠撕扯得四分五裂，然後一爪把麻雀從籠裏勾出來，叼在嘴裏。麻雀這時發出一陣嘶啞的叫聲，一隻翅膀在大白貓的嘴邊炸開著，不斷扇動。」這哪裏僅僅是在描摹狀寫一隻貓對於一隻麻雀的吞噬，如果聯繫當時的那個貧瘠時代，聯繫父母被帶走之後「我」與弟弟兩個孩子內心中那種巨大的驚恐無助，我們就不難理解，作家對於貓吃麻雀的敘寫，其實同樣帶有著鮮明的象徵色彩。倘若說麻雀代表著普通民眾的話，那麼，那隻殘忍異常的大白貓顯然就代表著高高在上的畸形時代政治。然而，外部條件再嚴酷，也無法阻擋生命的成長，於是，我們也就看到了「我」給弟弟熬出的那一碗熱氣騰騰的甜粥。面對著殘忍的畸形時代政治，那一碗甜粥顯然就是日常生活力量的隱喻。正是在日常生活對於「文革」畸形時代政治消解對抗的過程中，「我」完成著自己的生命成長歷程。

　　即使是在那樣一個貧瘠時代，「我」的成長也少不了接受來自於文明的滋養。這一點，在「沒當過我老師的李二文」中表現得非常突出。李二文是村裏學校五年級的一位老師，雖然已經二十六歲了，但卻沒有嫁人。之所以會如此，蓋因為她原本是城市人口，是隨著母親被壓縮回村的。唯其因為她一直心存返城的夢想，所以，雖然早已到了談婚論嫁的年齡，但卻還是單身一人。某種意義上，熱衷於讀書的李二文之相對於莫村，就可以被看做是現代文明的一種標誌。而「我」，也正是通過在李二文那裡大量借閱書籍，方才對一己之外的大千世界，對於人性的內在隱秘，有了初始的瞭解與認識。「我看書簡直是如饑似渴，白天看，晚上看，走著看，坐著看。晚上躺在被窩裏，在炕沿上點一盞煤油燈，湊著昏暗的燈光看書是一件很愜意的事情……實際上，書裏的一些事情我並不是很懂，尤其是寫男女愛情的故事，囫圇吞棗地看，看著看著，會有臉熱心跳的感覺。看著那些章節的時候，我覺得自己像是在做賊，怕人發現。有誰看我一眼，我馬上慌慌地翻過幾頁，裝著在看別的章節。悄悄的，我看了那些章節，會再翻回來，再看，依然臉紅心跳，懵懵懂懂。」說是愛情，其實是人性一種悄然狀態下的隱然萌動與潛滋暗長。毫無疑問，正是貧瘠時代來自於李二文這裡的文學閱讀，使懵懂無知的「我」對於現代文明有了最初的感受與嚮往，對於「我」的精神成長歷程發揮著不容忽略的重要影響。

　　對於「我」的精神與生命成長，現代文明的滋養，固然非常重要，但與此同時，那些貧瘠時代發生的種種包含著豐富意味的人性與生命故事，對「我」成長過程所產生的重大影響，也絲毫都忽視不得。從根本上說，東黎的這部長篇回憶錄《黑白照片》所真切記錄的，正是那些散落於特定貧瘠時代中點點滴滴的生命記憶。對於這些生命記憶的閱讀，能夠讓我怦然心動，感動不已。惟其如此，我才願意把它真誠地推薦給更多的朋友，希望能夠有更多的朋友來一起共享這種足以令人怦然心動的生命感動。

崔巍《我和我的親人們》：
親情書寫與歷史沉思

　　前不久，我忽然收到了久違的作家崔巍先生發來的一條短信。在短信中，崔巍寫到：「春林兄，最近自印家史小書《我和我的親人們》，想請你過目指謬，請將快遞地址發過來好嗎？」果然，在我給出自己的通信地址不久，很快就收到了這部由作家自印的非虛構文學作品。出生於 1945 年的崔巍，是山西一位很有影響力的作家，大約在十多年前，我們曾經有過一定程度的文學交往。儘管不知道崔巍自己是否認可，但在我這裡，卻是一直把我們之間的這種交往，私下自詡為是一種較為難得的忘年交。近些年來，一方面，由於崔巍年事漸高，很少參加文學活動，另一方面，更由於我自己忙於各種雜務，在疏於交往的同時，更是疏於問候的緣故，對崔巍的近況並不甚了了。正因為相互間發自內心的一種惺惺相惜，所以，在收到《我和我的親人們》的第一時間，我便忙不迭地找時間展卷閱讀。在我的印象中，崔巍一向以小說這一文體見長，似乎從未留心過他在其他文體上的嘗試。這一次對《我和我的親人們》的閱讀，最起碼使我認識到，崔巍同樣是一個非虛構文學寫作上的高手。

　　正如作品的標題所已經明確標示出的，《我和我的親人們》這部非虛構文學作品，在某種意義上乃可以被看作是作家崔巍的一部人生回憶錄。正因為把它理解為崔巍的人生回憶錄，所以，依我所見，整部作品的目次編排，其實還是存在一些問題的。整部作品共由十四節組成。「序言」「引子」「跋」以及「附」之外，正文部分由十節組成。這十節中，除了崔巍自己親自執筆完成

的七節之外，另有崔巍的三個女兒崔琛、王豔和崔靜她們三位分別寫作的《秋》《我的父母》《命運的奇蹟》三節內容。雖然說她們三位的文筆也都不錯，但與身為行家裏手的崔巍相比較，卻也還是稚嫩了許多。也因此，儘管我非常清楚，崔巍之所以要把三個女兒的相關文章收集進來，是為了和自己的文字形成某種並非不必要的參證，但將自己的回憶性文字和女兒們的這些文字混雜為一體，在我看來，恐怕還是有著一些違和感。如果讓我來重新編排調整，我更願意把崔巍自己的文字，連同「引子」和「跋」在內，處理為整部作品的正文部分，而把三個女兒的相關文字，連同現在的「附」，全都作為附錄部分加以處理。這樣一來，作品的署名，也就可以由「崔巍編著」而逕自修改為名正言順的「崔巍著」了。我之所以在這篇批評文章的副標題中，乾脆把《我和我的親人們》視作崔巍自己的作品，根本原因正在於此。

我們注意到，關於這部非虛構文學作品最早的創作動因，崔巍曾經在「引子」中寫道：「人到晚境，常以回憶來消磨時光。回憶最多的，就是自己的至親之人——父親、母親、我的四個姐妹、我的妻子……我的人生中，正是因為有了他們，才從一個個艱難險阻中跋涉出來。若無他們，我的人生肯定不見光明，只有天昏地暗，不用說走出故鄉，上了大學，成了作家，很可能困厄故土，潦倒一生。有了他們，我則一次次從山重水複之後，又云開日出、逢凶化吉，到達彼岸。」既如此，每當夜深人靜的時候，既往親人們的音容笑貌，便會「不約而同」地聯袂而至，頻頻訪問崔巍的夢境。「按說，這般魂牽夢繞，早該寫寫他們了。但是，我為文一直有個誤區，覺得他們的人生，他們對我的諸般貢獻乃是家事、平凡得很。殊不知這等腐見才是不知文學為何物。現在回頭重新審視父母和姐妹們的往事，親人們才是最該書寫的人物。因為，從（此處的『從』其實應該替換為『在』，恐怕才更合適些）親人們的身上，真正閃爍著人性的光輝。親人們才是我最應該謳歌的人。」崔巍的這種創作觀念變化，毫無疑問應該首先引起我們的高度注意。我們都知道，崔巍這個年紀的作家，其文學觀念的最初形成，應該是在那場史無前例運動的後期。在當時，帶有集體主義色彩的「大我」，與帶有個人主義色彩的「小我」，被理論界作了界限明確的區分。只有摒棄「小我」之後關注表現所謂「大我」，也即自我之外更為廣闊的外部世界和人群的文學作品，才算得上是真正有意義的文學。這一點，甚至在作家張石山的「序言」中，也都還殘留有一點痕跡。當張石山不僅刻意強調「作家應該關注民瘼，代沉默的大多數發聲，這也是

最普通的常識」，而且更強調「我們的父母兄弟姐妹，原本屬沉默的大多數，我們卻無意間忽略了自己的親人」的時候，他的創作觀念，似乎仍然停留在文學創作更應該關注表現「大我」的那種傳統思維窠臼之中。所謂「沉默的大多數」云云，換一種表達方式，也就是「大我」。也因此，在我看來，恐怕還是崔巍的感受來得更真切也更合理一些。事實上，一切有意義的文學書寫，都應該關注表現自己生命感受中最真切的那個部分。從題材的意義上來說，無論「大我」也罷，還是「小我」也罷，都應該是平等的。如果沒有切膚的生命之痛，「大我」也是無效的書寫。如果有自身的真切體驗做底色，即使是「小我」，其書寫的意義和價值也不容被漠視。倘若說崔巍這次關於《我和我的親人們》的書寫，的確如張石山所言稱得上是作家的一種「衰年變法」，那麼，其具體所指恐怕就更多地體現在崔巍文學觀念的變化上。只有在如此一種文學觀念的燭照下，崔巍才會在充分意識到「親人們才是最該書寫的人物」的前提下，創作完成《我和我的親人們》這部非虛構文學作品。

在歷史的某一個不正常階段，我們曾經從某種神聖的名義出發而過度地強調張揚所謂的「大義滅親」理念。但其實，如此一種理念的張揚，已然構成了對某種道德倫理底線的挑戰與顛覆。一種無法被否認的客觀事實是，人類社會之所以能夠得以正常運轉，所依賴的重要基石之一，就是長期以來形成的親情倫理。崔巍這部《我和我的親人們》的難能可貴之處，就在於他從自己真切的生存經驗出發，通過對父母和姐妹們既往人生的回憶，寫出了親情的「血濃於水」。比如，父親在把可口的甜瓜從地裏給年幼的崔巍帶回家之後的那個感人場景：「定定兒看著我的小臉上的淚痕，想替我拭去，手指頭上的粗糙，拭醒了我，但見站在身旁的是一個帶著寒氣的莊稼漢、看瓜人，眼睛因熬夜而充滿血絲，不住地眨動著，眨出疼愛、慈祥，鼻樑挺直，嘴唇周圍的鬍鬚呈黃褐色，那凌亂不整，沾滿疲憊之色。」一個剛剛在瓜地裏值守了整整一個晚上的莊稼漢，其實早已疲憊不堪。但即使如此，他也要勉力支撐著把自己從地裏專門帶回來的那一隻熟透了的香美甜瓜，親自遞送到唯一愛子的手中。崔巍在這裡所活畫出的，正是一幅令人感動的鄉村舐犢情深圖景。正因為牽繫著濃濃的父子感情，所以，崔巍才會特別強調：「這是我此生最甜的一次吃瓜經歷，也是吃得最甜的一個瓜。」細細想來，「最甜」的並不是那只瓜，而是父子間那彼此依戀的真切情感。比如，二姐為了崔巍能夠得到上學機會的一再堅持。那是在崔巍被迫轉學到武鄉縣故縣高小的時候，由於反

右派運動的影響，教師隊伍嚴重短缺的故縣高小「根本不接受轉學生」。眼睜睜地看著天資聰穎的幼弟面臨失學的危險，一貫心性剛強的二姐，雖是女流之輩，但卻不依不饒地與校方展開了「持久戰」。正是在她堅持不懈的努力下，那位姓郝的班主任方才最終收下了崔巍：「這位班主任姓郝，文質彬彬戴一副秀氣的眼鏡，目光炯炯，起先他也不答應，但看到轉學證上寫有『該生天資過人，思維力強』的評語，便起了惜才心，動了伯樂意，最終點了頭，在教室的角落，擠挪出個座位來，我這才沒輟了學。」無論如何，我們都得承認二姐這一次堅持，對於改變崔巍未來命運走向的重要性：「後來又得以上了中學、高中乃至大學，假如沒有二姐的這次果敢頑強，我的命運也許就這樣折戟沉沙，回村裏去做人民公社裏的小向陽花了。」在這裡，二姐之所以要不管不顧地堅持幫崔巍解決轉學的問題，毫無疑問也是因為那種血濃於水的親情在發生作用的結果。

但其實，母親和三位姐姐，之所以無論付出怎樣的代價，克服怎樣的困難，也都要讓崔巍這樣一位家裏的「孤根獨苗」上學識字學文化，與他們這個家庭因為不識字而遭遇的人生苦難緊密相關。具體來說，也就是崔巍在「引子」裏曾經專門寫到的父親和伯父他們兄弟倆被平白無故地被誣為「漢奸」的那個重要事件。那還是在血雨紛飛的抗戰期間的 1942 年。那一年，身為崔氏家族頭面人物，一貫在村裏出頭露面的崔巍大伯，突然被村長衛廟虎指派要把一封雞毛信送到抗日政府縣長武光湯手裏。因為天黑路遠，世道不寧的緣故，大伯便強行把自家的同胞兄弟拉上壯膽。父親無奈，只好隨同一起去送。沒想到，衛廟虎讓他們倆連夜送來的這一封雞毛信的內容，卻只有短短的六個字，即「送信人是漢奸。」那時恰逢鋤奸年月，在拿到這封信後，武光湯不由分說，便命令手下把伯父和父親他們兄弟倆「拿下」後吊在了院外牛棚的梁上，眼看著就要以「漢奸」的名義處死二人。如果不是二姑家的三兒子趙永和，不僅恰好在場，而且也瞭解兩個舅舅的內情，趕忙向縣長武光湯說明情況，兄弟倆那個時候也就遭了非命。如此一件看起來充滿蹊蹺的事情之所以能夠成立，關鍵的原因在於，崔氏兩兄弟竟然大字也不識一個。正因為不識字，所以，才會鬧出這一場提著自己的腦袋送上門去讓別人砍頭的悲劇。沒想到的是，歷史竟然有驚人相似的一面。過了幾年，到了 1947 年土改的時候，大伯和父親竟然因為根本就莫須有的「漢奸」問題而再一次面臨劫難。也因此，「如果說父親第一次蒙難使他對不識字銘了心，那麼災難又臨頭

之時則刻了骨。這刻骨銘心，因父親早逝，只留下了遺志，母親則接過遺志，把它又傳秉進四姐妹的心中。」「於是，這個苦難的家庭中，這才有了四姐妹圍繞我這個奶名『留根』的孤根獨苗，一定要念書識字的目標，各傾心力，各盡所能。」這裡，崔巍的表達因其籠統而出現了一點小瑕疵。儘管說崔巍一共有四個姐妹，但根據他自己的記述，那個年齡最小的妹妹，其實與崔巍一定要念書識字的求學生涯，並沒有什麼內在的關聯。因此，一種更準確的表達方式就應該是三位姐姐才對。但即使如此，作家通過大伯和父親他們兄弟倆當年因為不識字沒有文化而遭受的人生劫難所寫出的母親和三位姐姐，當然也包括崔巍自己在內永遠的痛，從弗洛伊德精神分析學的角度來說，就是一種殊難超越的精神情結。很大程度上，正是因為有了如此一種強勁異常的內驅力，也才有了崔巍在母親和三位姐姐的堅決支撐下，堪稱一波三折的艱難求學生涯。

　　如同崔巍自己早已熟練創作的小說一樣，包括回憶錄在內的非虛構文學這一文體，一個非常重要的方面，就是建立在人性洞察基礎上的人物形象的刻畫塑造。這一點，突出不過地表現在《追憶母親》這一部分。正如同大伯和父親一樣，母親也是一個不識字沒有文化的鄉村女性。雖然不識字沒有文化，但崔巍的母親卻是一位不僅諳熟人情世故，而且深明大義，很是有一點膽識與遠見的鄉村女性。她的深明大義，首先表現在對唯一獨子崔巍不肯有一絲一毫遷就的教育方式上。小時候，不曉事的崔巍因為沒有吃上炒豆子，所以，就把家裏的豆子偷出來，以洩憤的方式滿天揮灑。被母親發現，幾經說服教育無效的情況下，母親只好「痛下殺手」。雖然有好心的鄰居以「孤根獨苗」為由加以勸阻，但母親卻還是在一時猶豫後採取了果決的處罰措施：「然而，就在人們以為已風平浪靜，想把我招回母親身邊，卻見母親忽又分開人群操棍朝我撲來，而且有了更為擲地有聲的理由：『不行……越是孤根獨苗，越得管嚴！』」儘管說母親的教子有方已經足夠令人驚訝，但她人生最大的亮點，卻是生命意志的格外堅韌。雖然只是一位大字都不識一個的普通鄉村女性，但她卻硬是先後扛過了人生中的六大劫難。第一次，是「娘家的親人們在不到二年內相繼謝世，成了吹燈拔蠟的『絕戶』。」第二次，是崔巍那位已經長到十六歲的大哥的不幸猝然去世。白髮人送黑髮人，其中的痛楚可想而知。第三次，是在土改運動中，母親「為了保護本家族中一個被誣指為國民黨的小學教員而獲罪，先後被殘酷鬥爭了七次，差點兒丟了命。」第四次，是人到

中年時的不幸喪夫。丈夫去世後，周邊的人們都以為她肯定要改嫁他人，沒想到，意志剛強的她，卻在丈夫的墳頭立下了這樣的誓願：「鄉人出於憐貧惜弱，還進一步代母親劃策：母親改嫁另覓生路，我去放羊糊口，妹妹則送人逃個活命。然而，鄉人萬沒想到母親卻在父親的墳頭哭祭出『三不主張』：她不改嫁，我不放羊，妹妹不送人。」用鄉間的習慣性說法，母親的行為就是要堅決地「寡婦熬兒，撫孤守志」。第五次，是反右派運動時的被誣為右派。第六次，則是崔巍參加高考前的突然罹患嚴重眼疾。面對著這樣一場不期而遇的人生災難，母親再一次顯示出了她的「神態自若」「有說有笑」的「大將風度」：「如果不是母親以那樣的姿態肩住了災難的閘門，不掉一滴淚、不發一聲歎息，僅靠我的心志和肩膀，是斷然抗不住這場災難，早就自暴自棄，一蹶不振了。」正是有了以上人生事蹟的堅實支撐，也才有了崔巍對母親這樣一段言之鑿鑿，鏗鏘有力的評價和斷語：「如果不是我 1964 年耽擱了一年考大學，那麼就可說母親正好是撫孤於初入小學，仙逝於（兒子）大學畢業。這對母親的生命來說，應當是個奇蹟。不要忘記她在父親去世前就已歷經三場大劫難，而在這十七年中，除了生計的諸般艱辛，又遭遇了喪夫、當右派、兒子患眼疾等三場新的劫難。這就是說：母親一生中共經歷了六場大的劫難。然而，即使這麼多的劫難薈萃於母親一身，她竟然能活下來，並把兒子送進了讓鄉人羨慕得眼珠不轉的大學。有句名言：奇蹟多在逆境中出現。母親的生命就創造了這個奇蹟。」一個看似普通尋常的鄉村女性，竟然能夠創造這樣的人生奇蹟，也就難怪崔巍要情不自禁地把自己的母親比作「孟母」「岳母」了：「且志存高遠，教子有方：常激兒立志、示兒克難、勉兒做人剛正、敦兒勤學發憤。嚴教苛指，情志可追孟母、岳母；善誨良誘，慈心可鑒天地日月。」這個部分的文字雖然不長，但崔巍卻能夠在真切記憶的基礎上，把母親這樣一個屢屢創造生命奇蹟的普通鄉村女性的形象生動地展示在讀者面前，其深厚的藝術書寫功力，當然應該得到我們充分的肯定。

　　與親情書寫緊密相關的一點，是崔巍在撰寫回憶錄過程中，一種自責和懺悔心理的自然生成與流露。比如，寫到母親時，「當年那撕心裂肺的哀痛已被流逝的歲月沖淡，但母親生前歷經劫難、特立獨行的操守卻愈來愈凸現出來。這凸現，不僅盛傳在鄉人的口碑裏，也銘刻在我的心碑上。出於愧疚、更是出於責任，我是早該把這一切寫出來了。」「母親的猝死和她生前的讖語，一直追魂攝魄般折磨著我。羊羔尚有跪乳之恩，烏鴉尚有反哺之情，何況是

人？更何況是我這樣的成長經歷？」母親在當年可以說是使盡了全部的力量，不僅把崔巍撫養成人，而且更是把他送進了山西大學的大門，但崔巍自己，不僅未能在母親身邊竭盡孝道，而且即使自己身為舞文弄墨的作家，也一直都沒有把母親的一生行跡，尤其是她先後戰勝六次劫難所創造出的生命奇蹟及時書寫記錄下來，其自責、痛悔心理的生成，就是一種合乎邏輯的結果。比如，寫到二姐夫的後事的時候：「二姐悲哀過甚，把後事全託付給我。依二姐夫遺囑，他想安葬在家鄉。我回鄉，把一切協調安排得很順當。萬莫想到，臨到辦喪事的那天，村上有刁民跳將出來做梗。因二姐夫是寄埋，不算正式安葬，寄埋的責任田主人非要訛詐一筆錢才應允。無奈，最終讓訛了四十元錢才平息風波。整件事辦得還算周全，可有了這節外之枝，使我愧疚蒙羞。」二姐夫之外，是二姐的後事處理。因為二姐夫早年曾經有過一個亡妻，所以，二姐在世時曾經明確向崔巍要求，自己死後不要回老家安葬，她不想和那個女人一起同葬在二姐夫身邊。但事到臨頭的時候，出於各方面的考慮，崔巍卻還是違背二姐的意願，把她送回老家，安葬在了二姐夫身邊。二姐和二姐夫，都有大恩於崔巍。如果沒有他們倆，也就不會有崔巍的順利接受教育，以及最後的考上大學。正因為如此，崔巍才會總是為自己萬般無奈之下的「違逆」行為而深感不安與內疚。

作品中所記述的一系列事實都充分證明，從母親到四個姐妹，崔氏家族中的女性在某種意義上都堪稱「偉大」。正因為如此，到了專門寫三姐的那一節，崔巍才會情不自禁地有這樣的一種真切表達：「我馬上如釋重負。淚，本來在心窩裏汪著，這時，一下子全湧到眼眶。淚眼中，三姐幻化成了二姐、大姐還有母親……我們家的女人們，上至母親，下至三個姐姐，一個妹妹，她們總是在我最無助時，及時地為我兜住苦難。」很大程度上，崔巍是在以他自己的親身經歷在證明歌德「偉大之女性，引領我們前行」的那句名言。崔氏家族的這幾位女性，既是普通不過的鄉村女性，也是難能可貴的「偉大」女性。

但請注意，親情書寫只是崔巍這部《我和我的親人們》的一個方面，除此之外，作家也還在借助於家族故事的回憶與書寫，傳達著對那一段艱難曲折歷史的批判與沉思。要想討論這個問題，我們還是得首先從大伯和父親在1942 年和 1947 年先後兩次遭逢的人生劫難說起。從一個方面來說，那兩次人生劫難，當然與大伯和父親他們兄弟倆的不識字沒文化有關。但在另一方

面，身為村幹部的衛廟虎為什麼能夠一手遮天，為什麼敢於先後兩次肆無忌憚地為非作歹，陷害忠良？細細想來，與掩映於其後的社會秩序的不夠合理之間，肯定存在著無法被剝離的內在關聯。如果不是他們倆先後僥倖地遇到二姑家的趙永和，與大姐夫馬尚銀，恐怕早就滿含冤屈地一命歸西了。還有父親最後的上吊身亡，也與那個時候的社會情勢緊密相關。對此，崔巍在作品中其實有頗為透徹的揭示與分析：「促使他下決心，依我看來，主要有這樣幾個原因：他的『漢奸』之劫，是他死因的基礎，那樣的無辜，那樣的酷烈，那樣的羞辱，不獨蓋世英雄難咽下，即使平民百姓中的自尊者也一樣難咽難忍難忘。他的腸梗之疾，冰凍三尺非一日之寒，以當時的生活和醫療條件，僥倖逃過一劫，絕不會有第二次；國家大勢已有農業社，身在其中，到一個鍋裏攪稀稠，人心難齊，時間不長就已各懷心事，屢出齟齬，他的記工員推不掉，也做不好，他的難活日子正經在後頭呢！……於是他沒了生的興趣，只剩了死的絕望。」

父親之外，還有母親的兩次不幸遭際。一次是土改時的無端被批鬥。那個時候，村裏崔、衛兩個家族的爭鬥，已經達到了白熱化的程度。衛廟虎先下手為強，從崔姓家族中挑了一個名叫崔廷良的小學教師，以他曾經在國民師範讀書為由，強行把他污名化為國民黨。在當時，只有母親恥於見風使舵地堅持為崔廷良辯護，一口咬定崔廷良是一個「知書識禮的好人。」由此而導致的直接結果，就是母親先後七次上批鬥會上被批鬥。再一次，就是在 1957 年，目不識丁的母親竟然莫須有地被劃為右派。依然擔任村幹部的衛廟虎，給母親羅織的罪狀非常嚇人：「北京的『章羅聯盟』罪狀是想和共產黨『輪流坐莊』，而母親的罪狀則比章、羅的罪狀還嚇人——毒害共產黨。」如此一個嚇人罪狀的由來，是母親為了防止一個楊姓黨員家的豬到崔巍家窯頂上拱草，就在窯頂上撒了一點「六六」粉。沒想到。就是這麼一件事情，竟然會被衛廟虎羅織為母親的罪名，並把她打成了八鞭子都夠不著的右派。於今細細思來，真正是奇哉冤也。痛定思痛，現在想來，母親兩次不幸遭際的釀成，固然與衛廟虎其人的陰險毒辣脫不開干係，但也與當時不盡合理的社會狀況緊密相關。

九九歸一，在一部以對家人的回憶為主體的非虛構文學作品中，作家崔巍能夠在親情書寫的同時，也對特定歷史時期的社會政治狀況進行相當深入的批判與反思，他的這部《我和我的親人們》，當然應該被看作是一部難得的文學佳作。

普玄《疼痛吧指頭》：
疼痛與救贖或者「十指連心」

　　屈指算來，認識湖北作家普玄，也已經有好幾個年頭了。雖然談不上有多深的交情，但其間卻也還是很認真地讀過一些這位作家頗有才情的文字，並以他為湖北文壇繼方方、劉醒龍、陳應松他們這一批 50 後作家之後又一代作家中很有代表性的一位。但一個無法否認的事實卻是，在讀到他的這一部《疼痛吧指頭》（載《收穫》雜誌長篇專號 2017 年冬卷）之前，我對普玄的認識始終停留在一位優秀小說家的層面上。只有在手不釋卷地一口氣讀完《疼痛吧指頭》之後，我才認識到，普玄不僅是一位同樣優秀的非虛構文學作家，而且還是一位能夠贏得社會公眾普遍尊重與同情的孤獨症患者的父親。

　　關於孤獨症的基本狀況，普玄在文本中曾經有過較為詳細的說明：「孤獨症，它的原名叫自閉症或孤獨性障礙，它是一個外國傳到中國的名字，它的病名，有一個複雜的體系，大體可以分為社會交流障礙、言語或者非語言交流障礙、興趣狹窄和刻板重複的行為方式等三種。根據我孩子的基本情況，他應該屬言語或者非語言交流障礙類型。根據 2015 年的最新監測，目前全世界共有孤獨症患者六千七百萬，占總人口的 9.4‰。2016 年，美國國家衛生統計中心發布的報告顯示，三至十七歲兒童孤獨症發生率估計達到了 1/45。我國以 1% 保守估計，十三億人口中，至少有超過一千萬的孤獨症人群、二百萬的孤獨症兒童，並以每年近二十萬的速度增長。」在此之前，雖然對孤獨症這一病名也會偶有耳聞，但說實在話，對於此種病症的基本狀況，我卻完全可以說是一無所知。也因此，最起碼從一種知識普及的角度來說，我也不能

不感謝普玄的《疼痛吧指頭》。正是通過這部非虛構文學作品的閱讀，方才使我這個醫學的門外漢對孤獨症這樣一個困擾人類已經很久很久的嚴重問題有了起碼的瞭解。

常言道，吃五穀，生百病，在人類個體漫長的生命存在過程中，受到各種疾病的困擾，是正常不過的事情。依照一般常識，患了病，千方百計地將其治癒，自然也就是了。這一點，在包括醫療技術在內的現代科學技術日益突飛猛進的今天，似乎已然是不爭的事實。但正所謂道高一尺，魔高一丈，誰知道，即使已經到了醫療技術如此發達的今天，卻仍然有不少頑疾沒有被克服治癒。普玄的兒子所不幸罹患的這個孤獨症，就是其中之一。首先一個問題，就是就診與確診的特別困難。普玄的兒子就是這一方面一個典型的例證。「孩子一歲多的時候不會說話，我們還不在意，到兩歲還不會說話，就奇怪了。」一個高額頭大眼睛的孩子，會笑會哭，一聽到電視裏的廣告聲就會衝過來看，這樣一個看起來正常不過的孩子，竟然可能會不說話嗎？「後來我們才明白，正是這些假象矇騙著我們，讓我們陷進生活的泥淖中，越陷越深。」孩子不會說話，家長自然也就會四處求醫問藥，一直到孩子三歲的時候，他的病情才最終被確診。對此，普玄進行了真切的記述：「我清楚地記得確診那一天，孩子即將三歲的一個上午。武漢市兒童醫院一位姓楊的男大夫給他看病。」對普玄來說猶如晴天霹靂一般的是，這一次楊大夫在病歷紙上寫下的，竟然是「孤獨症。終身疾患」這七個特別刺激的字眼：「這幾個字讓我從頭頂一下子涼到腳跟。」「我像被電擊了一樣。」「很長很長時間裏，我回不過神。我的頭上滲出一層細細的薄汗。我看到醫生和周圍的人在說話，我只見他們在張嘴，卻聽不到他們在說什麼。世界一下子沒有聲音了，成了一個眾人張嘴的無聲世界。」請注意，在這裡，普玄明顯使用了一種文學性極強的表現方式。正如同作品隨後所描述的，其實在孩子病情被確診的當時，身為父親的普玄並不十分清楚所謂孤獨症的嚴重性。依照常理，只有在孩子的病情被確診後，普玄才可能四處查尋各種資料，並最終徹底瞭解孤獨症的嚴重性。但在《疼痛吧指頭》中，為了充分凸顯孩子罹患孤獨症給家長形成的巨大打擊，普玄不惜使用文學性的「移花接木」方式，把後來才可能生成的震驚狀況，挪移到了孩子初始被確診罹患孤獨症的時候。只有通過這種不無誇張的文學性手段，普玄才能夠把孤獨症帶給自己的那種震驚特別充分地表達出來。

　　那麼，孤獨症到底會嚴重到什麼程度呢？對此，身為孤獨症患者的父親，對此有著切身感受的普玄，曾經給出過特別精準而形象的描述。比如說，咬指頭：「這個不會說話的孩子十幾年來一直和他的指頭過不去，他的指頭上全是他自己撕咬的疤痕，他一著急一發怒就開始咬指頭。他內心有一股火。這股火就是語言，就是聲音，就是說話。這個對普通孩子來說極其自然、極其本能、極其簡單的事，在他這裡卻成了天大的難題，成了深埋在地殼裏面的黑色礦石。」不只是咬自己，更嚴重時，孤獨症患者還會攻擊別人：「他多年來一發急就咬指頭，咬破了又好，好了又咬破，一層一層傷痕疊加，已經認不出新舊傷痕的印記。他咬手的時候瞪著眼睛，淚眼汪汪，身邊的人毫無辦法。如果有人攔他不讓他咬，他就會用頭撞牆，撞人，或者撞擊他身邊的硬物，譬如桌子角或椅子角。所以瞭解他的人不去攔他，由著他去咬他的指頭。」有一次，普玄去攔自己的孩子咬手，沒想到，自己的指頭卻被孩子給不管不顧地咬住了：「他鬆口的時候，我疼得蹲在地上，很久很久起不來。」「這是你爸爸，爸爸，旁邊的人說他，爸爸能那麼咬嗎？」然而，關鍵的問題卻在於，他根本就不知道爸爸是誰：「他如果知道這是爸爸，故意咬爸爸，我倒高興了，問題是他不明白。他不明白他咬的是誰的指頭。是親人還是仇人？他沒有這個概念。他知不知道他咬的是指頭？」又或者說：「他知道指頭和一塊木頭一塊鐵的區別嗎？」就這樣，在多方瞭解孤獨症的相關知識之後，普玄不得不面對一個殘酷的現實，那就是：「這輩子別奢望他上大學，做生意，當官發財。也別奢望他開口說話，生活自理，成家有女人。第一步首先得讓他認識我，認識爸爸，讓他知道爸爸和一般人是有區別的。爸爸是不能咬的，爸爸是他的親人。」一個孩子，竟然連自己的親生父母都不認識，這孤獨症的嚴重程度自然也就可想而知。唯其因為如此，所以才會有人把孤獨症患者不無形象地稱之為「星星的孩子」：「他不知道爸爸媽媽的名字，不知道電話，不知道地址，不知道公交線路……他不知道這個世界。他在這個世界上奔跑，上車下車，走路看人，好像是看一個奇怪的星球。後來我看到有人寫書，說得這種病的孩子來自另外一個星球，稱他們為『星星的孩子』。」

　　就這樣，對於普玄的家庭來說，在他的孩子即將三歲的時候，突然變身為「星星的孩子」，彷彿就在不經意之間他們便擁有了一位終身都無法治癒的孤獨症患者。那麼，如此一位「星星的孩子」的不期而至，又將會在怎樣一種程度上影響到一個家庭的正常生活呢？首先是對於家長心理的一種特別考

驗：「接受自己的孩子患有重症，患有終身疾患，接受自己的孩子一生會是一個殘疾，是一個很痛苦很漫長的過程。特別是精神疾患。如果一個孩子肌體殘缺，那很明顯，但是精神疾患特別是近些年才大量出現的這種精神疾患，接受起來的確需要一個過程。我和孩子的媽媽多次徹夜不眠。每次我們都在否定醫生的診斷中自欺欺人地恢復了生活的勇氣。」然而，殘酷的現實根本就容不得自欺欺人式的自我欺騙與自我安慰存在。對於普玄來說，孩子罹患孤獨症的更嚴重結果是直接導致了他們夫妻倆的離婚：「孩子三歲半左右，也就是他確診為孤獨症半年左右，我和他的媽媽離婚了。」再往後，他媽媽又再婚，又生了一個會說話口齒伶俐的女兒；再往後，他爸爸我也再婚，也生了一個會說話口齒伶俐的女兒。這樣，我兒子有了兩個妹妹，兩個家。」關鍵在於，如此一種夫妻離異的情形，在孤獨症患者的家庭中，有著很大的普遍性：「我後來給孤獨症培訓中心講課，我發現孤獨症孩子的家裏，大部分有兩重甚至多重苦難。一是孩子有病，再是家長之間有矛盾。孤獨症，它帶給一個家庭傷害到底有多大？它深入到一個家庭的肌膚裏有多深？只有親歷者才明白。」「我發現孤獨症家庭的離婚率特別高，離婚的原因可能多種，可能是吵架，可能是經濟，但是背後的真正原因一定是這個病，孩子得了這個病，家長和家庭的希望一下子沒有了，別的方面的矛盾也就一下子來了。」

這裡，一個無法迴避的問題是，為什麼這些年來孤獨症患者會以不可思議的速度在迅猛增長？對此，身為作家的普玄其實也提供不出理想的答案來。但儘管如此，他經過自己的一番苦思冥想後所得出的結論，卻多多少少都會給這方面問題的思考與解決提供有益的啟示。其一，是與現代化的迅速發展所導致的環境污染緊密相關。其實，也並不僅只是孤獨症，孤獨症之外的其他疾患也日益成為了困擾人類的嚴重問題：「很多原來沒有聽說過或者很少聽說過的病正在以不可思議的速度進入和包圍著我們的生活，原來很少出現的一些重症，也大面積出現，並且患者越來越年輕化。」從這個角度來說，普玄之所以曾經一度專門選擇山清水秀的鄂西北紫金小鎮作為孩子的寄養地，與那裡的自然環境的相對原生態存在著無法否認的內在關聯。

其二，普玄也在自己身上尋找著內在的隱秘原因。這一方面，他把檢討方向明確指向了自己原來情感質量不高的婚姻。具體來說，他的檢討與中醫對孤獨症的理解認識有關。與西醫不同，中醫把孤獨症稱之為「五遲」：「中醫認為五遲的原因是先天胎秉不足，肝腎虧損，後天失養，氣血虛弱或流產

難產史所致，其中語遲者智力遲鈍，心氣不足。」面對著中醫給出的病理解說，普玄自己深以為然：「我們看到這個病因，我就知道中醫是對的。」究其根本，普玄之所以認為中醫的相關解釋是對的，乃因為他自己和前妻曾經的婚姻狀況就是非常糟糕的：「關於胎秉不足，氣血虛弱……說得多準啊。我們當時不是太想要這個孩子，我們沒有準備好。我的事業正處在不順的階段，心情很差，他媽媽工作也不順。工作不順心情差，影響了我們彼此的感情。就在這個時候他媽媽懷孕了。」也因此，一直到很多年之後，普玄方才明白：「我們在孩子出生這一天大的事上是多麼輕率，犯了多大的錯誤。」「我們的基礎、我們的出發點都沒有，我們沒有給孩子出生的心神，我們會有一個好孩子嗎？」就這樣，從中醫的相關理論出發，普玄最終發現，對於這位孤獨症孩子的出生，自己其實負有莫大的不可推卸的責任：「孩子，是我的錯，我們的錯，這就是病因啊！」「一個沒有愛的孩子。」「孩子是由什麼組成的？是由陰陽二氣組成的，更準確的話說，是由愛組成的，我們把最原始的組成材料弄錯了，孩子會好嗎？」應該說，只有到這個時候，看起來無辜的普玄，方才徹底認識到了自身沉重罪孽的存在。道理說來其實也很簡單，倘若普玄夫妻倆的婚姻有著很好的感情質量，那麼，一個孤獨症的孩子就不可能出現在他們的生活中。反過來說，這樣因為終身精神殘疾的孩子不期然的出生，對普玄夫妻倆來說，其實帶有非常突出的天懲意味。「那麼，我的兒子，他是在我們沒有準備、並不想要他、情緒不高、精血不足的情況下來到這個世界的。他沒有秉天地之氣，他沒有冠萬物之首，他沒有居最靈之地，他沒有總五行之秀。」既然如此，「那麼，我們就要用一生的精力，用後天去補他。」一方面，從科學的角度來說，兒子終身不愈的孤獨症的罹患，是否就一定與普玄自己所尋找到的自身婚姻質量的不高有關，是一個迄今都無法得到證實的命題。但在另一方面，普玄能夠聯繫相關的中醫理論，把孩子罹患孤獨症的原因最終追蹤到自身婚姻質量的不高上，並且不無堅定地表示，要用自己一生的精力去彌補無意間的過失，去實現一種難能可貴的自我精神救贖，其實是非常不容易的事情。不管怎麼說，在孩子的孤獨症確診後不久，普玄和前妻的離異，就已經充分證明著他們之間婚姻質量的確不高。「孩子長到十六歲的時候，我已經用盡了所有的辦法。我給他換過十幾個西醫，四個中醫，換過十幾個專職培訓他的教師，拜過一個道教師父，做過幾十場法事。似乎所有的辦法都用完了。」從即將三歲時確診孩子病情以來的十多年時間裏，

普玄之所以能夠一直不放棄，能夠堅持採用各種各樣的手段來給孤獨症的孩子治病，很大程度上，也正可以被看作是孤獨症患者父親一種腳踏實地的精神救贖行為。說到普玄的自我反省和精神救贖，一個無論如何都不容忽略的細節，就是在一次孤獨症的孩子走失後，他自己在尋找時看似無意的一種拖延。對此，普玄寫到：「但是事後他自責的，也正是自己這一點。你為什麼那麼慢？你要把孩子放棄了嗎？」他就這樣一遍又一遍地拷問自己：「人在深夜裏反覆問自己，會把自己問出問題來，問出愧疚來。似乎必須要奔奔忙忙，必須要捨著性命才行，因為那是孩子，孤獨症孩子，殘疾孩子。」說實話，面對著這樣一位永遠都不會有痊癒希望的孤獨症孩子，普玄的內心深處或者說他的無意識世界裏是否曾經閃現過放棄的念頭，恐怕是無法否認的一種客觀事實。能夠在一部長篇非虛構文學作品中把自己內心裏如此一種隱秘的念頭寫出來，其實需要普玄擁有非同一般的足夠勇氣。

但千萬請注意，一方面，擁有一位終身不愈的孤獨症孩子，固然是一個家庭的巨大不幸，但在另一方面，當一種病症在一個現代國度內迅速發展蔓延的時候，它就已經不再是一個單一的家庭問題，而且毫無疑問業已成為了一個特別嚴重的社會問題。正如同前面已經提到的，「我國以 1% 保守估計，十三億人口中，至少有超過一千萬的孤獨症人群、二百萬的孤獨症兒童，並以每年近二十萬的速度增長」。這樣一來，一個不容迴避的問題顯然在於，面對著近些年來孤獨症可謂來勢兇猛的發展、蔓延狀況，面對如此日益嚴重的社會現實，我們的國家或者說政府到底有何作為？對此，普玄很顯然也有所思考：「我曾經在孤獨症培訓中心給患者的家長們講課，這些南來北往的家長遇到的是和我一樣的問題。首先是無法確診，不知道什麼病，好不容易確診的時候基本上錯過了最佳治療期了，更重要的問題是，確診以後怎麼辦。怎麼治？找誰治？」「我們這麼大一個國家，有一家專門治療孤獨症的醫院嗎？」答案顯然是非常令人失望的：「我們有專門治肝病的醫院，有心臟病醫院，有眼科醫院，風濕骨科醫院，有婦科醫院，男性病醫院，我們有呼吸道肺部醫院，有手足病醫院……在這些花樣繁多的醫院裏，我們找不到孤獨症醫院。」一方面是日益龐大的孤獨症患者人群，另一方面卻是竟然連一所專門的治療孤獨症的醫院都沒有，二者之間構成的反差之大，足以令我們倍感震驚。明眼人或許早已注意到，在強調偌大的中國迄今仍然沒有一家針對孤獨症的專門醫院的同時，關於世界上其他國家是否擁有類似的專門醫院，普玄給出的

態度完全可以說是一種充滿曖昧意味的語焉不詳。儘管說對於這方面的具體情況，我自己也所知甚少，但普玄的欲言又止本身，卻似乎已經暗示給了我們某種正確的理解方向。最起碼，面對著如此這般嚴重的社會問題，專門性醫院的缺失，的確在很大程度上說明著國家或政府的不作為。就此而言，說普玄的這部《疼痛吧指頭》中潛隱著一種尖銳犀利的社會現實批判傾向，就是無法被否定的客觀事實存在。

普玄之所以要把這部長篇非虛構文學作品命名為「疼痛吧指頭」，一個根本的原因，就是他那個孤獨症患者的兒子因為無法與他人、與世界溝通而總是會把自己的指頭咬得鮮血淋漓以至於傷痕累累。但除此之外，作家標題中的「指頭」其實也還同時指向了普玄自己，指向了普玄那位同樣身體殘疾的大哥，或者乾脆說，指向了普玄母親常五姐的所有子女。我們尋常所謂的「十指連心」，具體指稱的，實際上也正是父母和子女之間無法剝離的血緣關係。我們注意到，從結構的角度來看，這部《疼痛吧指頭》共由三大部分組成，第一和第三部分都在集中描寫著普玄的孤獨症孩子，只有第二部分，作家的筆墨從孤獨症孩子的身上蕩了開去，將關注視野轉向了對於普玄整個家庭狀況的描寫。以我愚見，有了這樣看似有所游離的一部分內容的存在，在更充分地凸顯「十指連心」親情內涵的同時，也使作家普玄得以在一個更為開闊的歷史視閾中，在一種存在論的層面上，展開了對於殘疾人生存狀況的理解與思考。

卻原來，對於奶奶常五姐來說，殘疾其實是一種「熟悉的生活」。首先，她自己主動選擇的丈夫，就是一位殘疾人：「這個殘疾人是她的老師。是她主動追求這個殘疾人的。」然後，「她和這個殘疾人在一起共同生活了五十八年，生育了六個孩子，四男二女。他們的六個孩子中，有五個考上了大學，名震全縣。他們的六個孩子中，有一個在全世界最著名的哈佛大學當教授，有一個在省城當教授，還有一個是作家。」關鍵問題在於，常五姐的六個孩子中，竟然也有一位是殘疾：「這個大兒子在不到兩歲的時候因為出麻疹打鏈黴素，變得半聾半啞，現在已經有五十六七歲，終身沒有結婚。」兩代人中相繼出了兩個殘疾人不說，到了第三代這裡，竟然又出現了一位孤獨症患者，一位精神殘疾人。從命運的角度來說，這就無論如何都不能不承認多少帶有了一種宿命的意味。

需要特別注意的一點是，或許是與思想意蘊更恰切的傳達有關，作家在

第一和第三部分所使用的第一人稱限制性敘述方式，在第二部分被置換成了更多帶有冷峻審視意味的第三人稱非限制性敘述方式。借用這種理性色彩更其濃烈的敘述方式，通過前兩代中兩位殘疾人的故事，普玄在寫出時代與社會冷酷一面的同時，卻也強有力地呈示出了民間社會對不公正命運一種不屈的抗爭。按照文本中的敘述，奶奶常五姐在年輕時曾經是一朵遠近聞名的校花。但就是這樣一位模樣超群的校花，在擇偶時竟然不管不顧地選擇了爺爺這樣一位殘疾人。對於奶奶這種出人預料之外的選擇，「很多人不理解。全鄉人議論紛紛。但是他們不明白，奶奶是在這個殘疾人身上賭自己的命運，賭自己的夢想。」具體來說，奶奶之所以選擇身為殘疾人的爺爺，與爺爺是當地的一位文化人緊密相關：「奶奶看上一個殘疾人，是因為這個殘疾人除了一條腿殘疾，其他什麼都好。講課講得很棒，有才華，更重要的是，他是一個拿正式工資的國家職工。」然而，由於遭逢了「文革」那樣一個極不正常的畸形政治年代的緣故，奶奶在殘疾爺爺身上的賭命運眼看著就落空了。對殘疾爺爺的神奇及其悲慘命運遭際，普玄在《疼痛吧指頭》中曾經有過相對詳細的敘述交代：「在漢水中游的河西這一帶，奶奶家裏的殘疾爺爺也是一個傳奇。在中國『文革』和『文革』後大批民辦老師的這個時期，一個殘疾人卻在這一帶一直當一個鄉所有小學的大校長。他不單教小學生，還教民辦老師們，他創造了一套『三輪四』教學法和鄉村教育心理學，上過省教育報。」問題在於，殘疾爺爺的生不逢時：「奶奶嫁給殘疾爺爺是在爺爺身上賭命運，但是他們結婚僅僅幾年後，碰上『文化大革命』，爺爺從 1966 年開始挨整，一直被整到 1978 年，總共十二年。」雖然說奶奶對於殘疾爺爺的缺乏狼性，一味順從很是不滿，雖然說生性剛烈的奶奶也曾經大鬧批鬥殘疾爺爺的會場，但胳膊終究扭不過大腿，奶奶再強勢，也不可能敵得過當時那種畸形的政治年代，就這樣，她在殘疾爺爺身上所寄託的希望到最後只能夠無奈地付諸東流。

然而，奶奶終歸是那個自始至終都不屈不撓地拒絕在命運面前低頭的堅韌女性。在她身上，我們其實可以發現一種類似於西西弗斯無論如何都要堅持推石上山的精神。眼看著殘疾爺爺無望，她便把希望轉而寄託到了自己的孩子們身上：「眼看著在爺爺身上賭命運希望不大，奶奶就在孩子們身上賭命運，但是大兒子又是個殘疾。第二個孩子是個女孩子，奶奶轉移方向，賭第三根第四根指頭。剛好第三個指頭成績特別好，聰明早慧，那就先賭他。把一個家庭的希望，把兩代人的希望，先押在他身上。」這第三根指頭，不是別

人，正是普玄自己。但在具體展開對普玄這第三根指頭的討論之前，我們無論如何都不能輕易忽視的一點是，在奶奶實施她這一套人生方案的過程中，卻使得身有殘疾的大哥在不期然間變成了最大的犧牲品：「殘疾老大把純糧給弟弟妹妹送去，把雜糧留下來自己吃，在他的思維裏面，弟弟妹妹讀書，是分內的應該的，他勞動，也是分內的，應該的。他從來沒有覺得，他這麼做是吃虧的，是被利用的，是不應該的。」犧牲身有殘疾的大哥來成全其他的孩子，在很大程度上，的確合乎一慣心強氣傲的奶奶的心理邏輯。在這個過程中，她是否考慮過這麼做對自己大兒子的不公平，因為文本沒有做明確交代，我們對此便一無所知。又或者，在她看來，既然大兒子已然身患殘疾，已經不配有更好的命運，那麼，讓他依憑自己的一身蠻力為弟弟妹妹們做貢獻，也就自是順理成章的事情，也未可知。問題在於，周圍的人群卻並不這麼理解。於是，在周圍人群未必惡意的挑撥之下，殘疾老大終於奮起反抗了。具體來說，他所採用的反抗手段，就是鬧分家，要和自己的家庭分開單獨另過。雖然說由於自己獨立生活能力的嚴重欠缺，殘疾老大最終還是不得不臣服於強勢母親的意志，但他作為一個悲劇性色彩非常明顯的殘疾人形象卻還是能夠給讀者留下難忘的印象。

接下來要說到的，就是身為第三根指頭的普玄自己了。內心裏明明知道父母在自己身上寄託了多大的希望，但這位天資特別聰穎的三兒子，卻偏偏就在上高中期間犯下了一個很大的錯誤：「原來，老三在學校裏給一個女學生寫情書，班主任把情書當著全班念了。班主任要把他當反面典型嚴重責罰，差一點開除，後來改成休學一年，回家修養來了。」對奶奶來說：「所有這些，都無法和奶奶的三兒子休學這次比。一個少年明星兒子，一個口算專家，一個不斷獲獎的希望之星，早戀了，處罰了，休學了。」老三出了事，奶奶內心裏那種極端的失望情緒，自然可想而知。萬般無奈之下，奶奶常五姐，竟然攜帶著最小的女兒離家出走了：「1986年秋天，在整個漢水河西收穫麥冬的季節，常五姐——後來孤獨症孩子的奶奶——帶著女兒出走了。她的出走讓她的第三個兒子——第三根指頭——在一夜之間長大。他希望有人來罵他打他，但是沒有，所有的人都是沉默。那個罵他打他的人已經走了。」事實上，正是奶奶如此一種無聲且無形的懲罰，讓三兒子普玄徹底明白了身為指頭——身為孩子的失敗，到底會讓父母感到有多麼痛苦。正因為充分地認識到了這一點，所以，在接受了奶奶回歸後所特別安排的那一次現場課之後，普玄方才

痛下決心，不僅考上了大學，而且還成為了一名成功人士，成為了一名聲名日響的正處於上升勢頭的作家。

那麼，在一部旨在描寫表現孤獨症患者生存狀態的非虛構文學作品中，普玄蕩開一筆轉換敘事人稱去寫自己一家人的生存經歷，其實際的意圖究竟何在呢？對此，我們可以給出兩方面的答案。其一，傳授表達某種獨特的根源於奶奶的人生哲學。請注意這樣的對話細節。「憑什麼是你養他一輩子？奶奶說。」「不是我養他嗎？兒子站在門外，他開始算帳，醫療費、生活費、培訓費……」「這些錢是你的嗎？奶奶問。」「憑什麼不是我的呢？都是辛苦掙的，合法合規的，兒子說。」「你的書白讀了，奶奶說。」「兒子不明白奶奶為什麼這麼說。」「憑什麼是你養他一輩子？憑什麼不是他養你一輩子？」「歸根結底，你是害怕養他一輩子，奶奶說。」那麼，到底是普玄在養自己的孤獨症孩子，抑或還是這位孤獨症孩子在以某種特別的方式超度深陷生存泥淖中的普玄，尤其是奶奶最後兩句看似違背常識的激憤話語，的確充滿著哲學的禪悟意味，令人三思。其二，傳達一種同樣源自於奶奶的在絕望的境地中反抗絕望的強力意志：「現在，她知道了，她遇上一種比她丈夫的殘疾，比她大兒子的那種殘疾更為絕望的東西。她不能去死。她要告訴她的兒子，告訴那個孤獨症孩子的爸爸，怎麼和她一樣，一生和殘疾人相處。她還要告訴她的兒子，怎樣去過令人絕望的生活，怎樣在絕望裏面，尋找生機。」很大程度上，普玄之所以要在這部非虛構文學作品中專門拿出一部分來回溯自己家族艱難的生存史，其根本意圖恐怕正在於此。更進一步說，在其中，我們分明也能夠感覺到有魯迅先生反抗絕望精神的某種遺存。

在以上討論的前提下，我們再來看作品的第三部分也即最後一部分，就可以發現，這一部分既是寫實的，但卻更具有一種象徵性的寓言品格。如果從情節延續性的角度來看，這一部分的承接點，很明顯是第一部分的結尾處。相比較而言，三個部分中只有這一部分故事情節最為簡單，通篇所書寫的，不過是普玄在大年三十也即農曆年除夕的時候，單人獨馬地一個人駕車載著孤獨症兒子沿高速公路去奶奶家過年的途中經歷。這裡首先有必要指出的，是這位孤獨症孩子的尷尬處境。親身父母離婚後各自成家各自又生下了一個女兒，從表面上看，這位孤獨症孩子似乎同時擁有了兩個家，兩個妹妹，但究其根本，他卻徹底失去了家。因為兩個家實際上都容不下他這樣一位異質者的存在。某種意義上，這位孤獨症孩子的處境，多少帶有一點被遺棄的味

道。就這樣，到了過年的時候，如何處置這位異質者，也就成了一個不容迴避的重要問題。就這樣，每到過年的時候，萬般無奈的普玄，也就只好把孩子送到奶奶那裡去：「我要在這個除夕的夜裏，把我的兒子送到一個能過年的地方，送到一個有火盆有電視眾人圍著哈哈笑的地方。這個地方就是奶奶的家，奶奶年前幾天就在打掃屋子，在等著她這個不會說話的孫子回家過年。」於是，一個充滿著尷尬意味的，令書寫者普玄自己也難堪羞愧不已的場景也就出現了：「一個四十多的男人在大年三十的夜裏，卻要送他十八歲的兒子到他七八十歲的父母那裡過年，這就是我目前的生活狀態。」細細想來，普玄如此一種生活狀態中荒誕意味的突出存在，是一件顯而易見的事情。

　　一般情況下，在高速公路上行車不會遭遇什麼艱難，但普玄根本就沒有預料到，這一天他卻會遭遇到一種極端天氣：「霧越來越大，越來越濃，越來越密集。汽車繼續朝深山腹地扎，一點一點往深處扎，地勢越來越高，彎道越來越多。兩朵三朵霧在高速上飛動，一團兩團霧在前面舞動。我看見農村裏大堆大堆的棉垛，我看見了飛機上才能看見的大垛大垛的雲彩。」「我感覺到了恐懼。我不知道繼續往前開還是停下來。往前開我有些害怕，停下來更害怕。我只有減緩車速。」關鍵的問題是，就在普玄行車遭遇困難的時候，他那位孤獨症孩子也因為恐懼而發作起來，甚至一度要去襲擊控制至關重要的方向盤。就這樣，在這個除夕的夜裏，在高速公路上，普玄感覺到了一種深深的絕望：「我感覺到了絕望。絕望就是靜止的，凝固不動的。絕望不是緊張的，運動的。」然而，行車的絕望，終歸是暫時的。那位孤獨症孩子的存在，才令普玄感到萬分絕望：「在我們這個國家，目前對這類病人的福利制度遠不如香港和歐洲一些國家，還沒有進入到對這類病人的終生救助，大部分還要靠病人的家人。」因此，一個重要的問題就是，作為孤獨症孩子的父親，普玄必須死在孩子後面。否則，孩子該怎麼辦呢？「這是一個人們不願涉及的堅硬話題，但是它如同一道黑色門檻一樣，我們這些孤獨症孩子的家長們每天都從上面來來回回跨過。」什麼是絕望？這才是真正的絕望！「絕望是乾燥的，絕望是繃緊的。」然而，就在普玄差不多都快要陷入絕境的時候，不無神奇的警察出現了。正是在警察的幫助下，普玄再一次帶著孤獨症孩子帶著依稀可辨的希望，重新上路了。從孤獨症的角度來說，也正是在這次除夕行車的過程中，普玄從自己的指頭那裡得到了很好的人生啟悟：「我把自己的指頭舉起來。」「這個世界上總有一個東西，在我們最沒有辦法的時候替我們承擔。

它是世界的末端，也是世界的開始。它既是疼痛的源點，也是消除疼痛的源點。」「我看著指頭。」「我忽然明白，這根讓我疼痛讓我無奈絕望的指頭，它一定會救我，帶我到另外一個地方。這麼多年來，就是它，我的指頭，我的孩子，它總是在我絕望的時候，在我無路可走的時候搭救我。」就這樣，伴隨著如此一種人生啟悟的生成，普玄關於孤獨症的書寫，也就自然接近尾聲了。正所謂「成也蕭何，敗也蕭何」，這位不期而至的孤獨症孩子，既是普玄疼痛的源起，卻也更是普玄得以實現精神自我救贖的重要路徑。在一部旨在書寫表現孤獨症問題的長篇非虛構文學作品中，作家的思想最終能夠抵達如此一種高度，普玄的《疼痛吧指頭》無論如何都應該贏得我們的高度評價。

葛水平《河水帶走兩岸》：
農業時代的鄉村文化博物館

　　葛水平，不管怎麼說，都應該被看作是當下時代一位難得的優秀小說家。然而，只有在讀過這部裝幀設計特別精美、圖文並茂的《河水帶走兩岸》（北嶽文藝出版社 2013 年 3 月版）之後，我才進一步認定，葛水平，不僅是一位優秀的小說家，同時也是一位優秀的散文家。其實，早在以小說創作一舉成名之前，葛水平就曾經有過時間不短的散文創作經歷。只要我們稍加留意，就不難發現，一直到現在為止，葛水平的自我簡介中，首先要提到的，就是她的兩本散文集《今生今世》與《走過時間》。然後，才會是她的小說作品。或許因為葛水平是以小說創作而知名於文壇的緣故，說到葛水平，人們大多都只關注她的小說創作，都只是把她視為小說家。即使在我，情況也同樣如此。儘管此前早就知道葛水平曾經出版過專門的散文集，但因為一直沒有能夠寓目閱讀，所以，自然也就無從領略作家散文創作的風采。我之所以延遲到現在才認定優秀的小說家葛水平同時也是優秀的散文家，根本原因顯然在此。

　　但是，在認定葛水平是一位優秀散文家的同時，更加令我驚歎不已的，卻是葛水平對於北中國鄉村生活的強大記憶力。毫無疑問，這部《河水帶走兩岸》確實帶有非常突出的「田野調查」的成分，是葛水平行走沁河的一種具體結果。對於這一點，葛水平自己在後記中也有著明確的說明：「一條河流斷斷續續走了兩年，真要決定走下去時，與約定的時間和行動相去甚遠。……在半山腰上，我們議論要得到一個什麼樣的既定目的？河流讓生命走向文明，

我們遺失了什麼？」然而，在承認作家這次「田野調查」式的走沁河構成了這部《河水帶走兩岸》根本寫作契機的同時，我們也須得強調，單只是憑著這兩年的走沁河，葛水平實際上根本無法完成這樣一部頗具規模的系列散文集的寫作。忠實於我個人一種強烈的閱讀體會，葛水平之所以能夠完成如此一部關於鄉村文化的散文著作，她那樣一種生於斯長於斯的鄉村成長經歷所發揮的重大作用，無論如何都不容輕易否定。作為與葛水平擁有差不多同樣一種鄉村成長背景的同齡人，閱讀她的這部《河水帶走兩岸》，在倍感親切（這種親切感，可以通過散文語言運用過程中曾經多次重複的一個細節得到充分證明。比如《繁華深處的街巷》中：「有些傳說都在王姓家族那棵老槐下開講，月明在槐樹的枝梢間，月明走開的時候，似乎身後的那條巷子永遠不再有人走過。」再比如《貓叫春》中：「我睜大了眼睛，窗戶上的玻璃有月明兒照進來，照得不真實⋯⋯」這裡的「月明」，即是一種普遍流傳盛行於三晉大地的一種方言表達。作為一種方言，此處的「月明」只能夠做名詞用，其意完全等同於普通話中的「月亮」。我不知道其他地方的人們是否存在著類似的表達方式，反正，在我的故鄉，一直到現在，人們都依然會把月亮稱之為「月明」。惟其如此，當我看到葛水平作品中如此一種語言表達方式的時候，一種親切感自然會油然生出）的同時，一直感慨歎服不已的，正是作家那樣一種對於既往鄉村生活所表現出的驚人記憶力。又或者，葛水平的走沁河這樣一種「田野調查」行為本身，究其根本成因，恐怕也與作家這樣一種簡直就是牢不可破的鄉村記憶，根深蒂固的鄉土情結有關。假若不是如此一種強烈深沉的感情在作祟，我們不僅很難想像葛水平的走沁河這種行為，而且也無法理解作家在散文中所表達出的對於故土那樣一種飽滿的依戀感恩情懷。「同時我想說，流域文化是一種最富情感的區域文化，地理與人文相互激蕩，沁河最終形成充滿地域特色的文明。然而，誰又能看清文明的底牌呢？我只知道，沁河的河道像瓦一樣粗糙，我敬畏曾經在河岸活著的朝氣和欲望。我懷念，源自於一種骨子裏的自卑，我有多自卑我就有多孤傲，我，只走我的母親河⋯⋯」很顯然，正是因為葛水平對於養育了自己的母親河——沁河充滿著感恩的心理，她才會去走沁河，才會用她的生花妙筆最終在紙上建構起如此一座可謂包羅萬象的農業時代鄉村文化的博物館來。

所謂農業時代，自然是相對於我們當下這個迅猛發展著的市場經濟時代而言的。毋庸諱言，自打那個叫做現代性的事物強勢進入中國以來，包括鄉

村在內的整個中國的社會生存秩序業已發生了深刻的不可逆變化。在已然飽受了一番「革命」所帶來的天翻地覆的折騰之後，「文革」結束後的廣大中國鄉村又不可避免地要承受城市化浪潮的強烈激盪。所有這一切，包括「革命」，包括現代性，包括城市化，都對於長期處於穩固狀態的中國鄉村社會產生了致命的影響。單只就我個人的記憶而言，當下時代的中國鄉村世界，與我少年時期的鄉村世界相比較，確實已經發生了根本性的變化。許多鄉村物事的永遠消失，鄉村生存秩序的巨大改變，乃至於鄉村社會的整體潰敗，已然成為一種無法否認的客觀事實。面對著自己所曾經極其熟悉且倍感親切的鄉村世界如此一種滄海桑田的變化，我往往會不由自主地生出一種「白頭宮女在，閒坐說玄宗」的恍如隔世之感。細細數來，前後也不過幾十年的時間，中國的鄉村社會發生的滄桑巨變，真的只能夠讓我們瞠目結舌以對。非常明顯，假若說近幾十年來的中國社會已經迅速地步入了所謂市場化、城市化的發展軌道的話，那麼，葛水平在這部《河水帶走兩岸》中所書寫記述著的那些鄉村世界中的人與事，就絕對應該被看作是農業時代的一種文化遺存。而且，尤其令人倍感驚訝的是，按照當下時代中國社會的發展演進大勢來判斷，如此一個農業時代確實已經一去不可返了。惟其因為一去不可返，所以，我們才會格外地珍惜類似於葛水平這樣一種帶有鮮明文化保護意味的關於那個農業時代的真實書寫。正所謂，風流總被雨打風吹去。既然農業時代的現實已然不復存在，那麼，除了依靠我們的寶貴記憶，依靠我們的書寫能力，在紙上建構一個那個特定時代的鄉村文化博物館之外，其他恐怕也實在無能為力了。而葛水平的這部《河水帶走兩岸》，就是這樣一部憑藉著「田野調查」與鄉村記憶重現農業時代鄉村文化遺存的優秀紀實作品。時下中國文壇正盛行著一種非虛構寫作的風氣，儘管缺少某種整一的藝術結構，沒有如同其他非虛構寫作一樣連綴成長篇作品，但散點透視式的表達卻也自有散點透視的獨特價值所在。毫無疑問地，葛水平這部由系列性散文組構而成的著作也完全應該被納入到非虛構寫作的視野中獲得高度評價。

葛水平的關注點，首先落在了那些雖然生存條件艱難但卻氣韻飽滿生動的鄉村人物身上。比如，《黃昏的內窯》中的祖母王月娥。儘管有自己的名字，但依照鄉村的習俗，「祖母在這個世界上活著的時候，沒有人叫過她的名字。……老輩人叫『老葛家裏的』，晚輩人叫『內窯嬸』，次晚輩人叫『奶』。這叫法的統一點就是王月娥。」儘管名義上有丈夫，但王月娥實際上卻等於

守了一輩子活寡：「二十六歲上，二十歲的祖父葛啟順被擴軍南下，王月娥就守了一眼土窯，眼睜睜活了七十，四十四年間，苦守寒窯。」期間，儘管有人勸她改嫁，也曾經有本家族的男人進行過騷擾，但內心中其實有著人性本能衝動的王月娥，卻硬是守住了一個鄉村女性的婦道本分。之所以如此，究其原因，大約也肯定是長期傳延的鄉村倫理道德觀念充分發揮作用的緣故。就這樣，王月娥一直撐到了四十四年後早已在外另娶她人的丈夫葛啟順的歸鄉。面對著葛啟順，王月娥說出的話居然是：「四十四年了，我找到了活水源頭。」非常明顯，類似於王月娥這樣的鄉村人物，是一種再典型不過的農業時代的產物。假若用現代的觀念來審視王月娥，那麼，王月娥的行為無論如何都會被視作不開化的愚昧之舉。然而，一個不容迴避的問題在於，這樣一種來自於農業時代之外的觀念評價，到底擁有多大程度的合理性呢？我想，當葛水平滿懷深情地書寫著自己祖母所遭遇的奇崛命運的時候，她的出發點，肯定不是要立足於現代的觀念立場上對於王月娥有所批判。對於葛水平而言，如實地呈現出不僅只有在農業時代才可能出現，而且在農業時代也極其普遍的王月娥這樣一種鄉村人物的實際生存狀況，遠比什麼批判重要得多。更何況，使用一種現代性的觀念來評判在中國長期存在的農業時代的物事，總是會給人以某種牛頭不對馬嘴的錯位感覺。與其進行隔靴搔癢式的批判，反倒不如持一種人道的同情心理予以人物更多的理解為好。

再比如，《秋苗和石碾滾乾大》中的玩伴秋苗與人格化了的石碾滾。葛水平寫到：「我的童年，為了我的成長，我媽把我許給了一個石碾滾做乾女兒。」明明是人，卻要拜一個石碾滾為乾大。如此背離常情的事情，原因何在呢？卻原來：「那個年月，村莊裏孩子的爹娘常常把自己的孩子許給一棵樹、一條河或一塊石頭，鄉下人相信自然的力量比人大，也相信人是永遠改變不了自然的。」如此一種發自內心的自然崇拜，顯然是只有農業時代的鄉村民眾才會生成並擁有的樸素觀念。這樣的一種自然崇拜，與當下時代人類對於自然的極度破壞，形成了極其鮮明的強烈對照。而母親之所以執意要給葛水平認一個石碾滾乾大，是因為此前發生了一幕人生慘劇。那一年冬天，葛水平和她的同桌秋苗相約一起到公社去買火燒吃。因為是物質的貧瘠匱乏時代，所以，兩個小姑娘買下糖火燒之後，根本就捨不得一下子吃完。吃完一半之後，就再也不捨得吃了。於是，她們就把剩下的半塊火燒凍硬實了，一邊往回走，一邊吃火燒。「路上餓得咕咕叫也不捨得掏出來下狠口，只是用指甲掐豆粒大

往嘴裏放，是把火燒含化了的那種吃法。」因為我和葛水平是同樣具有鄉村成長背景的同齡人，所以，那樣一種餓肚子的滋味，以及那樣一種吃東西的方式，自己也有過真切的體驗。惟其如此，在讀到這個描寫段落的時候，自然會生出強烈的認同感來。然而，讓葛水平意想不到的是，這個下午，居然是自己與同桌秋苗在一起度過的最後時光。只是隔了一天之後的傍晚，年幼的秋苗就告別了人世。關於秋苗的死因，儘管很可能是重感冒高燒沒有得到及時醫治的緣故，但村里人卻認為「是秋苗在公社的路上撞見鬼了」。正因為有了秋苗的意外死亡，母親才給葛水平專門認了一個石碾滾當乾大。很顯然，村里人把秋苗的死因歸之於「撞見鬼了」，也是只有在農業時代才可能出現的一種人生觀念。一個不容忽視的問題是，秋苗的意外身亡，與她缺少一個石碾滾乾大有關嗎？否則，我們又何以解釋母親一定要為葛水平許一個石碾滾乾大呢？實際上，秋苗的死因到底何在，也並不是葛水平這裡要追問的一個問題。我們固然應該為小姑娘的不幸死亡感到哀傷，但與此同時，卻更應該意識到，正如同前面的王月娥一樣，葛水平的書寫本意其實也不過是要真實呈現一種農業時代鄉村的生存狀態而已。關於這一點，只要讀一下文章末尾一段，我們就可以有足夠清晰的把握：「如果有一天，技術和經濟開發征服了地球上最後一個角落；如果任何一個地方發生的任何一個事件在任何時間內都會迅疾為世人所知；如果作為歷史的時間已經從所有民族的文明進步那裡消失，如果時間僅僅意味著速度、瞬間和同時性，那麼，在所有的這些喧囂之上，我們活下去的人，將會有什麼樣的惡魔如影隨形地糾纏我們？從健康的角度說，我懷念磨道和碾道的歲月，從感情的角度上說，我把這一段事寫出來，是因為村莊給我的記憶太深了，人和事和村莊的氣息民風民俗，我的玩伴秋苗，我的石碾滾乾大，越往歲月的深里長，我越是深刻懷念。」只要認真地端詳捉摸一下這段文字，那麼，葛水平的書寫意旨也就應該得到充分的理解。實際上，也並不只是這裡展開分析的祖母王月娥、玩伴秋苗與石碾滾乾大，作品中相繼出現的其他那些鄉村人物，諸如小爺葛起富、神漢李來法、繼父葛成土，甚至就連那個無名的盲人等，也都給讀者留下了難忘的印象。

然後，就是那些農業時代鄉村的建築、信仰以及習俗。比如，《山水有過自己的聲譽》中的沁水縣城。中國人向來講究風水，一個地方的風水好壞，事關這個地方的總體發展與人才多寡。「過去做縣治的地方都是好風水，風水好壞隱含很大的玄機和預示，尤其是對它的子民，風水好的地方出人才，否

則風水不好容易生長愚鈍不明事理之人。」沁水縣城的情況，即是如此。按照清人張道湜在《補修縣城來脈記》中的說法：「吾邑以沁水得名，而山之數百倍。孤城如斗，西扼河東之吭。南曰石樓，北曰碧峰，兩山對峙如輔弼；梅水、杏水，環繞左右，至東南合襟焉。縣之龍脈，自烏嶺迤東，至玉皇嶺，突起一峰，尊嚴出群山之上，為少祖，起伏蜿蜒而下，直抵城之西北隅。」我固然對於所謂風水之說一竅不通，但通過張道湜的細緻描述，倒也略知一二了。這就是，大凡風水寶地，就總是得依山傍水山環水繞才成。而且，更進一步地說，在風水學說的背後，所真正潛藏隱含著的，恐怕卻是農業時代一種普遍的建築美學理念。但尤其令我驚訝的，卻是葛水平文中關於數度修補風水的相關記載。因為自打清順治十四年以來，沁水已經連續兩次科舉考試無人考中，於是，張道湜他們便著手修補縣城風水。結果，沁水在康熙十六年至康熙二十六年，就有六人先後考中舉人。再一次，是到了康熙三十五年，時任縣令又一次修補風水，這次修補的結果是：「當年秋天的鄉試，即時應驗，沁水有兩位學子考中了舉人。」那麼，所謂的風水，真的會影響人類的生存和發展嗎？到底在風水的修補與沁水學子的科考之間有無必然的對應關係呢？一種明確結論的得出，顯然是不可能的。這裡，一個重要問題在於，農業時代人們對於風水的重視，其實反映著他們對於大自然的某種極端敬畏心理。惟其如此，葛水平才會說：「人和自然之間，目前尚無溝通的語言，山水與人其結果會是怎樣？我們可以不相信一切，但是，理性的人們啊，請一定要相信我們的環境已經變得很糟糕了。」正因為風水可以被理解為人與自然之間的關係問題，所以葛水平到最後才會筆鋒一轉，由風水而轉換至現代意義上的環境問題。

　　既然名為《我們周圍的神靈》，那麼，葛水平所重點關注思考的，自然也就是鄉村世界中人們的精神信仰問題。葛水平之所以要特別關注神靈，是基於如此一種前提，即「敬畏神靈的日子裏，我始終認為人是幸福的。」從這樣一個前提出發，葛水平耐心細緻地逐一描繪沁河流域的那些神靈們。從水鬼到山神，從龍王到土地，從后土到神農，從文孔子到武關羽，從魯班到灶神，葛水平的記述可以說都是活靈活現繪聲繪色的。比如，關於灶神，作家寫到：「還有一尊神，落地生根，凡聲色場所、飲食之地，他總是昏暗在那裡。他是灶神。」「我一直認為灶神就是自己的一家之主：父親和母親。」在作出了如此一種極富人情味的個性化理解之後，葛水平認為，人們之所以要祭灶神，

就是因為「一年勞作，年節所敬，敬完神也該敬敬自己了。」然而，讓人倍感遺憾的是，「鄉村城市化的過程中最明顯的一點是讓我們丟棄了神，世界在文化巨變前，神們的消失讓我們目瞪口呆。多麼遼闊的大地和多麼綿長的傳統，才能孕育出這般諸多的神，他們如繁星散落在窮鄉僻壤，默默地閃爍著性靈之光……當神鬼沒有了主人，這個世界又能求得什麼樣的福氣呢？我懷念那些與神為伴的日子，那些日子裏的百姓都有神性的快活。」因為中國人普遍缺少宗教信仰，所以，在廣大的鄉村世界，如此眾多的神靈們所出演的，實際上就是農民們的精神信仰角色。當這些神靈都伴隨著農業時代的終結而變成歷史的時候，百姓們一種「神性的快活」自然也就無處可覓了。

相比較而言，在這部《河水帶走兩岸》中，葛水平那些關於鄉村習俗的描寫文字更為奪人眼目。比如，這篇《好時辰——年》。年，人人都得過年，年年都要過年，但恐怕只有鄉村裏的年才最有年味。我們且來欣賞葛水平關於故鄉過年情景的一段絕妙傳神文字：「故鄉對『年』高度的熱情，從臘八粥開始，讓大人和孩子們日夜思緒難寧。臘月十幾，家家戶戶都蒸上了，白的饃，白的十二生肖，黃的米團子，炕皮上的席片放著麵板，揉了城香的麵一團一團的懶在案板上，炕圍上貼著的報紙是去年的某一天，掛曆畫上的穿泳衣的女子美麗飽滿，炕橫頭的鍋臺上蒸籠裏擠出了熱氣，灶膛裏的火苗躥出來，誰家的女人喊道：『今年的饃饃一定蒸開花了，看這火歡死了。』帶了銅頂針的手指在蒸鍋蓋上拍拍，一鍋的好生肖出鍋了。年把一雙油菜花般黃花閨女的手過成了屋子裏的糟糠之妻。」必須承認，這是一段再生動不過的畫面感特別突出的文字。尤其是對於如同我這樣少小時候有過鄉村生活經驗的讀者來說，就更是如此。類似的生活場景，我少年時目睹過都不知道有多少次。惟其如此，當讀到葛水平這段文字的時候，我就彷彿又回到了當年的鄉下，又置身於過年之前的情景之中一樣，一種強烈的認同感油然而生。值得稱道處，還在於其中的「年把一雙油菜花般黃花閨女的手過成了屋子裏的糟糠之妻」一句。能夠非常自如地把這樣一句話插進來，在洋溢著年的歡樂氛圍中，同時也還凸顯出了生命的艱難不易，自然也就格外地意蘊悠長了。

以上種種之外，葛水平一個特別重要的書寫對象，乃是農業時代鄉村世界裏那些業已失傳了的精妙手藝。關於這一點，只要看一看這些文字在這部系列散文集中佔有的比例，自然就會一目了然。在這一方面，葛水平從石匠手下的石雕說到寺廟裏琉璃的燒製，從鐵匠打製的鋪首說到木匠們打製的床，

從木格窗戶的糊窗紙說到民間樂器二胡的製作手藝，林林總總，留給讀者的印象殊為深刻。需要特別注意的是，作家關於鄉村手藝的書寫前提，建立在了這樣一種至關重要的觀念之上：「手藝是一個人一生承重的支點。農耕時代，自然生存，人通過什麼活著？手藝。手藝能把萬事萬物送到遠方，送向未來。」正因為認識到了手藝的存在在農業時代的重要性，所以葛水平才會傾盡心力地以濃墨重彩去塗抹描寫這一系列堪稱五行八作的鄉村民間手藝。比如，關於琉璃，葛水平寫到：「佛塔上的琉璃散發出晶瑩剔透的光澤和變幻神奇的色彩。琉璃，被人們賦予了蓄納佛家淨土的光明和智慧的功能，它吸納華采卻又純淨透明，美豔驚世卻又來去無蹤，化身萬象卻又亙古寧靜。琉璃澄明的特質契合著佛教的『明心見性』的境界，不覺頓悟——淨如琉璃，靜如琉璃——照見三界之暗，照見五蘊皆空。琉璃是帶色的陶。陶最早是用河泥為原料，加了蘆葦花絮，製成各種陶胚時曬乾，燒紙彩繪。陶開始帶色，琉璃出場。」(《高於大地的廟脊》)一方面，葛水平生動講述了琉璃的精細製作過程，另一方面，更重要的，是葛水平對於琉璃這一物事中所蘊深意進行了深入的闡釋，頗具某種形而上的哲理意味。

只要稍加留心，你就不難體會到，農業時代的那些鄉村手藝，一旦出現在葛水平筆端，就會顯得格外富有生命的詩意。「鐵匠鋪永遠都是一個動詞，動在雨的浸淫之下。」「紅鋼從烈火中鉗制到鐵砧上，錘起錘落，叮噹磅礴，小錘點擊，大錘緊跟。鐵匠對於鐵是一場浩劫般的驚擾。」(《風把手藝刮進了天堂》)這是打鐵。「最早糊窗紙是什麼我不知道，只知道沁河兩岸的糊窗紙是麻紙，桑樹皮做的，有木質的纖維隱約在裏面，特別溫暖」「我一直喜歡麻紙糊窗的那種味道，比如春夜月光之下，我靜靜地感受光線黃黃的，襯托著糊窗紙上的民間剪紙，很生動，是幸福的印記，也是世俗的色彩。月光照著窗臺，移動那隻花貓的影子，被炕牆擋得跌落在花被上，跌落到睡覺人的睫毛上，茸茸如霜毫。」(《眼仁裏那些印》)這是糊窗紙。「去年冬天，我在山西沁河岸邊尋得一張清中期富家小姐的閨床。精緻的木格雕花完好無損，紅色的大漆舊了，舊得純粹就成了一種時尚。床體採用貼金箔、嵌螺鈿等工藝技法，共雕有十個戲劇故事情節，有《三娘教子》《龍鳳再生緣》《唐伯虎點秋香》《琵琶記》等。每個作品形態生動，惟妙惟肖。描金人物故事更顯出古床的華麗美豔。只是床板有些不太穩重，倏忽之間來一聲響，那一聲響倒叫我想起曾經的男歡女愛。床的三面有花格窗戶，也都是描了金的。花格下畫了

人物故事，細細的婆娑的畫面，我一直沒有考證出她們都是哪齣古典戲劇裏的女子？那腰身，那蘭花翹指，鳳眼細眯著，往悠悠的時間深裏去想，那真叫個嫋娜。」（《要命的歡喜》）這是雕花木床。葛水平寫得一手好文字，自然毋庸置疑。但應該注意的是，作家的文字，大約只有在觸及到那些鄉村物事的時候，才會顯得特別富有神采。然而，真正令人痛心之處在於，哪怕葛水平書寫鄉村物事的文字再精妙無比，也都無法阻止這些富含文化內涵的鄉村物事的漸次消亡。「也許，我把鐵匠鋪子想得過於富有了，只想用文字的方式去理解他們，但是，畢竟是一個遠去了的把文明活在骨子裏的時代。如今的村子裏再沒有鐵匠鋪子打鐵的聲音，沒有了鐵匠鋪子，似乎整個村子裏都沒有了聲音。……我們喪失了許多，恰恰可能是有關生命最高秘密的隱喻和福音。我不能知，在衰敗中，我唯一不想放棄的是想入非非。」這可真正是，無可奈何花落去，似曾相識燕不歸。面對著日益衰敗消逝的農業時代種種鄉村文化物事，我們大約也只能夠徒喚奈何了。

要想更深入地理解把握葛水平這部《河水帶走兩岸》的思想意旨，我想，就必須特別留意其中的這樣一段話：「西文興村對我的期待不是柳宗元後人的期待，任何人的後人都沒有值得去深究的意義。我對西文興村感興趣的是歷史中存在過的家族生活的必然樣式，那樣的存在樣式不可能有後來了。一個生機勃勃的宗族社會，雖然被後來者瓦解了，但依然餵養了我的民族自豪感，曾經我們過得有多麼好呀，哪像現在：一切現代的東西都歸於西方了，一切中國的東西都歸於過去了。」在這裡，葛水平當然不是在無端地發思古之幽情，她所錐心刺骨痛心疾首的，正是在所謂現代性的來勢洶洶與風捲殘雲之下，那些生成發展於農業時代的曾經非常蓬蓬勃勃的中國固有文明的必然衰落潰敗。某種意義上，葛水平之所以要以「田野調查」的方式行走沁河，要寫作這樣一部系列散文集，其根本動機正在於此。

這部系列散文集的書名叫做《河水帶走兩岸》，但真正令人沮喪的是，就連葛水平所行走著的沁河本身，也都已經呈斷流衰落之象了。既然要走沁河，那肯定要從沁河的源頭走起，因此，散文集起首的兩篇文字，在交代為什麼要走沁河的緣由的同時，葛水平首先探訪的，就是沁河的源頭。但，這樣的探訪卻是讓葛水平倍感失望的，因為她所看到的沁河源頭，早已經變成了可憐的一脈涓涓細流：「明代詩人王徽有詩云：『沁水河邊古渡口，往來不斷送行舟。』」在沁河兩岸的沖積平地和原有臺地上，由於沁河總體水量的減少和

沁河水被過度的開發利用，昔日洶湧的河水變成了今天的涓涓細流，日常流量從過去的每秒幾百立方米下降到幾立方米。放羊人說：『也就幾年光景，什麼都沒有了。』」(《水在水之外活著》)。沁河源頭如此，那麼，沁河的入黃處又會如何呢？到了本書最後一篇文章《我幾乎看不見流動》中，葛水平記述了她探訪沁河入黃處的具體情形。「武陟是沁河和黃河的碰頭處，它既是開端也是終點。」但是，專門乘車趕到武陟的葛水平，看到的同樣是非常令人失望的狀況：「按照通常的城鎮日常人均四十公斤污水排放量計算，一千五百萬人每天將排放的污水在四十到五十噸之間，每年的污水排放量超過一萬噸。而堆放的生活垃圾粗略估算也超過了千噸。當沁河河道成為垃圾場時，由於根本未經無害化處理，垃圾形成的滲濾液對沁河水質形成的污染是顯而易見的。沁河流經多少村莊？多少城鎮？」這樣的日常污水排放與垃圾堆放，再加上沿途的各種工廠、水庫，沁河自然無法保持原有的亮麗面容了。於是，在武陟，葛水平所目睹的，便是「一群狗在河道裏撒歡，一群羊散亂在玉茭地裏，大片的垃圾，昔日的沁河已成今日夢中的美好了。」「我聽不到水聲，沁河流入黃河處也不見有浪花湧起，只隱約看得見一股渾濁的藍湧進了渾濁的黃中。往事是一隻白頭翁比我先一步白了少年頭，我的沁河，我多麼想聽到你金屬般鏗鏘的聲音！我被想像浩大的美遮蔽了，我站在兩河的交匯處，依舊是千年的風，千年淒迷的天光，千年口音未變的鳥鳴在我的頭頂掠過，四野寂靜，我坐下來，這是人傷害河流的結果。我想說，那些主宰河流命運的手們，請縮一縮你們貪婪的欲望，用減法的形式找回幸福，好嗎？」「好嗎？還我沁河清澈！」就這樣，從沁河源頭的一脈涓涓細流，到沁河入黃處一股渾濁的藍，葛水平所行走著的沁河已然面目全非，已然不復是作家想像期待中的那樣一條能夠發出金屬般鏗鏘聲音的大河。面對著河流的滄桑變化，葛水平的籲請當然是極端真誠的。然而，這真誠的籲請可能變成現實麼？最起碼，在當下時代的中國，我確實沒有能夠看到一點希望。

河水帶走兩岸，的確是一個富有詩意的題目。然而，當我們伴隨著葛水平行走的腳步，伴隨著她那根深蒂固的鄉村記憶，一路讀下來，卻不無驚訝地發現，我們讀到的不僅不是期待中的美麗，反而是令人倍感失望憂傷的滿目瘡痍。那麼，帶走兩岸的究竟是什麼呢？是河水麼？問題是，就連沁河水自己，也已經處於一種極端迷失的狀態了呀！非常明顯，導致這一切滄桑變化發生的根本原因，恐怕只能夠到那樣一種現代性的發展主義思維中去尋找。

曾經在既往長久的農業時代充滿文化魅力的沁河流域的衰落潰敗，只能被看做是這種一味追求經濟高速發展的發展主義思維作祟的必然結果。就此而言，帶走兩岸，包括帶走沁河水本身的，實際上也就是那個叫做現代性的事物了。面對著不無蠻橫霸道色彩的現代性，無論是葛水平的行走和書寫也好，抑或還是我們的觀察與閱讀也好，最終恐怕都只能夠變成一種對於建構在紙上的一座農業時代鄉村文化博物館的由衷憑弔。

彭學明《娘》：
彌足珍貴的親情書寫

　　有朋友在文章中認為當下時代的散文創作，成就驕人，早已經超越了曾經長期佔據著文壇中心位置的小說創作：「21 世紀最流行最給力的作品不是小說，是散文。每個時代都有自己的流行文體，如唐詩宋詞明清小說，現在，一種以文學方式記錄生活、刻寫歷史的文體會引領潮流，21 世紀，散文將會成為主流文體。」（參見畢星星《散文在 21 世紀》，載《名作欣賞》2012 年第 1 期）我不知道畢星星到底認真地讀過多少篇當下時代的小說作品，依照什麼樣的根據得出了這樣一種頗有一些驚世駭俗的結論。實際上，無論小說，還是散文，本無所謂哪一種主流哪一種不夠主流的問題。提出並討論這樣的問題，究竟有多大的意義，恐怕也是多少有些值得懷疑的。文體的問題，其實沒有那麼重要。不管是小說，還是散文，只要能夠給讀者以足夠的思想震撼與藝術享受，帶來必要的審美愉悅，我覺得就都是好作品。就畢星星的文章而言，我以為，他實際上非常明顯地混淆了紀實文學與散文這樣兩種不同的文學文體。他在文章中所羅列的那些作品，有許多應該被歸入到紀實文學或者說報告文學的範疇當中去。非常簡單，他在文章結尾處曾經提及過《人民文學》雜誌近年來開設了「非虛構」欄目，並以此而強調散文地位的上升。然而，明眼人都知道，「非虛構」寫作絕不能夠簡單地等同於散文創作。二者之間，存在著鮮明的文體差異。畢星星既然把散文與「非虛構」混為一談，其散文成為 21 世紀主流文體的結論，可信度就更要大打折扣了。

　　但，不同意朋友關於散文成就大於小說的判斷，卻並不意味著我無視這

些年來散文創作所取得的突出成績。據我有限的視野，這些年來，散文創作基本上是沿著三種路向脈絡向前延伸發展的。第一種的關注對象主要是大自然，可以說是一種書寫自然的散文作品。史鐵生那部膾炙人口的《我與地壇》，張煒影響很大的《融入野地》，是這方面最具代表性的兩篇散文。第二種的關注對象主要是人文歷史，通過對於人類人文歷史的憑弔與回望傳達出某種深切的感受與思悟。這些年來曾經廣受關注的比如余秋雨的那些文化散文，顯然是這一方面有代表性的散文作品。第三種的關注對象主要是人間親情，可以說是一種書寫親情的散文作品。諸如巴金先生的散文名篇《懷念蕭珊》、閻連科前不久剛剛獲得施耐庵文學獎的《我與父輩》，皆是這一方面不容忽略的散文精品。我們這裡所要具體談論的彭學明的長篇散文《娘》，即使從標題來判斷，其具體歸屬顯然也只能是親情書寫這一類，可以被看作是近年來親情書寫方面難得一見的優秀作品。

到現在，我都清楚地記得，閱讀彭學明的《娘》，是在 2011 年 11 月份坐著動車前往北京參加作代會的路途上。除了偶一歇息之外，這部長達六七萬字的長篇散文，可以說佔有了我全部的注意力。在閱讀的過程中，我還不時無以自控地為散文中那些感人的細節而灑下熱淚。說實在話，在當下這個似乎什麼都已經快餐化了的時代，一部書寫表現親情的長篇散文，能夠具有如此強烈的藝術感染力，能夠讓人拿起來就放不下，讓人一口氣目不暇接地從頭讀到尾，還真是非常少見的事情。那麼，彭學明的《娘》究竟為什麼會擁有如此強烈的藝術感染力呢？

首先應該確認，從大的題材歸類來說，彭學明的這部《娘》可以被看作是一種悼亡文學。當彭學明終於意識到親情的可貴，意識到自己應該以這樣的一篇散文來寫一寫娘的時候，娘已經很不幸地離開彭學明十多年了。對於從小就被自己的生身父親遺棄，靠著自己的娘拉扯大的彭學明來說，娘的棄世意味著什麼，是不言而喻的。我們完全能夠想像得到，這十多年來，彭學明應該是痛定思痛，在深切地懷戀著娘的同時，一直在苦苦地思索著母愛的意義。人世間有各種各樣的情感形態，但在這諸多的情感形態中，最牢不可破最難以改變最強烈的，恐怕莫過於母愛了。尤其值得注意的是，娘拉扯彭學明他們長大成人的過程，正是所謂最困難的一個時期。這樣，讀彭學明的《娘》，首先留給我們的難忘印象的，就是作家對於生存苦難所進行的真切書寫。

今天的人們恐怕很難想像，那是一個怎樣窮困的年代，以至於為了拉扯大自己的幾個兒女，尤其是身為幼子的彭學明，娘居然先後經歷了四次婚姻。不僅僅如此，在彭學明的記憶中，為了維護自己孩子的尊嚴，娘還經常與別人吵架甚至於大打出手：「我總責怪娘跟人吵架打架，卻從沒想過娘吵架打架是為了我們兄妹不被人欺負。老牛護犢不惜捨命的娘是在犧牲她的尊嚴來爭取我們孩子的尊嚴，娘是用她身心的痛苦來贏取我們孩子的幸福。我卻一點都不理解，只是固執地認為娘老跟人吵架很丟人。」都說人和人之間真正的溝通很難，你瞧，即使是如同彭學明和娘這樣可謂是相依為命的母子之間，要想做到真正的溝通也是很難的事情。因此，在這篇可謂是滿紙泣血的散文作品中，我們一方面讀到的，是身患重病的娘，為了自己的孩子能夠好好地上學而付出的超過常人的努力：「每個村莊，每個寨子，娘都會繞上十天半月。娘是生活逼出的一把梳子，把村莊和田間，一一梳遍。」「久而久之，周圍每個村莊和寨子裏的人，都知道上布尺有一個半身不遂的女人在繕糧盤兒養女，都被娘感動。」另一方面，則是持有嚴重病態自尊心的彭學明對於娘的不解與抱怨：「每年的寒暑假，我不回家，呆在學校裏守學校。我不是怕回家勞動，而是怕回家看寨上人對娘的欺負，對我的白眼。作為一個長大成人的男子漢，我不是用男人的血性和孩子的孝順去保護娘，而是膽怯別人的白眼。」「我只想著所有的一切都是娘造成的。十八年的漂泊，十八年的逃離，十八年的奮鬥，最終都隨著高考夢想的破滅而變成了對娘無休無止的積怨和仇恨，火山一樣，全部爆發。」就這樣，娘的含辛茹苦，娘所經歷的這一切苦難，與彭學明的病態自尊，彭學明那簡直就是無休無止沒完沒了的不解抱怨，二者之間形成了極其鮮明的對照。

娘自幼便生活在鄉間，早已經習慣了鄉村生活。在那個自己非常熟悉的鄉村社會裏，娘生活得固然艱難，但卻充滿著精神世界的愉悅。正因為如此，所以無論如何，娘都不願意跟著彭學明一塊兒到城裏去生活：「娘捨不得她的田土和山林，捨不得她豎起的那棟小木屋，也捨不得她那些冤家一樣的鄉親。」然而，已經進了城的彭學明，卻怎麼也無法理解娘的這種人生選擇：「我實在不明白娘為什麼這麼固執地要去鄉下吃苦受罪，還沒有吃夠受夠嗎？為什麼有福不享呢？」於是，為了能夠說動固執的娘答應和自己一塊進城去生活，彭學明不惜欺瞞威嚇娘，利用娘對於兒子的關切而最終迫使娘賣掉了自己很不容易才蓋起來的房子。「妹妹說，賣房子那天，娘交了鑰匙後，躲在屋後的

園圃裏，獨對房子坐了很久，整個人像丟了魂似的，不辨東西南北。」是啊，能不丟魂麼？對於長期生活在鄉間的娘來說，那塊土地就是自己生命的依託，就是自家的根系所在。當一棵莊稼被迫從鄉間的土地遷移到城市裏的水泥地上的時候，怎麼能夠不產生痛苦的感覺呢？！這一點，只有在好多年之後，彭學明才有了足夠清醒的認識：「為了兒子，娘痛苦地承受了家的破碎，筋的離散，根的斷裂，那是比任何疾病都折磨得更厲害的病、更深重的傷、更悲愴的痛！」

苦難的書寫，固然是彭學明《娘》非常值得肯定的一個方面，但更加難能可貴的，我以為，卻是對於一種懺悔意識的強烈表現。眾所周知，由於中國缺乏嚴格意義上的宗教信仰，所以，相應地，自然也就缺少了一種帶有鮮明自我批判與反思色彩的懺悔意識。當下時代許多文學作品精神深度的欠缺不足，其實與這一點頗有一些關係。但，彭學明的《娘》卻並非如此。這篇散文的精神深度，在很大程度上，正是建立在一種真切的懺悔意識之上。

隨著兒子進城生活的娘，很顯然非常地不適應城市生活。對於這一點，同樣是在娘已經不幸棄世好多年之後，彭學明才有了清醒的認識：「滿城燈火璀璨，沒有一盞能照亮娘回家；滿城高樓大廈，沒有一棟娘可以自由出入；滿城人來人往，沒有一張是娘熟悉的面孔；而那些滿城縱橫的街道，也沒有一條通向娘的生活。娘是這個城市的盲人和外人，娘永遠沒有心靈的家園。」更有甚者，即使是兒子彭學明這個唯一的親人，也因為他自己的工作太忙，或者說因為他自己無意之間的自私與冷酷，而拒絕和自己的親娘進行必要的情感交流。因此，我們完全能夠想像得到，被迫進入城市這個特別陌生的水泥森林生活的娘，在情感與精神方面，該是處於怎樣一種饑渴的狀態。某種意義上，娘的過早離世，也不能說與其情感生活的過分枯寂就沒有關係。而所有的這一切，彭學明都是在很多很多年之後，當他痛定思痛，終於決心要動手寫作這篇親情散文的時候，方才有了真切的感悟。然而，這個時候，很顯然已經為時已晚了。一切都已經發生，一切都已經不再可以挽回。惟其如此，彭學明才產生了一種深切的懺悔意識。「為此，我每天都在深深自責和後悔。」「我不該不聽娘的，硬逼著把娘往醫院送。」「我不該阻止醫生搶救，讓娘錯過了重新復活的機會。」「我是親手殺害娘的兇手！」面對著如此強烈深切的懺悔與自省意識，我想，每一個讀者都會情不自禁地悄然動容的。然而，彭學明真的是殺害娘的兇手麼？答案自然是否定的。一個如此熱愛自己的母

親，硬是想方設法迫使娘進城和自己生活的兒子，實際上是非常孝順的兒子。但在另一個方面，我們卻也不能因此就認為彭學明的懺悔就是在作秀，就是不真實的。要想更好地理解這一點，我們還得關注一下彭學明更加理性的一種自我剖析：「我一次次地在心裏發問，我真的喪盡天良、對娘不好嗎？不是，我發自骨子裏對娘充滿了愛和感激。如果不愛，我就不會在娘生病時那麼著急那麼心疼；如果不愛，我就不會在同學侮辱娘時痛打同學一頓；如果不愛，我就不會放棄回到故鄉選擇留在娘的身邊；如果不愛，我就不會走到哪把娘帶到哪。可是，我為什麼又對娘這麼狠？我對娘的愛為什麼是以如此尖銳殘忍的方式出現？難道真的是愛之越深恨之越切？難道真的是傷害最深的人往往是自己最親的人？為什麼對我們最好的人往往是我們最不能原諒的人？而那些對我們最不好的人卻往往是我們最能原諒的人？難道這就是人間和生活？一個充滿了悖論的人間和生活？」彭學明在這裡提出的這一系列「天問」式的問題，恐怕是我們每個人在自己的日常生活中都難免要遭遇到的。是的，究竟為什麼呢？彭學明無法做出確切的回答，我們也同樣無法很好地回答。但在某種意義上，我們卻應該深深地感謝彭學明，感謝他通過對於娘的真切懷念所提出的這一系列「天問」。毫無疑問地，彭學明所提出的這一系列「天問」，將會引發廣大讀者對於生活進行更為深入的認識與思考。

無情未必真豪傑，有情方是好男兒。感謝彭學明以他的長篇散文《娘》，以他如此真切感人彌足珍貴的親情書寫，為我們很好地上了人生的重要一課。我想，讀過還是沒有讀過彭學明的《娘》，上過還是沒有上過人生的這一課，其對於親情、對於人生的感悟和認識顯然是大不相同的。為此，我願意真誠地向各位朋友推薦彭學明的《娘》，希望大家都能夠來好好地讀一讀這一本彌足珍貴的親情書寫的《娘》。

李爽《爽——七十年代私人札記》：
個體生命經驗的歷史記憶

　　晚近一個時期，以非虛構的方式真切書寫當代中國歷史記憶的作品，可謂層出不窮，形成了一個非常引人注目的文化、文學現象。其中諸如高爾泰的《尋找家園》、趙越勝的《燃燈者》、北島編《暴風雨的記憶：一九六五——一九七〇年的北京四中》《七十年代》等等，均不脛而走，膾炙人口。李爽的自傳《爽——七十年代私人札記》（新星出版社 2013 年 6 月版），很顯然是歷史記憶書寫方面的又一重要文本。或許與作者本人的女性性別有關，李爽把文本的聚焦點集中到了對於女性個體生存命運的真切書寫上。文學圈裏的朋友對於作者李爽可能不夠熟悉，但實際上她不僅是一個非常優秀的畫家，而且還曾經有過傳奇般的人生經歷。讀過李爽的這部《爽》之後，首先浮上我腦海的一個念頭，就是她這部書怎麼可以寫得這樣好。一個非專業作家的寫作水準，居然比很多專業作家都要高出許多，端的是讓人感歎不已。其他的文體形式不太好比較，單只就散文領域的寫作來說，很多從事專業寫作的散文家，就明顯寫不過那些非專業的作者去。具體來說，又分別有兩種不同的情況。一種是小說家的散文寫作，諸如汪曾祺、賈平凹、史鐵生、王蒙、張煒、韓少功、李銳等一批作家，其代表性的文體，自然是小說無疑。但只要我們認真地讀一讀他們在小說創作之餘的那些散文作品，你就不能不承認，他們的散文寫作水平較之於很多專門的散文家要更勝一籌。另一種則是一些藝術家，更準確地說，是一些畫家的散文寫作水平之高，直令人歎服不已。黃永玉、韓羽、陳丹青、吳冠中等人，其散文寫作的膾炙人口，已然是無法被否

認的客觀事實。還是孫郁說得好：「老舍的一些愛好，是深得藝術要義的。汪曾祺不是不知道此點。他們談論畫的文章，有一些地方很像，比如都欣賞齊白石，對京劇的妙處也能體味一二……懂畫的作家，文字通常很好。汪曾祺也是這樣。文人的妙處是能從文史和琴棋書畫裏得到樂趣。」〔註1〕藝術深處或有想通處，倘若說，懂畫的作家，文字通常很好，那麼，畫家自身筆墨文字的好，也就自是理所應當的了。現在，這支隊伍裏顯然又添加了李爽這樣一個全新的名字。

　　問題在於，這些非專業寫作的畫家們怎麼就能夠抵達如此高妙的一種思想藝術境界呢？具體原因固然是多方面的，但我想，除了他們的那樣一種天賦異稟之外，一個無論如何都不容忽略的重要原因，恐怕還在於他們寫作心態的特別放鬆。只要把這些非專業高手的作品與專業散文家的作品放在一起進行比較，就不難發現，專業散文家的寫作往往會有一種差不多已經程式化了的「文學腔」存在。好像只要一拿起筆來寫作，這些專業散文家就不免要正襟危坐，要拿腔作調地擺出一副做大文章的架勢來。用現時代流行的語詞來說，就是特別能「裝」。一「裝」，一拿起架勢來，就很難落到地面了，稍微極端一點說，大概就叫做不怎麼會說人話了。你簡直無法想像得到，這些以專業寫作為生的散文家，怎麼就會把本來很順溜的漢語給整到那樣一種佶屈聱牙的程度。給人留下的一種突出感覺就是，怎麼能夠讓你難受他就怎麼來。套用一句流行的俗語，就是有話不好好說。相對於這些專業散文家總是緊繃繃的正襟危坐狀，那些非專業高手的寫作心態就顯得特別放鬆自如。對於他們來說，最重要的事情，就是運用準確自然的日常語言把自己內心裏所要表達的意思傳達給廣大讀者。李爽這部自傳對於語言的運用，顯然已經在很大程度上企及了一種言之有物行雲流水而又樸素自然的境界。讀之，大有大巧若拙返璞歸真的感覺。尤其需要強調的一點是，越是好的文學語言，就越會讓讀者感覺不到語言的存在。莊子的所謂「得魚忘筌」與「得意忘言」，大約就是這個意思。李爽自傳的語言，差不多達到了如此一種境界。比如這樣一個段落：「我看書，急著翻頁，免不了撕書，聽到撕書的聲音，他（姥爺）坐的皮轉椅『嗖』地一下子就轉過來了，我就得過去自己說打幾下兒。我小時候兒特笨，別人使眼色也沒用。我姐姐撕了書，總是說：『打兩下兒吧，保證

〔註1〕孫郁《革命時代的士大夫：汪曾祺閒錄》，第123頁，三聯書店2014年1月版。

沒有下次！』我總是說十下兒。我母親說：『你下次別說十下兒就說三下兒。』可我還是老說十下兒，不知是嚇糊塗了還是怎麼回事兒。」這裡寫的是李爽少年時候的一個生活場景，雖然只是寥寥數語，但李爽自己的個性執拗，姐姐的機靈，姥爺的威嚴，母親的善良，好讀書的家風，有尊嚴的家教，卻都已經躍然紙上了。單就語言的運用來說，也是形象、靈動而又特別簡潔、凝練，一點兒拖泥帶水的感覺都找不到。

很可能是因為早已旅居國外多年的緣故（對了，說到李爽的去國多年，其實她如同《爽》這樣的散文寫作，也都完全可以被納入到我們前面所說海外漢語寫作的範疇之中），國人對於李爽個人的情況並不是很瞭解。實際上，她不僅曾經介入過當代中國一些重大的文化事件，而且也還有著堪稱驚天動地的傳奇經歷。比如在新時期藝術發展過程中非常引人注目的「星星」畫展，李爽就不僅是重要的參加者，而且還是其中罕見的一位女性畫家。以至於，很多年之後，還會有西方著名的製片人對她在「星星」畫展的那個藝術家群體中的位置產生嚴重的誤解：「你與你的情人們都是中國自由民主的先驅！談政治已是陳詞濫調，西方國家的人已經厭煩，請說說你們之間的浪漫史吧。」在這裡，這位製片人很顯然把中國的藝術沙龍等同為了美國歷史上的紐約黑豹組織：「原來他對中國很無知，非要把當年中國年輕一代的作為，套入美國六十、七十年代之交時的紐約黑豹組織的模式裏。那是一種帶有強烈暴力性質的爭取自由運動……其中就有位激進的唯一的女活動家阿薩塔·莎庫爾，她是個漂亮的黑人女俠。這個女人當然是所有男同事的情人。」「星星」畫展之外，李爽的更加引人注目處在於，她因為和法國駐華的外交官白天祥相愛同居而被中國的司法機構以「有損國家尊嚴」的罪名逮捕，並被判處勞動教養兩年。事件發生後，白天祥四處奔走，強烈要求法國政府干預督促解決事端。最終，在密特朗總統訪華會晤鄧小平時鄭重交涉此事。在最高層介入之後，李爽很快被釋放並獲准前往巴黎。「李爽事件」曾經被法國新聞界廣泛報導，在西方世界造成了極大的影響。

既然是中國當代一些歷史事件的重要當事人，那麼，李爽的自傳《爽》的重要意義和價值，自然也就不言而喻了。不管從什麼樣的角度來說，李爽提供的都是一份非常難能可貴的歷史證詞。在我看來，李爽這部《爽》的價值，首先就在於對自己所經歷的歷史事件從親歷者的角度進行了真切的記述。這一方面，她幼年時所感受過的「文革」場景，就是突出的例證。因為父親是

右派，是黑五類，所以李爽家自然難逃被「抄家」的厄運。當時的「抄家」情形，在作者的記憶中留下了難以抹去的印痕：「我覺得可怕極了，無依無靠地忍著。從小我就學會了忍，多痛也要忍，彷彿是一種依靠自我內在天性的無形祈禱。」為什麼可怕？「小孩們把我母親的高跟鞋踢來踢去，唱片滿地，書頁如雪片散落。紅色雕金花兒的箱子、古董花瓶……曾經美好的東西一夜之間變成了被人忌諱的糞土，隨便被孩子踐踏的破玩意兒。生命會不會也是個戲法兒？時而顛三倒四，時而真假難辨。」文明與幼小的心靈，就這樣一起被摧殘。幸運的是，「父親游泳去了。幸好不在，他要是沒去游泳，準給打死。紅衛兵中有些是父親最重視的高材生，領頭兒的姓常，是父親教研室裏的教師，個子很矮，也帶著紅衛兵的袖章。」學生造老師的反，當然是對於師道人倫的極度踐踏，尤其這造反者居然還是老師心目中的高足。但特別弔詭的是，「多年來他一直擔任父親的助手，也是暗中的競爭對頭。九十年代，我父親擔任中國環境科學院的院長，一九九八年我父親去世，環科院和北京建築工程學院在八寶山聯合舉辦了隆重的葬禮。整個葬禮都是他忙著組織、籌備，並且親手布置了靈堂。」必須看到這個補敘的重要性，有了關於這位姓常的學生後來行為的補敘，當更能夠讓我們弄明白人性之複雜多變。此位學生的行為是投機麼？抑或還是真誠的悔過？所有這些，都非常耐人尋味。

但更加不堪的，卻是姥爺和姥姥被抄家後的悲慘遭遇。首先是大舅：「我的大舅俞天恩，平時不大說話，蔫吧咪溜的，見誰都點頭鞠躬，舉止極其禮貌，像個日本人（不知是否與留學日本有關）。在批鬥會上，他和紅衛兵站在一起，昂首挺胸很勇敢的樣子，長長的分頭耷拉在額頭上，顯然今天他的頭髮上沒有了昔日亮亮的梳頭油。他走過去抽了自己的父親一記耳光。」一位極講究文明禮貌的讀書人，居然動手打自己的生身父親，自然是革命暴力摧毀正常人性的結果。但更悲慘的，卻是姥爺和姥姥無家可歸的境遇：「姥爺帶著姥姥投奔到旁邊內務部街大兒子的家，大兒子帶著全家人堵住大門，不許進。兩位老人去海淀魏公村，想在外語學院教書的二兒子俞天民家，二兒子婉言推出父母。」然後，「姥爺拉著精神錯亂的姥姥，來到住在海淀區的三姨姥姥（姥姥的妹妹）家。三姨姥姥不肯收留他們……」關鍵在於，「三姨姥姥自一九三九年從鄉下投奔北京的姐姐，一直負責給我姥爺看管海淀的別墅，他丈夫管理花園和菜地。」既有自己的親生子女，也有自己多年的施恩對象，通過姥爺姥姥兩位老人四處被拒的現實，李爽寫出了親情倫理在革命暴力面

前的全盤瓦解潰敗。儘管類似的場景在「文革」敘事的作品中早已屢見不鮮，但李爽從親歷者的角度以紀實的方式寫來，卻依然能夠讓我們心驚不已。幸虧有李爽的父母，自己是戴罪之身，但卻以莫大的勇氣收留了這兩位無家可歸的老人。

以上種種童年經驗，在李爽心目中自然會留下精神創傷的印痕：「真的，我不希望任何人在童年時代受到任何心理上的傷虐。那種傷害會使一個孩子對人間是否有愛產生本質上的懷疑。幼年的心理陰影是拖累，使人混淆在心理時光中不能自信，童年的負面記憶是很難療愈的，甚至可以污染所有未來的美好時光。」在承認李爽所論極具合理性的同時，我們不禁要問，既然李爽自己幼年時心靈也曾飽經蹂躪，她何以還能夠葆有一顆難得的大愛之心？這就必須提及她「文革」時的別一種人生經驗。這就是，當她因「狗崽子」的身份備受周圍小朋友欺辱的時候，一位土八路家庭出身的秦伯母以滿嘴髒話呵護了只不過是鄰居的她：「我從小不會罵人，說話不許帶髒字兒，秦伯母的話，我至今記憶猶新，在有死之可能的那一刻，我渴望生還。因為土八路家的秦伯母在關鍵時刻給我的幫助，使我恢復了對『愛』的信任。」某種意義上，李爽之所以能夠有勇氣寫出《爽》這樣的自傳出來，也正是源於內心深處潛藏著的這種生生不息的「愛」。

閱讀李爽的《爽》，很多人或許會特別看重作者對於一些重要歷史事件與重要歷史人物的描寫與記述。比如，關於「星星」畫展，關於那些「星星」畫展的相關人物。誠然，李爽相關記述的史料價值，絕對不容忽視。比如，關於鍾阿城，李爽寫到：「他瘦瘦的，像一片微彎的大搓板，五官上沒有任何可以刺激視覺的地方，藍制服也和街上的普通人一樣。他戴眼鏡，眼鏡象徵著知識，知識就是力量，但那是腦袋裏的，不是胳膊腿上的。所以咋一看阿城，女人是不會心慌意亂的。但最好在他的嘴上貼個封條，他說話太特別了，穩、準、狠，但又不是激進分子狹隘的申辯和審判，他的話像一面照妖鏡——人本性臭美嘛，受到鏡子的吸引，就往鏡子前湊，站不了幾分鐘，你會發現，已經被他扒光了。沒有定力的人，還真的小心怕扛不住。」若非李爽這樣具有書寫能力的親歷者在，相信阿城的這副樣子，乃至與他相關的這些細節，就很可能會被粗糙的歷史忽略掉。

同樣具有意義的，是李爽一些相關思想見識的表達：「的確，這些人是『星星』中重要的支撐力量，七十年代的這種特殊組合是獨一無二的，看上去顯

得偶然，其實是後來人的錯覺。這些人的出身背景及個人經歷，正是這個組合的真正元素和養分——物以類聚。」「五十年代知識分子淪為右派，『文化大革命』後可靠的工農幹部也被下放牛棚；結果，必然使高乾和臭老九子弟不期而遇，由於處在同一個生存境遇而志同道合。」在這裡，李爽從親歷者的角度，很大程度上道出了為什麼是這些人而不是另一些人聚集在一起搞「星星」畫展的基本緣由。

的確，我承認，以上種種都有其重要的價值在。但相比較而言，在這部自傳中，我個人更看重的，卻是李爽對於自我在那種特定的社會歷史語境中真切生命體驗的書寫。說到這裡，必須強調的一點就是李爽自傳寫作時那樣一種寫作勇氣的存在。唯其有絕大的寫作勇氣，方才能夠如此坦誠地把生命中那些看似不可告人的真切體驗呈現出來。這一方面，最突出不過的，就是李爽關於自己性經歷的書寫。我們都知道，在中國這樣一個過於道德化的國度中，公開地談論性經歷，實際上是一個禁忌的話題。虛構的小說倒也還罷了，在一種直接表明為自傳的作品中，能夠以坦誠的方式把傳主自己這一方面的經歷寫出來，在我自己的閱讀視野中，李爽的《爽》絕對是第一部。還只有十四歲的時候，尚處於懵懂狀態的李爽就有了第一次性體驗：「因委屈我有點兒掙扎，他很有勁兒地把我順勢推倒並按住。我嗓子熱乎乎地從男人的力量中感到女性天然順服的溫情，大概在愛裏的女人是這樣喜歡給予和犧牲。我不知道自己的胴體下還有個洞，他對性顯然也是道聽途說。我看不見什麼只能感覺。這時從他身上長出一個熱東西，拳頭一樣有力量，我馬上聯想到汽車上的『硬槍』不也是這樣冷不丁兒就長出來了嗎。」「我們在匆忙中甩去了處男與處女之身！那是必然也是某種如願以償。」令人難以置信的是，除了知道這個在滑冰場上萍水相逢的男孩名叫顧成之外，李爽居然對於他的其他情況一無所知。更糟糕的是，就這麼「稀裏糊塗」的一次經歷，李爽就給懷孕了。這樣，也才有了隨後千方百計的打胎過程。關於自己人生的第一次，李爽寫到：「北京滑冰場上的一個男孩悄悄滑進了我的生活，拿走了我的童貞那天，又悄悄地滑出了我的生活，前後還不到十天的工夫。設想，今天他也在想是我拿走了他的童貞又悄悄滑出了他的生活。」通常意義上，女性都會以被傷害者的方式抱怨男性，但李爽卻能夠在一種真正性別平等的意義上來理解看待這件事情。如此心態，殊為難得。

二十歲上下，正是年輕人的青春躁動期，對於生性本就叛逆的李爽來說，

情況就更是如此。儘管「文革」已經結束，但高中剛剛畢業的李爽卻依然沒有能夠逃脫上山下鄉做知青的命運，她被分配到了北京郊區順義縣和延慶縣之間的高麗營一村四隊。知青生活，自然不可能有多麼美好，但也正是在這個期間，李爽熱愛上了畫畫這件事，為她自己此後成為一名畫家，奠定了初始的基礎。畫畫之外，則是李爽多少有點放任的感情生活。這個階段的李爽形象，多多少少有一點街頭小混混小流氓的感覺。在和一位名叫章宜的畫家之子談戀愛的同時，李爽還同時與「狼煙兒」和石翔方發生過性關係。而「狼煙兒」與石翔方，居然是熱衷於在社會上打架鬥毆的所謂「問題青年」。「我又認識了一個外號『狼煙兒』的老三屆，他在甘家口一帶頗有『大流氓』的小名氣。」「一氣之下，我決定第二天回高麗營村兒。怎麼那麼巧，我在長途汽車站碰上了狼煙兒的對頭，姓石，叫石翔方。」「天啊！不知是我還是所有的女人都生來會疼愛男人，甚至像疼愛小孩一樣去疼愛這些大老爺們兒，而且願意原諒他們。我放下了對他抵抗的僵硬身體，接近他，把他抱在懷裏輕輕搖了搖，他立刻歡快而笨拙地撫摸我的全身。之後我們緊緊地擁擠在那種單人床上。」因為李爽的緣故，兩位「江湖好漢」居然大打出手。但與此同時，李爽卻也在和章宜長期通信：「我們相互嘲笑『少年無病呻吟』。但那呻吟並非無病無災，我們只是用浪漫的方式，抱怨世界的扭曲。壓抑著蠢蠢欲動的青春欲望，我們只能深刻審判自我——我是不是又在渴望低級趣味的錯事兒。罪惡感——永遠像長了天使面容的惡魔朝本然的欲望敲起警鐘。所以人人需要研究如何把正人君子的畫皮裝飾得更高明。於是苟且偷安的文化，也發展到了登峰造極的地步。」從道德純潔的角度出發「譴責」李爽感情和性方面的「混亂」，似乎是非常容易的事情。但問題在於，道德純潔的標準難道就對麼？身體是自己的，李爽自然有處置自己的身體以獲取愉悅的權利。或許也正因為意識到了這一點，所以李爽才會特別寫到：「我彷彿對罪惡感說了聲：請您出去涼快一會兒！還給我們那自發的、愛的本能吧。」

但不管怎麼說，李爽度過躁動青春期的七十年代，就其實質而言，無疑是一個禁慾的「革命」年代。時代的禁慾主義帶給年輕人的生命壓抑，突出地表現在李爽與章宜的關係上。紙上通信無數，等他們倆真正呆在一起時，章宜卻根本就無法用身體來兌現愛的承諾。在詳細描寫了章宜手足無措的狼狽狀之後，李爽做出了真切的反思：「我對我們生活的時代倍感困惑，是誰界定了錯與對的戒律？我想知道，嚴苛處置、約束別人的人，對自己的欲望如

何處理？章宜對性笨手笨腳的渴望如同餓壞了的小孩，從自己的餅乾筒裏拿出一塊餅乾嚐了一下，而被判處偷竊罪。」「我們旺盛的青春已被政治看管起來，青春期能量的搏動像齷齪的罪惡被緊緊捆綁在恥辱柱上。人人監控著別人腰帶以下五寸那個小地方。」「難怪我們這個年齡層的人與性的關係變得完全不自然，教旨把我們的頭腦與身體攔腰斬斷。我們把渴望自然困惑地分為好的壞的。」「愛本不應與政治有關，性乃是大自然賞給人的生存厚禮！找性的人，內心深處無非還是在找愛。」一方面，李爽對於時代的禁慾進行了透徹的批判，另一方面為性與愛的權利進行著堅決的辯護。在我的理解中，若非李爽有過長期在法國的生活做必要的參照，倘若她一直生活在國內，那麼，李爽就既難以在自傳中如此坦誠自己的性經歷，更無法對於「革命」時代的禁慾做出深刻的批判反思。因為即使是到了今天這樣一個經濟時代，也很難說我們就已經徹底走出了類乎於中世紀禁慾思想的困擾與影響。

實際上，也正是因為李爽對於性與愛有著全新的理解，她才能如實地把自己這一方面的經歷展示出來。這其中，自然也包括「星星」畫展時期，她與畫家、作家嚴力之間的感情糾葛。雖然「星星」時期的李爽並非如那位西方製片人所理解是所有男同事的情人，但這也並不意味著她當時的情感生活就是一片空白。與嚴力的相愛，並且曾經為嚴力兩次流產墮胎，就是這段感情經歷的證明。「『哎，你有病！百分之百的有病，和他做最後通牒！』話音落，我自己的肚子也隱隱作痛，因為我深知墮胎的痛苦，我和嚴力好上之後也做過兩次流產。護士見未婚流產的姑娘，動作都很粗暴。加上放棄幼小生命的罪惡感，實在是難當。兩個女人同病相憐。」一方面，坦陳女性墮胎的痛苦，另一方面，我們卻看不出李爽有指責嚴力的意思。說到底，兩個人能夠在「星星」畫展期間相知相愛，肯定有秉性契合的一方面，但他們最終的分道揚鑣，卻與法國外交官白天祥的出現有絕大關係。

曾經滄海難為水，除卻巫山不是雲。法國人白天祥在李爽感情生活中的出現，毫無疑問有著特別重要的意義，正因為有過堪稱豐富的感情閱歷，所以李爽一下子就感覺到了白天祥對自己的那種情真意切：「在他說愛我時，我第一個感覺：這是負責任的君子；第二個感覺，他可以保護我；第三個感覺：他懂得尊重女人。這對一個女人來說已經很多很多了！但沒有文學作品中描寫的那種激情。」李爽之所以條分縷析地寫出自己對白天祥的三種感覺，首先說明，此前的她儘管有過相當豐富的感情體驗，但卻從來沒有一個中國男

人給她帶來過這些感覺。惟其如此，雖然在白天祥身上李爽沒有能夠體會到「文學作品中描寫的那種激情」，但直覺卻毫無疑問地告訴她，白天祥的確是一個可以託付終身的男人。李爽之所以義無反顧地要和白天祥結合，與她的此種直覺有太大的關係。然而，李爽與白天祥無論如何都想像不到，他們倆之間的這段跨國愛情居然能夠給李爽帶來難以忍受的牢獄之災。尤其讓人倍感不可思議處在於，李爽因自己的此段跨國愛情而鋃鐺入獄的事件，發生的時間竟然已經是「文革」結束後的 1981 年。倘若按照一般的社會史敘述，這個時期的中國已然是一種改革開放的形態。在一個改革開放的時代，一個普通的藝術家，一位中國的女性公民，居然因為要與一位法國的外交官結婚而被捕入獄，不管怎麼說都是令人難以置信的事情。但千真萬確的，這就是我們所必須面對的一種活生生的事實。又或者，只有經歷這樣一個禁錮依然的歲月之後，中國社會方才能夠逐漸走向真正意義上的開放與文明。現實中的「李爽事件」，因為有鄧小平的直接干預而得以釋放。但假若沒有鄧小平的直接干預呢？假若鄧小平真的不直接干預，那麼，「李爽事件」的預後結果絕對不容樂觀。歷史不容許假設，但離開了假設我們卻又往往很難看清歷史的真面目。說到底，「李爽事件」的發生，從根本上說還是現實社會體制所必然導致的結果。就此而言，李爽自傳之通過 1980 年代初始「李爽事件」的真切記述與書寫，對中國現行社會體制作深刻的批判與反省，就是自然而然的事情。

　　雖然是一部自傳，但在對於自己一種生命體驗的真切書寫之外，李爽這部自傳《爽》的難能可貴之處在於，李爽同時也把自己的筆墨對準了同時代的其他一些人物。這一方面，給讀者留下的難忘印象之一，恐怕就是她在獄中結識的那位女殺人犯淑琴。淑琴之所以要和自己的情夫忠強一起聯手殺人，是因為她實在無法忍受來自於丈夫老朱的虐待：「淑琴繼續道：『多巧，我老公星期四感冒了，連感冒時還想那事兒，他又打了我，強迫我在廁所幹。我嫌髒，他抽我嘴巴罵。你這個騷貨比廁所還髒。』忠強看我半拉臉青了，決定幹掉他。禮拜六我在感冒沖劑裏放了半瓶安眠藥，給老豬（即老朱）和莉莉喝了。』提到女兒，她口舌不如談老公那麼順溜，內疚使她口吃。」就這樣，一場親情人倫的悲劇不可避免了。但一種說起來實在可悲的人性真相卻是，面對殺人事實，淑琴與忠強這兩位情人居然陷入了相互推卸責任的境況之中：「此後幾天，淑琴被密集提審，兩個為對方赴湯蹈火的情侶，變成了仇人，互相掐，男的說是女的出的主意，女的說是男的出的主意。」但最後的結果

卻是兩人一起共赴黃泉。臨行前，「我說：『淑琴，如果今天你和他一起走，就原諒他。』『我愛他。』『淑琴，好好去吧。說不定有輪迴呢！』『真的，那我就還和忠強好。』拖著鐐銬邁出鐵門，淑琴回了一下頭，還是那種扭曲的笑，我回了一個，想必一定更扭曲。」既有殺人時的同仇敵愾，也有事發後的互相推卸責任，更有共赴黃泉路上的情感慰藉。李爽能夠把一個殺人事件背後的人性婉曲細膩精確地描寫出來，實在是很不容易的事情。「誰聽了這故事都會想到罪有應得，但我無法恨一個殺了人的人，誰是壞人？在我眼中，人不是專門為幹壞事兒而出生的，壞事的後面有一本人情的隱秘病歷。」「我盯著她的鋪蓋，想起姥姥的話：『人來世去世，拿不進來，帶不回去。』」一方面李爽絕不會為殺人者辯護，但在另一方面，讀一讀她的這些話語，我們卻不難感受到一種人道主義悲憫情懷的存在。無論如何，能夠以一種大悲憫的情懷理解看待包括自己在內的一切生命現象，正是李爽這部自傳最值得肯定的地方之一。

「現在，我已很少談論恍如隔世的往事，那個曾經感到糾結與受害的我與故事，就好像發生在另一個人身上。我沒變，只是我從原來的視角挪了一步，奇蹟就發生了，我的心態變了。」作為一位無端的受害者，李爽當然有理由抱怨命運的不公正。作者倘若從此種心態出發，寫出一部怨氣衝天的紀實作品來，也是能夠理解的事情。然而，那樣一來，李爽作品的思想文化價值，就會大打折扣。「幸虧張光直教授在過世之前有機會寫這本早年的自傳，給歷史做了見證。但與其說它是給歷史作見證，還不如說是給生命作見證。我最不喜歡看別人寫控訴文學，我認為那是沒有深度的作品。張光直這本書之所以感人，乃是因為它具有一種超越性。它不是在控訴某個具體的對象，而是在寫人。它一方面寫人的懦弱、陰險及其複雜性；另一方面也寫人的善良、勇敢以及人之所以為人的尊嚴性。」〔註2〕如果李爽的作品怨氣衝天，那自然也就變成了孫康宜的所謂「控訴文學」。很大程度上，李爽的這部自傳之所以顯得特別有力量，就在於她超越了一己恩怨，基本上做大了「一方面寫人的懦弱、陰險及其複雜性；另一方面也寫人的善良、勇敢以及人之所以為人的尊嚴性。」

那麼，我們到底應該在怎樣的意義上理解看待李爽這樣一種包含著充沛個體生命體驗的歷史記憶呢？「事實上，與阿倫特『除非經由記憶之路，人

〔註2〕孫康宜《走出白色恐怖》，第13頁，三聯書店2012年4月版。

不能達到縱深』相似，托克維爾也說過：『當過去不再照耀未來，人的心靈就會茫然地游蕩。』無論是作為個體的人，還是作為整體的人類，都無法脫離歷史記憶這一最為重要的心智結構的基石。回顧這些年來，大量回憶錄、口述史的出版，其實也是以一種極度私人化、民間化的方式，在呈現和建構一種不同於官方記憶（或者說權力記憶）的當代史圖景。……借由這些個人性的記憶和敘述，我們才能理解一個高度政治化的時代對於在意識形態浪潮中不知所措甚至不知所蹤的個人來說意味著什麼，作為幸存者的他們又是如何敘述和反思時代的。」〔註3〕李爽自傳《爽》的出現，無疑在這一方面又增添了極具真實性的個人化歷史記憶之一種。「人類總是習慣於選擇性地失憶，從『沉重的肉身』（苦難記憶的負荷）向『生命中不能承受之輕』（刻意遺忘歷史的輕鬆）中逃逸。就當代中國史的記憶來說，尤其如此。當這部分歷史記憶因為表達空間的限制而無法完整、有效地呈現在公共空間時，當歷史中的罪錯與邪惡尚未得到應有的檢討時，當從這段歷史走出來的人並未深刻地反思自我的同一性（或者說分裂性）與意識形態的關聯時，我們就不能聲稱已經實現了社會的寬恕、和解與團結。歷史記憶的歷史反思是搶救真相，更是一種見證，同時也是共同體得以建構的基礎。就此而言，我們需要更多的歷史記憶呈現出來，不管它是以悲憫、感恩、控訴還是受苦的基調彰顯。」〔註4〕儘管各種基調的歷史記憶均有其價值，但相比較而言，恐怕還是如同李爽這樣建基於悲憫情懷之上的歷史記憶更值得肯定。在充分評價李爽自傳書寫的同時，我們真誠期待著能夠有更多類似的歷史記憶文本出現。

〔註3〕唐小兵《讓歷史記憶照亮未來》，載《讀書》2014 年第 2 期。
〔註4〕唐小兵《讓歷史記憶照亮未來》，載《讀書》2014 年第 2 期。

彭小蓮、劉輝《荒漠的旅程》：
生命的回眸與歷史的反思

　　首先必須承認，由袁敏先生主其事的《江南》雜誌確實越來越有味道了。袁敏接掌之前的《江南》，長期處於半死不活的狀態之中。我的知道《江南》，與其 2006 年初首發胡發雲長篇小說《如焉@sars.com》存在著直接關係。儘管時間已經過去了 7 年，但時間越久就越是能夠讓我們堅定自己的認識。那就是，胡發雲的這部《如焉@sars.com》乃是新世紀以來一部不容忽略的關注透視知識分子深邃精神世界的優秀長篇小說。某種意義上，即使將其放置到整個新時期文學史上，這部長篇小說也依然佔據著非常重要的位置。甫一出掌《江南》雜誌，就能夠以一部《如焉@sars.com》而使得這一期刊物譽滿全國，一時洛陽紙貴，充分證明的，正是袁敏一種非同尋常的編輯能力。自打那個時候起，迄今為止 7 個年頭的時間裏，雖然不在北京、上海這樣的中心城市，但《江南》雜誌卻因為一系列優秀作品的陸續刊發，而漸漸地成為了當下時代一份不容輕易忽視的大型文學刊物。別的且不說，單只是我手頭這本 2012 年第 6 期，就足稱可觀。其引人注目者，首先是東君的中篇小說《在肉上》。東君是近年來浙江一位寫作成績突出的青年作家，他的《聽洪素手彈琴》剛剛獲得第二屆郁達夫小說獎的短篇小說大獎。這個中篇小說極其準確地抓住了欲望這樣一個關鍵性事物，非常犀利地切入了男女主人公不無詭異的變態精神世界之中，顯示出了一種特出的精神分析學深度。其他如但及的《茱萸》也頗有可觀之處，此處恕不一一。但在我看來，這一期《江南》雜誌，最重要的一部作品，恐怕卻是彭小蓮與劉輝合作完成的長篇紀實《荒漠

的旅程》。具體閱讀這部作品之前，我所持有的，其實不過是翻一翻而已的態度，並沒有抱太大的期望。但誰知一讀之下，卻難以罷手，頗覺驚艷，作品以其特別的精神深度以及藝術感對我形成了極大的吸引力。近些年來，儘管說圍繞文體的命名出現了頗多的爭議，究竟應該叫報告文學，或者非虛構，抑或還是紀實文學，理論界一直爭執不休，但一個無法否認的事實卻是，紀實性的文學確實獲得了相當充分的發展。彭小蓮和劉輝她們的這部以「我」（即劉輝）作為敘述者，旨在回望反思曲折複雜的二十世紀中國歷史的長篇紀實，毫無疑問是這樣一種紀實性文學寫作潮流中不容忽視的一個重要文本。無論是對於革命的深入反思，還是對於人性的尖銳追問，抑或還是藝術表現結構的特別營造，都給讀者留下了殊難磨滅的深刻印象。

回望二十世紀的中國歷史，回望自己所經歷的生命歷程，可以說是《荒漠的旅程》一個最根本的寫作出發點：「只有在經歷了太多的事情之後，我才發現，我越來越想知道的竟然不是我的未來，而是越來越渴望瞭解我所不熟悉的過去。是到了美國，我才知道，我們生活中有太多的事情，一直被掩蔽在大山的後面。似乎只有從認識過去，我才會尋找生命的答案，自己的未來是蘊含在往事之中。我成年之後，一直在質疑的，就是父母當年的選擇，特別是媽媽，為什麼放著那麼好的日子不過……」是啊，為什麼呢？請注意，作品中的「我」所質疑的，實際上並不僅僅是自己父母的人生選擇，父母之外，大姨的，圓圓外婆的，小外婆的，自己的，等等。可以說與自己所歸屬的這個家族相關的三代人那不無弔詭色彩的生命歷程，都在這種追問的範疇之中。在這裡，需要注意的一個問題是，為什麼只有到了美國之後，「我」才開始了這種追問思考的過程。我們不能不意識到兩個國度社會形態與社會制度之間巨大的差異性。某種意義上，正因為這種差異性的存在，才使得置身於異國他鄉的「我」頓生鄉愁，才促使「我」開始了對於自己以及家族、國家既往歲月的回顧與深思。

面對已經成為過去時的二十世紀歷史，一個實在無法迴避的關鍵詞，就是革命。《荒漠的旅程》的引人注目，就在於對革命進行了格外嚴酷深入的拷問與思考。這一點，首先表現在大姨這一人物身上。儘管說出身於一個家境相當富有的家庭之中，但因為童年時被送回了老家蠶石村交給吳家的老奶奶撫養，而吳家老奶奶大字不識半個，固守傳統觀念的她，居然把她覺得累贅的大姨送到了鄰村人家，成了一個飽受虐待的童養媳。那是怎樣的一種日子

呢？「只有等全家人都吃完飯，她喂完丈夫才能上桌子，把殘湯剩菜咽下去。即使這樣，還是吃不飽，穿不暖。」烙印之深，以至於，「一直到大姨老了，她都不敢回憶那一段生活。」大姨說：「那種苦日子，是一輩子都忘不掉的！不僅僅是肉體上吃苦，最苦的是心啊！」「這段寄人籬下的童養媳烙印，熨在大姨的心上，是太深太深的疤痕。她永遠也抹不去了。」很顯然，出身於富家的大姨之所以義無反顧地走上反叛的革命道路，與她童年時期如此一種刻骨銘心的苦難記憶是脫不開干係的。但這卻並非唯一的原因，「聽大姨和媽媽的故事，我常常想，她們都是從小失去母親和母愛的人，她們過於獨立的個性裏，依然缺少著什麼。」缺少著什麼呢？缺少的，其實是一種正常的家庭環境所提供的正常家庭溫暖。正因為缺失了正常的家庭溫暖，所以大姨和媽媽她們才形成了過於獨立的個性。這種個性，與她們最終的人生選擇之間的密切聯繫，自然是不容否認的。

　　自然，大姨之所以能夠最後走上革命的道路，與張鳳舉舅舅對她所施加的影響也是分不開的。張鳳舉是五四時期重要文學社團創造社的重要成員，其政治身份曾經一度是中共黨員。「青少年時期的那些日子，大姨是在張鳳舉舅舅那裡長大成熟的，她深受創造社的影響，聽他們大談中國社會存在的弊病啊，蘇聯如何在改變著世界，誰加入了共產黨，誰真的去過莫斯科，還有那些莫名其妙的公有制的討論……這一切，在大姨的腦海裏，和著她的童養媳的經歷糾纏在一起，漸漸地繪製成另外一個情景，她的知識結構，她對共產主義的嚮往，就這樣慢慢地形成了。」大姨是一位意志特別堅定的知識女性，既然認定了革命的信仰，就不會輕易地放棄改變。有兩個細節可以充分地證明這一點。一個是在她的主導影響之下，大姨夫宋名適因為愛情的緣故而進入了共產黨。另一個是與舅舅張鳳舉的最終決裂。抗戰期間，張鳳舉脫離了共產黨，從此之後，因為政治信仰的不同，大姨和她的舅舅形同陌路徹底決裂。不僅在1948年張鳳舉離開故土去美國前拒絕晤面，而且一直到很多很多年之後的1980年，這個時候世界其實已經發生了天翻地覆的變化，大姨依然拒絕與回國探親的張鳳舉見面。面對著曾經對自己的人生道路選擇產生過重大影響的舅舅，大姨的決絕，在凸顯其政治信仰堅定的同時，也同時表徵著她個性的執拗與強大。然而，請注意，大姨這樣一位政治信仰堅定的革命者，其執拗強大的個性，還突出地表現在她的衣著打扮上。或許是因為打小形成的生活習慣殊難更易的緣故，儘管參加了革命工作，但大姨卻依然堅

持著整潔高雅的衣著打扮方式，以至於，身為保姆的小蘭阿姨都堅持認定大姨是剝削階級。為什麼呢？根本原因就在於大姨的服飾打扮非常講究：「你給我省省啦，還革命幹部。你看她的打扮，也是個資產階級。」對於大姨的衣著打扮，作者曾經有過詳盡的描寫：「她打扮是有個性的，不願意隨潮流，自己打理的髮式，自然有她的風格，短髮成了大波浪，髮梢微微往裏彎去，額前有些看上去不經意存在的劉海，穿著質地上等的毛料西式套裝，有時就是套裙。冬天的著裝，裏面總是毛衣，西裝呢褲燙著筆直的褲線，外罩一件呢大衣。」這樣一種裝束，在那個以樸素為流行格調的革命時代，自然會有鶴立雞群的感覺。在那個特定的時代，一種普遍的生活意識形態就是，只有資產階級才會特別講究衣食住行，才會特別注重衣著打扮。小蘭阿姨之所以認定大姨是資產階級，正是這種生活意識形態作祟的緣故。實際上，也正是對於這樣一種高雅生活方式的堅持過程中，我們才能夠再一次清晰地辨識出大姨的獨特個性。

既然是出身於剝削階級家庭的革命者，而且還一直頑固執拗地堅守原先的日常生活習慣，那麼，大姨在 1949 年後的歷次政治運動，尤其是「文革」中的悲慘遭遇，自然就是可想而知的。但與這樣一種眾所周知的悲劇性遭遇相比較，更加令人吃驚的，卻是大姨他們這些上海地下黨工作者的別一種命運：「阿拉上海地下黨的人，跟你們瑞華的部隊裏的南下幹部不同，我們一直是被人家壓著的。開始我們都不知道，其實內部早就定下了，對我們這些地下黨幹部：降級安排、控制使用、就地消化、逐步淘汰，這十六字方針。這是對全國地下黨員解放後的政策。」都是一樣為革命勝利做出了貢獻的共產黨人，居然僅僅因為從事的是地下工作，就會遭到如此一種強烈的政治歧視，讀到這樣的白紙黑字，實在讓人難以置信。作品中並沒有明確交代大姨他們面對如此一種不公平的政治待遇內心中的真實想法如何，但卻留下了這樣一些猜測性的文字：「我看著大姨的臉，她沒有表情的臉，也許她在思考自己為什麼走上這條道路的？為什麼拖累了大姨夫？」大姨會因此而對自己的革命選擇有所反悔麼？如果說有所反悔的話，那她為什麼一直到 1980 年代都無法原諒脫離了共產黨的舅舅張鳳舉呢？無論大姨反悔與否，都無法改變她這樣一種帶有強烈悖謬色彩的革命遭遇所具有的悲劇性質。難能可貴的是，作者從大姨他們一代人的人生遭際與革命歷程出發，對於革命進行了一種足稱深入的批判性反思。

關於自己母親的革命，作者在作品中寫下了這樣一段具有追思力量的銳利深沉文字：「她渴望改變祖國的命運；她渴望，有一天中國就像程老師寫在黑板上的蘇維埃共和國那樣：是一個在共產黨領導下，人人自由平等的共產主義社會。（當我看了鄭超麟先生在國民黨監獄，翻譯出版了紀德 1936 年寫的《從蘇聯歸來》，當年亞東圖書館出版。紀德已經看見了，蘇聯實際上是第一個對美好的烏托邦之春做出殘暴反應的政權。如果當時，媽媽看到了這本書，她還會去追隨蘇聯式的理想嗎？今天，俄羅斯政府把全俄歷史教科書，將『十月革命』明確改成為『十月政變』時，媽媽，你又會對自己虔誠的信仰，作何感想？）我不敢問她，這個問題對於八十歲的母親，或許太殘酷了。」在我看來，作者對於革命所進行的批判性反思，正集中體現在以上這一段格外尖銳的詰問之中。非常明顯，這樣銳利有力的詰問，既是關於母親的，也是關於大姨的，或者更準確地說，是關於 20 世紀中國革命的。尤其是當我們把作者的這種詰問，與如同大姨這樣的地下黨人 1949 年之後那種極富反諷意味的被打擊的命運聯繫起來的時候，作者的這種詰問反思就更顯得鞭闢有力了。需要特別注意的是，從人物形象刻畫的角度來說，當我們把大姨的家庭出身，與她淒慘的童養媳遭際，與她那樣一種缺失正常家庭溫暖的家庭環境，與她對於衣食住行的格外講究，與她和大姨夫之間刻骨銘心的古典式愛情，尤其是與她堅定的革命信仰，以及 1949 年後的悲劇性命運聯繫為一個有機整體的時候，一位個性特異鮮明的現代知識分子女性形象，實際上也就以一種立體化的形式出現在了讀者面前。

當然，說到關於革命的深入反思，除了大姨這一形象，另外一個不容忽視者，乃是「文革」期間上海灘的風雲人物徐景賢。說到徐景賢，我們必須注意到作品中實際上存在著兩個迥然相異的徐景賢。一個是曾經做過小學生課外輔導員的那個頗具人情味的徐景賢：「那個年頭的徐景賢，還是我們的小徐叔叔，與瑞華大院裏那些坐著小車上班的幹部比，他就像是我們的孩子王，臉上甚至還帶著年輕人的青澀，肩膀上，常常掛著一個蔡司照相機。」正因為如此，所以在當時那些小學生心目中，徐景賢的形象是高大而美好的：「我童年的業餘生活，幾乎就是和革命兩個字聯繫在一起的，那時候，小徐叔叔是一個革命的座標。」課外輔導員之外，徐景賢的人情味還表現在對於劉輝父親劉溪的真切懷念上：「你父親當年是非常不容易的，這麼年輕就出版了好幾本書。……他後來又出了些事，很多同志對他有看法，他老在瑞華院子裏

轉，走路，很受冷落。我心裏是敬重他的，見到他總主動招呼他，從不對他另眼相看。」以至於，這樣一種真誠的懷念，居然讓劉輝倍覺感動：「這些話，讓我難以忘懷，特別是在這麼多年過去了，還有人在對缺席的父親，有這樣一份懷念時，我甚至都想哭。」但同樣是這個徐景賢，卻也有著醜惡的另一面。這一點集中表現在他「文革」中的飛黃騰達與叱吒風雲上。在摘引了徐景賢回憶錄《十年一夢》裏的一段文字之後，作者寫道：「如果單獨從一篇文章裏抽出這一段，你以為他在緬懷美好的青年時代；但是對一個經歷過『文革』的人，當你讀到『工總司』『紅衛兵』這些字眼時，你會毛骨悚然，這都是些多麼可怕的人，他們上來就會打人，衝進屋子就在那裡砸東西，他們隨時就可以把我的大姨夫從椅子上打到地上，再在他胸口踩上一隻腳，把他的胸骨踩斷為止，他們可以任意置人於死地，卻不會受到制裁。文字裏提到的『基本陷於癱瘓的上海市委』又是誰策劃造成的？就是在那些癱瘓的日子裏，媽媽在朝著隔離室的牆壁撞上去，她要自殺。沒有解釋，沒有內疚，更沒有反思，看似是一點回憶，可是回憶裏卻彌漫著懷念。那都是什麼樣的生存環境？而徐景賢在2004年寫的回憶中，依然感受著：在我看來，這真是一個火熱的冬天啊！」作為「文革」中造反派組織的主要負責人，一直到「文革」結束很多年之後的2004年，依然對於那場空前的文化與人性浩劫無動於衷，依然沒有「解釋、內疚、反思」，有的只是一種莫可名狀的懷念情緒，徐景賢最突出的問題，顯然就是一種精神反思能力的極度匱乏。

因此，儘管可能略微顯得有些冗長，但我們也還得注意到作品結尾處這樣一些文字的存在：「當一切都成為歷史，當徐景賢寫了一本《十年一夢》，看完書，我才明白，他不會有任何反思。因為他沒有這個能力，他是在那樣的意識形態下成長起來的，他自以為找到了真理，其實，他不但失去了良知而且失去了獨立的人格，最後他的結局，又與早年被他自己所批判陷害的對象同歸於盡，甚至結局常常更加悲慘，這不是因果報應的循環，而是一種意識形態所內含的必然邏輯。」「反思？他不會！因為他本身就沒有自己的思想，更不要說什麼獨立的思考能力，面對自己的罪行，他根本就沒有能力反思。他全部的思想，就是一份對領袖的愚忠，他忠心耿耿幹革命，沒有腦子，一個很簡單的人。正因為他簡單，所以他就會被提拔，被重用。如果在一個正常的社會裏，他不會成為一個大城市的市委書記，但他可以是一個善良的父親，一個踏實工作的普通人。可是命運和他開了一個玩笑，搞不明白的是，

到底是他選擇了革命，還是革命選擇了他。」必須承認，作者的以上這些分析確實抵達了相當的深度。把以上分析性文字與所謂兩個徐景賢結合起來，完全可以斷定，徐景賢是一個思想能力嚴重匱乏的只具備工具性能力的革命者。他「文革」中所有的罪行，並非因為他內心本惡，而是因為他根本就沒有自己的思想。既然沒有思想，那就只能順從歷史大勢，只能夠被浩蕩的歷史潮流裏挾而去。這樣子的一個革命者，你又怎麼能夠指望他在自己的回憶錄中對於歷史和自我做出深刻的反思呢？！

也正是在這個意義上，徐景賢能夠讓我們聯想到當年納粹德國的那位艾希曼，聯想起阿倫特關於艾希曼曾經發出過的那些警闢之論。「一直到早期基督教之後，大家才開始注意和談論『惡』的概念。但早期基督教的『惡』是個罪的概念，和我們現在所討論的『惡』還不太一樣。到了艾希曼的時代，所有古典時代對『惡』的討論都不足以來討論這種現代形式的『惡』。我們經常是從人的本性來解釋『惡』，但是到了艾希曼這裡，阿倫特發現，這個人本性並不惡，這個人和我們任何人一樣，並非什麼兇神惡煞。所以阿倫特將矛頭指向了制度的『惡』。任何一個普通人進入這種制度之中，他就會成為加害者、迫害者、兇手和劊子手，受害者和加害者是可以互換的。我經歷過『文革』，這個體會太深刻了。如果你把我指定為紅衛兵的頭子，我說不定也會拿著皮帶去抽老師，因為在這樣的環境中，只有抽老師是『正義的』，對於那些階級敵人，你就是要和他劃清界限。所以加害者和受害者的角色是可以替換的。這個時候的『惡』就變得很大眾化，當然你可以從中找到一些個人的動機，比如說陞官、光榮、表揚等等，但是這些動機都不是『惡』的特殊動機。這些心理是所有人都會有的，我們要想從中確立一種特殊性的動機卻無法找到，這就是問題所在。你所能找到的都是我們在日常生活中會碰到的動機，很『平庸』，不是因為這個人本身特別惡毒，而是因為日常生活將他推到了『惡』的審判席上。所以阿倫特說這是『平庸的惡』，意思就是說這是很平常的，並進而提出，這種『惡』是『沒有深度的惡』。」〔註1〕一方面，艾希曼毫無疑問是納粹大規模屠殺猶太人最終方案的負責者，雙手可謂沾滿了猶太人的鮮血，但在另一方面，日常生活中的艾希曼卻又是一位不乏正直和道德感的公民，其言行非常合乎於道德文明的規範。某種意義上，艾希曼的根本問題只是在

〔註1〕徐賁《現代性與大屠殺》，見河西《自由的思想——海外學人訪談錄》第100
　　　～101頁，三聯書店 2012 年 9 月版。

於他忠實地執行了國家的意志。惟其如此，身為猶太人的阿倫特才會執著尖銳地追問：「如何能分清下級實行上級布置下來的命令是否具有犯罪性質的東西？」真正的悖論在於，一方面，都強調軍人天職就是服從，從這個角度來說，艾希曼的行為就不應該受到指責；另一方面，大規模屠殺猶太人的行為與艾希曼之間的因果關係又是無法被否認的，無論如何你都不能說艾希曼與大屠殺行為了無干係。非常明顯，徐景賢與艾希曼之間存在著相當突出的共同性。儘管我們絲毫都沒有替他們開脫罪責的意思，但如果套用阿倫特的話說，他們也的確並非十惡不赦的窮兇惡煞，只不過是被制度利用了的一種工具而已。由此可見，真正的「惡」，其實是一種社會制度的「惡」。能夠在一定程度上把人性與制度剝離開來，從一種「平庸的惡」的角度思考認識徐景賢這一歷史人物，所充分凸顯出的，正是作者一種非同尋常的思想辨析能力。

對於革命的尖銳反思之外，《荒漠的旅程》的另一引人注目處，就是對於深邃複雜的人性世界進行了足稱深入的挖掘勘探。必須承認，作者在人性世界的挖掘與表現上，確實功力非凡。一些並非主要的人物，作者只是偶一點染，這些人物就已經躍然紙上了。比如秦孝章的那位美國情人妮娜，比如那位名叫汪慧麗的知青，比如四叔，情形均是如此。但相比較而言，就人性世界的挖掘表現來說，能夠給讀者留下極深刻印象的，恐怕還是圓圓外婆和小外婆這兩位女性形象。圓圓外婆曾經接受過新思想新文化的薰陶浸染，她與外公的悲劇故事開始的時候，不僅身為醫學院三年級的大學生，而且也已經有了一個正在北大讀書的名叫陳鑫的男朋友。她之所以要嫁給年齡大自己許多歲的校長吳序新，一方面固然因為男友陳鑫的臨陣退縮，但更主要的原因卻在於家道的敗落，家境的過於窘迫。雖然圓圓外婆也曾經有過本能的抗爭，但是在吳序新答應結婚之後可以繼續讓她完成醫學院的學業之後，她還是答應了這場不對稱的婚姻。沒想到的是，吳序新居然出爾反爾，並沒有讓她繼續完成自己的學業。一番抗爭無果之後，圓圓外婆無奈地接受了這種命運的安排：「我聽了也想哭，圓圓外婆受了那麼多新文化、新思想的教育，末了，走的還是三綱五常、三從四德、女子嫁則從夫的老路。她怎麼會那麼軟弱啊。」尤其令人難以置信的是，圓圓外婆居然逐漸認可了這種不合理的命運遭際：「一點一點，一天一天，圓圓外婆給自己找到合適的理由，向外公投降。她對小外婆說：反正學了，看了也沒用，何必叫人看了不順眼！」由抗爭而屈從，由被動屈從再到甘心認命，就構成了一位生性善良、柔弱的新女性形象

的心路歷程。所幸，圓圓外婆內心中的反抗因子並未喪失殆盡。這一點，突出表現在她最後自殘而死的決絕行為上。儘管只是普通的口腔潰瘍，只要稍有治療，就不難痊癒，但圓圓外婆卻拒絕配合治療，以至於最後終於不治而棄世。雖然這種反抗行為充滿了消極色彩，但不管怎麼說，一生軟弱屈辱的圓圓外婆，終於還是以這樣一種方式對於一貫強勢的外公，對於不合理不公平的命運發出了自己的抗議之聲。

其命運同樣令人痛惜不已的，是圓圓外婆的妹妹小外婆。這裡，首先一個問題就是，身為圓圓外婆的親妹妹，小外婆為何會步姐姐的後塵嫁給外公吳序新呢？卻原來，小外婆之所以嫁給了外公，是因為小外婆在睡眠中被外公強暴了的緣故。小外婆本來有自己情投意合的心上人——文，因了睡眠中的意外失身，意志較姐姐剛強的小外婆，遂徹底斬斷了自己的滿腔情絲。然而，儘管外公內心裏十分清楚圓圓外婆究竟為何自殘而死，但在圓圓外婆不幸棄世之後，他卻又和一個名叫柳寡婦的女人鬼混在一起，遲遲不肯給小外婆一個正式的名分。若非小外婆的以死抗爭，以及大姨對於小外婆的堅定支持，無恥的外公吳序新是斷斷不會給小外婆正式名分的。很難說小外婆個人的意志不夠堅強，但是置身於當時的那樣一種處境之中，她卻只能無奈地屈從於命運的安排。「小外婆和大姨一起無力地哭泣著。生命突然在這一刻，在富人家裏，都變得如此脆弱，金錢斷然沒有給她們的命運帶來任何一點意義，即便是那麼有知識的女人，即便在那個年代，都受了很好教育的女孩，圓圓外婆、小外婆是這麼不明不白地活著。小外婆的生命的願望，變得如此簡單，僅僅是要個名分，可就是這麼一點點願望，都不能得到。」閱讀這部長篇紀實，令人難忘的場景之一，恐怕就是小外婆的幾次自殺。小外婆的自殺行為中，凝結著的，正是那個時代許多無法主宰自身命運的女性們的血和淚。歸根到底，無論是圓圓外婆，還是小外婆，她們的婚姻悲劇，與經濟和精神上的不夠獨立，存在著極其緊密的內在聯繫。在充分體味她們人性悲劇的同時，我們理應對這一點有清醒的認識。

《荒漠的旅程》之所以能夠對於革命、人性做出深入的反思表現，不能被忽略的一點，是作者對於作品結構的精心營造。「我們家的故事，像是一個天方夜譚，你一旦打開了一扇門，就立刻發現，裏面還有一扇門，你一扇一扇地打開，竟然像在夢裏行走，總是有另外一扇關閉著，它在等著你去開啟……」必須意識到，敘述者「我」也即劉輝的這段話語，在這部作品中有著

突出的方法論意義。這就正如扯線頭一樣，你總是會不斷地由一個線頭而牽引出下一個線頭來。細細想來，整部《荒漠的旅程》正是依照如此一種方式結構而成。具體來說，這部旨在追憶回敘自己家族三代人曲折坎坷命運遭際的長篇紀實作品，是以幾種結構線索的互相纏繞為基本結構方式的。劉輝在美國的經歷，劉輝的知青歷史，大姨、母親她們在「文革」中的不幸遭遇以及她們的革命歷史，圓圓外婆、小外婆與外公他們在 1930、1940 年代的婚戀糾葛，這樣四條主要結構線索緊密穿插交織的結果，自然也就是我們所讀到的這部《荒漠的旅程》了。在這裡，一個需要注意的問題是，作者斷然打破了自然的時間順序，而是以一種頗類似於意識流動的方式，自由穿行於二十世紀的中國歷史之中。這樣自由穿行的結果，就是一種彼此映照的命運感的成功傳達。有了這種命運感，作品自然也就擁有了一種格外深沉內斂的思想力度。

程小瑩《張文宏醫生》：
焦慮、常識與職業精神

　　如果說整個人類在 2020 年與新冠病毒的猝然相逢是一場毫無徵兆的「遭遇戰」，那麼，程小瑩的長篇非虛構文學作品《張文宏醫生》（載《收穫》長篇專號 2020 年冬卷）的寫作，也肯定帶有某種突出的「遭遇戰」性質。雖然只是一種猜測，但我想，如果沒有新冠疫情不期然間的突然暴發，作家程小瑩很可能也如同筆者一樣，不要說對張文宏醫生有更進一步的深入瞭解，恐怕連上海存在著這麼一位優秀的醫生都未必知道。儘管我們都不希望會有新冠疫情發生，但一個毋庸置疑的事實卻是，假若沒有新冠疫情，而且還是發生在互聯網時代的新冠疫情，那麼，絕大多數中國人都不可能知道張文宏醫生在上海的存在。同樣的道理，在作家程小瑩原來的寫作計劃中，大約也不會有《張文宏醫生》在內。依照一種常規邏輯，肯定是先有了張文宏醫生在這次新冠疫情中的突出表現，也才會有程小瑩這部建立在深度田野調查基礎上的長篇非虛構文學作品的產生。

　　但請注意，雖然被命名為《張文宏醫生》，但這部長篇非虛構文學作品卻並不是張文宏醫生一種完整意義上的個人傳記。在其中，雖然也涉及到了張文宏醫生的身世，但卻處理得特別簡單。作家的書寫重心，實際上還是落腳到了抗擊新冠疫情期間的張文宏醫生身上。也因此，與其說是張文宏傳，莫如說是新冠疫情期間的張文宏素描要更為準確。在很多人的心目中，既然是抗擊新冠疫情期間才湧現出來的一位優秀醫生，那張文宏肯定應該被書寫成一個英雄，但實際上，出現於程小瑩筆端的張文宏，其實也不過是一位有溫

度、有仁心且又特別恪盡職守的普通醫生。在其人生的成長歷程中，張文宏也曾經有過猶豫彷徨的時候。這一點突出地表現在上世紀 90 年代的時候：「90 年代的物質主義，社會奢靡之風，世紀末情緒，構成那個年代青年的無盡告白。2001 年前後，三十歲出頭張文宏也想過——改行吧。他找到翁心華，提出辭職。」值此關鍵時刻，出面阻止了張文宏的，就是他的恩師翁心華：「翁老師對我說，很多事情，你只要熬過最艱苦的時候，以後總會慢慢好起來的。我覺得他講得挺對。」毫無疑問，如果不是翁心華的適時阻止，世界上就極有可能多了一個平庸的經商者，少了一個優秀的醫生。同樣的道理，到了 2003 年的時候，面對著一次很好的出國做博士後工作的機會，尤其是面對著一年三萬五千美金的優厚待遇，張文宏再一次動心。當是時也，出面勸阻張文宏的，還是恩師翁心華。事實上，也正是因為有了艱難困境中的一再堅持，也才有了張文宏後來的美麗綻放。唯其因為堅持下來的張文宏各方面都有著突出的表現，所以，等到 2010 年的時候，張文宏才會在一次民意測驗之後，以全票的方式被推舉為上海華山醫院新一任感染科主任。而華山醫院的感染科，在中國的感染學科則有著舉足輕重的地位。這一方面，一個不容否認的客觀事實就是：「如今，它連續九年蟬聯中國醫院最佳專科聲譽（感染與傳染專科）排行榜第一名。」很顯然，正因為張文宏曾經長期擔任華山醫院感染科主任這一要職，所以，等到 2020 年新冠疫情暴發之後，他才會臨危受命，順理成章地被任命為上海新冠肺炎臨床救治專家組組長。

雖然武漢疫情大暴發的時候，張文宏也曾經主動請纓，要求前往武漢一線參與救治工作，但上海新冠肺炎臨床救治專家組組長這一特定身份，卻決定了他只能留守上海，以便更好地統籌全局。正因為他不曾前往武漢，所以後來才會被一些人質疑，既然連武漢都沒有到過，那怎麼還能夠稱得上是抗疫的英雄呢？實際的情形是，面對著抗疫英雄這一稱號，張文宏的態度一直是敬謝不敏。張文宏說：「我就是要告訴你，我不是英雄。我只是一個普通醫生，還是一個很焦慮的、專門看感染毛病的醫生。傳染病大暴發的時候，這個醫生特別焦慮，哪能有空去做英雄。」焦慮，是的，正是「焦慮」這兩個字構成了身為普通醫生的張文宏的第一個精神特徵。我們注意到，不論是在接受採訪的時候，還是在發表演講的時候，張文宏都不僅多次提及「焦慮」一詞，而且更把它視為醫生的一種標誌性特徵。唯其如此，在談到自己的工作性質的時候，張文宏才會反覆強調：「我追逐後獲得的是什麼？獲得的是你的

健康。一旦我的追求失敗，導致的結果是什麼？結果可能就是一個生命的逝去。所以每一位負責任的醫生在看病時，他的內心都在非常焦慮地追逐生病的源頭。」「醫生這個職業並不偉大，只不過是一群焦慮的人聚在一起做一些焦慮的事。」雖然普通人不太瞭解，但在如同張文宏這樣的醫生眼裏，其實一部人類的歷史，就是一部一直被欺負的人類疫情史。從傳染病的角度來說，儘管我們早在 2003 年就取得了對非典的治癒，但這卻並不能保證不會再有疫情發生。果然，僅僅是十七個年頭之後，就又有了新冠肺炎的發生：「所幸，2020 年的中國已經有了應對的能力。焦慮的張文宏，也許看到了希望，因為那時候他便說：『哪怕傳染性疾病再度出現，充足的防護設備也能給予醫護人員應對的時間與搶救的機會。』」

　　焦慮之外，張文宏特別強調的另外一點，就是對常識的尊重。說實在話，儘管已經與新冠病毒相伴了長達一年的時間，但身為科盲或者說醫盲的我，對於新冠肺炎以及如何才能夠有效預防新冠肺炎，才有了一些初步的瞭解，才知道了常識以及對常識的尊重到底有多麼重要。在張文宏看來，「新冠不僅完全可以預防，而且預防方式簡單：保持社交距離、洗手、戴口罩。」「『我沒有看到哪個人這三點都做得特別好，還被感染的。』張文宏給人一顆基本常識的定心丸。你再聽不懂，聽不進，你連幼稚園小朋友都不如。」常識是什麼？在張文宏這裡，常識就是關於如同新冠肺炎這樣一些傳染性疾病的基本原理以及預防的可能：「世上最神奇的，不是傳說中的神乎其神之物，而是常識。最令人感動的，也是常識。」關鍵的問題是，在很多時候，我們的實際選擇往往會背離常識，視常識為無物。很多時候，生活中悲劇的最終釀成，正是因為不尊重常識因而漠視常識的緣故。唯其因為如此，作家才會聯繫這次的新冠疫情做出這樣的一種描述與評價：「說點大的，大至全世界──每個國家採取的防疫措施都是合理的，都做得非常好，中國只是採取了最適合我們的方式。張文宏此說法，有別於通常的『我們可以被人抄作業』。低調得太多。心態不同，張文宏表達的是對常識和科學的態度。」當然，與張文宏的特別強調常識相匹配的，是他那質樸無華的講話風格。若非如此，我們也很難想像為什麼是他而不是別人在這次新冠疫情期間成為了公眾所追逐的「網紅」。

　　還有一點不容忽視的，就是張文宏身上所充分體現的一種職業精神。在這部長篇非虛構文學作品中，程小瑩曾經援引很多個事例，比如無論如何都拒收紅包，比如在解脫病人痛苦的同時，也盡可能地給予他們必要的經濟支

持，比如總是兢兢業業不擺名醫架子地去查房問診，來證明張文宏身上的「仁心」所在：「什麼叫『仁心』——這是尊重每一個生命，既不俯視，也非仰視，以真誠的心態，平視世間萬物。」所有這些並不是所有醫生都能做到的事情，到了張文宏這裡，也就是一句話：「這些都是醫者本分罷了。」也因此，儘管張文宏無論如何都稱得上是醫術精湛，但他更看重的，卻是一種完全可以被看作是「醫者本分」的人道精神：「『我將記牢儘管醫學是一門（嚴謹的）科學，但是醫生本人對病人的愛心、同情心及理解有時比外科的手術刀和藥物還重要。』此語出自希波克拉底誓言，每個醫學生讀書辰光便奉為聖言。對張文宏而言，貫穿於他每一次問診，及至整個職業生涯。」很大程度上，也正是因為充分地認識到了如此一種敬畏生命的倫理與職業精神的重要性，所以程小瑩才會情不自禁地將張文宏這樣的優秀醫生和作家相比較：「張文宏是臨床醫生，也是一個『熱眼看世界』的人，他說過，他對每個疑難病例，都會在心裏『盤』。有許多時候，他便是這樣在『盤算』——思想。語言會變少，思想就出來了。這是他的原話，也是他的經驗之談。經驗是需要反覆思考來夯實的。所以，他對於如何走出狹小的生命體驗這樣的課題，不會太焦慮。令其焦慮的是，作為醫生職業的『臨床』——面對生死在自己手中翻雲覆雨之間，一雙熱眼——對生命價值的肯定和珍視。一個作家與一個醫生不謀而合。」以一種格外嚴謹認真的態度面對每一個病人，尤其是特別珍視生命的價值，這便是張文宏醫生身上所凸顯出的職業精神。

就這樣，從從醫者一種普遍的焦慮情緒，到對常識其實也是科學的足夠理解與尊重，再到特別珍視生命價值的職業精神，擁有以上三方面內涵的張文宏，的確也就是一位普通的醫生而已。但就是如此一位普通醫生，卻在 2020 年的新冠疫情期間，成為了數以萬計的醫生群體中的傑出代表。但正所謂「看似尋常實奇崛」，儘管說恪盡職守看似尋常，然而，你一旦真正做到了恪盡職守，那也就不復為一位普通的醫生了。張文宏醫生所帶給我們的啟迪，大約也就在這裡。其實，儘管程小瑩的這部長篇非虛構文學作品被命名為《張文宏醫生》，儘管說張文宏也的確是文本中最見神采的一位人物形象，但在張文宏之外，我們也應該注意到，作家也還傾盡心力地描摹刻畫了張文宏之外其他上海醫生們的群像。比如，從戴自英，到翁心華，再到張文宏的華山醫院感染科三代人的傳承，比如，作為張文宏同道的華山醫院感染科的其他醫護人員，張繼明、毛日成、徐斌、陳澍、孫峰等，所有的這些，都給讀者留下了

深刻的印象。從根本上說，2020 年的這一場抗疫工作，絕不是張文宏的單打獨鬥可以完成的。從武漢到上海，新冠疫情的最終被控制，所依託的正是張文宏醫生和他所率領的這個團隊，以及全國各地所有的醫務工作者。是他們所有人的努力疊加在一起，才最終構築成為一道抗擊新冠疫情的鋼鐵長城。從這個意義上說，作家程小瑩其實也是在為其他的上海醫生們立傳。更進一步說，通過對張文宏以及其他上海醫生們群像的描摹書寫，作家程小瑩所展示出的，乃是上海這座城市，從上層的市領導，到普通的市民，在面對這一場突如其來的新冠疫情時所交出的一份特別令人滿意的「上海答卷」。以我所見，只有意識到這一點，我們方才算得上是真正理解了程小瑩的《張文宏醫生》這部長篇非虛構文學作品。

蔡天新《研究生》：
回望精神的 1980 年代

　　或許與刊物的總體編排構想有關，我們注意到，在發表蔡天新的《研究生》（載《江南》雜誌 2017 年第 1 期）時，雜誌社所特別標明的欄目名稱是「長篇非虛構」。但在蔡天新自己關於《研究生》的創作談中，卻明確地把這部作品稱之為「回憶錄」：「於是，我利用 2015 年寒假和 2016 年寒暑假三個假期，寫成了這部回憶錄，分別追憶了大學四年和研究生五年的學習、生活。」這樣，也就出現了一個在文體上究竟應該如何為《研究生》定位的問題：到底是非虛構？還是回憶錄？好在，就我個人的理解，回憶錄與非虛構，是兩種並不矛盾的文體。二者之間，事實上構成的，乃是一種局部與整體之間的包容被包容關係。換言之，非虛構是一個包容性更大的文體概念，而回憶錄，則只是非虛構所包含眾多文體中的一種。實際上，它們之間的關係，非常類似於小說與長篇小說之間的關係。我們之所以要強調蔡天新的《研究生》乃是一部長篇回憶錄，正是為了文體定位更為準確的緣故。

　　然而，說來其實非常慚愧，在此之前，對於蔡天新，孤陋寡聞的我，竟然一無所知。於是，只好去百度。正所謂，不百度不知道，一百度嚇一跳。卻原來，蔡天新早已是名滿天下的「雙棲大咖」。所謂「雙棲大咖」者，意指蔡天新在科學與文學領域，都已經取得了驕人的成就。科學方面，作為中國恢復學位制度之後一位較早出道的數學博士生，我想，尊一聲頗有成就的數學家，應該無論如何都是當之無愧的。這一點，自有《研究生》中的相關敘述作為佐證：「相比以上提及的中外同行，作者深感慚愧。因為所受教育和知識的

侷限，更由於自身努力不夠，沒有進入那些最新的研究領域，也沒有在經典問題上有所貢獻。萬幸的是，過去五年來，我把整數的加法和乘法結合起來，提出一些新的觀念，並藉此對那幾個經典數論問題做了詮釋和拓廣，也包括前文未曾提及的完美數問題、華林問題、埃及分數等在內。」（「素數」）我生也愚鈍，對於隔行如隔山的數學領域的尖端問題，自然無從瞭解和說起。幸虧我們身處信息發達的網絡時代，再度求助於百度的結果是，雖然對於百度的具體內容一頭霧水，但卻明確知道了蔡天新所提及的這些個數學問題，事實上都屬數學研究領域的尖端問題。既然師出名門，既然對若干數學領域的尖端問題都有所涉略，那蔡天新之被目為有建樹的數學家，就是毫無疑問的一種客觀事實。文學方面，蔡天新，則以其詩歌和隨筆方面的創作而特別引人注目。我之未能及時注意到蔡天新的存在，或許與筆者更多地關注小說創作，而多少有點疏離與詩歌、隨筆寫作緊密相關。但正所謂「成也蕭何，敗也蕭何」，或許也正因為此前對蔡天新一無所知，所以，我這次對《研究生》的閱讀才會產生「驚豔」的感覺。

　　更進一步地說，我之所以會對蔡天新的《研究生》產生極其濃烈的興趣，或許與我自己的大學時光同樣在精神的 1980 年代度過緊密相關。具體來說，蔡天新大學畢業後在山東大學讀研的起始時間，是 1982 年，兩年碩士生、三年博士生連著讀下來，畢業離校南下的時間，是 1988 年。我自己，通過高考成為大學生的時間，是 1983 年，四年大學學習生活結束離校的時間，是 1987年。雖然我所就讀的大學無論如何不可能與蔡天新的山東大學相提並論，但無可否認的一點卻是，蔡天新的研究生學習時間，與我的大學時光，可以說基本上屬重疊狀態。唯其如此，雖然蔡天新與我，肯定有著各自不同的具體人生經歷，但從宏大的時代精神的記憶來說，其實存在著頗多共同之處。也因此，蔡天新的這部長篇回憶錄，才會常常引發我的相關記憶，產生強烈的情感與精神共鳴。

　　但是，在深度解讀這部《研究生》之前，我們卻也不能不指出其中存在著的個別錯訛之處。比如「膠東」部分，說到作家張煒的時候，蔡天新寫到：「與馮德英相比，張煒更關心當代生活，他的長篇小說《古船》《九月的寓言》《刺蝟河》和《你在高原》每一部都引人矚目，最後一部寫作歷時二十二年，長達四百五十萬字，堪稱中國之最。」這裡，一共提及張煒的四部長篇小說，就有兩部的標題存在問題。其中，《九月的寓言》應該為《九月寓言》，《刺蝟

河》應該為《刺蝟歌》。再比如「電影」部分，談及中國電影時，蔡天新寫到：
「當代題材中，我看過女作家諶容小說改編的《人到中年》，還有王蒙十九歲
處女作改編的《青春萬歲》。前者多少有些凝重，後者因為年代久隔，並未引
起太大反響，不過，我記下了高三女生楊薔雲的一句話：我喜歡這樣的生活，
像飛一樣。」「稍後，我還看了古華小說改編的《芙蓉鎮》……巧合的是，以
上三部影片的男主角都是『右派』。」問題就出在最後一句「以上三部影片的
男主角都是『右派』」結論性的話語上。實際上，以上三部影片中，只有古華
《芙蓉鎮》中的男主角秦書田一個人是「右派」。其他兩部影片，均與「右派」
無關。《人到中年》旨在關注表現改革開放時代知識分子的命運，《青春萬歲》，
更是將關注的視野投注到了遙遠的 1950 年代之初的中學生生活狀態上，而
「右派」的出現，則更要等到 1950 年代的中期。退一步，即使從作者的情況
來看，三位作家中，也只有王蒙一位，曾經被錯誤地打成「右派」。由以上分
析可見，不管從哪一個角度來說，蔡天新關於這三部影片的結論也都是不成
立的。

　　儘管存在著以上這些錯訛之處，但正所謂瑕不掩瑜，就總體情形來說，
蔡天新的《研究生》仍然不失為一部生動形象地書寫再現了充滿理想主義精
神色彩的 1980 年代的優秀作品。關於 1980 年代，學者畢光明曾經借助於對
查建英主編《八十年代訪談錄》的談論而明確表達過某種強烈的認同感：「也
許不是所有人都對八十年代心存好感，但是的確像查建英所說，有很多人對
它『心存偏愛』。有這種偏愛的，不外是『文革』的過來人。經過政治暴力下
的恐懼、壓抑與緊張，1976、1978 年的翻天覆地的政治變革，給了他們精神
上獲得解放的輕鬆感。這種輕鬆感，伴隨著進入新時代的興奮和對新生活的
憧憬，持續到 1989 年的夏天。說八十年代『深藏在我們每個人的身體裏』，
指的當是這樣一種滿足了人的深層需要的美好感覺。並不是所有的時代都能
給人這樣的感覺。十年『文革』不能。九十年代也不能。所以八十年代才被人
說成是『中國最好的時期』。」〔註1〕在這裡，畢光明或許相當準確地說明了
在那些「文革」過來人的心目中，八十年代之所以會顯得如此美好的一個根
本原因所在。事實上，恐怕也正是在這樣一種原因的主導影響之下，畢光明
才會這樣認識八十年代的：「作為一種感覺為親歷者長久保存，這是八十年代
值得我們回望和談論的理由。一個歷史時代用人的感覺證明了自己，這也意

〔註1〕畢光明《精神的八十年代》，載《海南師範大學學報》2007 年第 3 期。

味著在這個時代裏，人的精神需求得到了滿足。精神需求才是人的本質體現，因此，八十年代的真正意義在於證明了人的價值，或者說它讓中國人嘗到了做人的滋味」。〔註2〕我相信，畢光明肯定是忠實於自己的人生記憶，從自己的真實記憶和感受出發將八十年代指稱為一個「精神的八十年代」的。同時，在讀過查建英主編的《八十年代訪談錄》之後，我也真誠地相信，查建英所選擇的那些訪談對象對於八十年代的講述也都是忠實於他們各自的八十年代記憶的。即使在我自己，大約由於自己的大學時代是在八十年代度過的，所以只要是提及八十年代，也總是不由得會油然生出一種分外美好的感覺來。在認真地讀過蔡天新忠實於個人記憶的長篇回憶錄《研究生》之後，我的這種美好感覺再一次得到了強有力的證實。通讀《研究生》，我的一種突出印象就是，雖然自始至終沒有一個地方出現類似於理想主義或者精神這樣的字眼，但字裏行間所洋溢出的卻毫無疑問都是充滿朝氣的青春氣息，是當下這樣一個物慾喧囂的世俗化時代所難具備的那樣一種精神高貴意味。也因此，文本中雖無一字對當下時代做具體的褒貶，但那樣一種潛在批判特質的存在，卻無論如何都不容輕易忽視。

　　蔡天新的《研究生》採用了一種類似於古代筆記體的散記式結構。全篇共由「雜記」「電影」「繆斯」「膠東」「繪畫」「羅蘭」「素數」「南國」「郊遊」「疇人」「魯國」「部長」「紅燭」「疑問」以及「離歌」等十五個部分組成。從頭至尾兩次認真閱讀《研究生》的過程中，時不時地就會浮現在我心頭的一個強烈念頭就是，到底應該選用什麼樣的語詞，才能夠對蔡天新那長達五年之久的研究生生涯做出準確到位的理解與概括？思來想去的結果，也只能是「讀萬卷書，行萬里路」這句流行的俗語。請千萬注意的一點是，當我們在這裡使用這句俗語的時候，並不是一般虛與委蛇意義層面上的「讀萬卷書，行萬里路」，而是能夠紮紮實實地落到具體的數目字層面上的「讀萬卷書，行萬里路」。首先，先讓我們來考察蔡天新的課餘閱讀狀況。我們注意到，蔡天新在自己的《研究生雜記》的自序中，不無真切地寫到：「歲月流逝，少年我不覺為研究生了，暇讀舊日記，初半年可謂純真內心之解剖，爾後卻潦潦草草、平平庸庸，細細嚼來愈加不悅，思慮再三，遂決定改為雜記。旨在發揚戊午之遺風，暫撫廣聞博錄之心，練修文理不通之文筆。」（「雜記」）從這段自序來看，蔡天新對於自己「潦草」而「平庸」的大學生活並不滿意，於是下定

〔註2〕畢光明《精神的八十年代》，載《海南師範大學學報》2007年第3期。

決心要在研究生階段度過一段不一樣的人生。具而言之，這「不一樣」的要義有二，其一是要「廣聞博錄」，其二是要「練修文理不通之文筆」。關鍵問題還在於，蔡天新不僅如是下定決心，而且也的確實實在在地如是做，把自己研究生生涯的規劃一點一滴地落到了實處。其中，「練修文理不通之文筆」一條，自有他目前詩人與隨筆作家的身份為堅實的佐證。如果語言文筆依然處於如蔡天新自謙的「文理不通」狀態，他又怎麼可以成為一位名聞天下的優秀詩人與隨筆作家呢。

與「練修文理不通之文筆」相比較，《研究生》給我們留下更深刻印象者，其實更是蔡天新的「廣聞博錄」。那麼，怎麼樣才能夠切實做到「廣聞博錄」呢？除了大範圍地廣泛閱讀之外，捨此而別無他法。事實上，蔡天新的廣泛閱讀，也的確給我們留下了難以抹殺的深刻印象。這一方面，首先，是他在數學專業上所付出的積極努力。比如，關於素數，在此之前，我只是懵懵懂懂地略有所知，只有在讀過《研究生》之後，我才不僅徹底明白了究竟何為素數，而且更進一步知道了素數與數學之間的關係。首先，「所謂素數或質數是指這樣的正整數，除了 1 和自身之外，沒有別的正整數可以整除它們。」其次，更重要之處在於：「可以說一個數學問題一旦與素數發生關係，就會變得深刻，難度也驟然增大。」（「素數」）他北大潘承彪師叔門下弟子張益唐，就是因為在素數問題的研究上有所突破而屢獲殊榮：「他用精細而耐心的解析方法證明了：存在無窮多對素數，它們之間的距離不超過七千萬。假如把七千萬縮小到 2，便是孿生素數猜想。這個結果轟動了世界，加上他個人經歷和勵志故事，很快被《紐約客》和《紐約時報》等主力媒體大篇幅報導，同時他也獲得了包括柯爾獎、麥克阿瑟天才獎、求是傑出科學家獎等獎項。」（「素數」）

高端的數學專業知識之外，蔡天新更難能可貴的一點，是他對於文史哲各類知識的廣泛涉獵與充分吸收。「雜記裏還有閱讀外國文學記錄，條目有：近年來的日本文學、屠格涅夫和紀伯倫散文詩、泰戈爾《飛鳥集》。系列『小詩叢』則抄錄了一些名家短詩，如裴多菲、布朗夫人、歌德、惠特曼、萊蒙特夫、雪萊、普希金和弗羅斯特。」（「雜記」）外國文學藝術的閱讀與接受方面，遲柯的《西方美術史話》與羅曼羅蘭的《約翰·克里斯朵夫》，是兩個典型的案例。《西方美術史話》是一本由中國青年出版社出版的關於西方美術的通俗讀物。只有在讀到蔡天新的《研究生》的時候，我才忽然憶起，實際上，這本

書我自己當年也曾經購買擁有過。肯定翻閱過不止一次，但毫無疑問地，這本書對於我，並沒有像對於蔡天新那樣，產生如此巨大的影響。蔡天新對於《西方美術史話》的閱讀，不僅促使他以「行萬里路」的方式去四處尋訪這些美術佳作的產生地，而且也對他的詩歌寫作產生了直接的影響。用蔡天新自己的話來說，就是：「我無法想像，假如未曾讀過《史話》，我的詩歌會是什麼樣子。是否依然有鮮明的畫面感或空間感。」（「繪畫」）很顯然，蔡天新把自己詩歌寫作中畫面感或空間感的具備，看作是受到《史話》直接影響的一種結果。然後，就是那部傅雷翻譯的可謂是曾經一度名滿天下的羅曼羅蘭的長篇小說《約翰‧克里斯朵夫》。雖然說傅雷先後翻譯了很多部文學名著，但其中最能夠引起蔡天新共鳴的，卻是這部多達四卷本的長篇巨製。這一方面強有力的一種證明，就是在閱讀的過程中，蔡天新居然從文本中摘抄了那麼多的「名言警句」。關於羅曼羅蘭這部長篇小說對於自己所產生的關鍵性影響，蔡天新寫到：「我不知道發現《約翰‧克里斯朵夫》對我後來成為詩人和隨筆作家起到多大的作用，但如果先讀到哲學家伯特蘭‧羅素的《西方的智慧》或他的自傳、傳記，則我完全有可能對分析哲學或其他哲學感興趣。那樣的話，我可能難以同時從事純文學的寫作。」（「羅蘭」）對於蔡天新的這種生命自覺，一方面我們固然可以說是「閱讀決定未來」，另一方面卻也不能不喟歎於生命本身的偶然性質。

　　外國的文學藝術之外，更令人驚歎不已的，恐怕卻是蔡天新對於各類足稱豐富駁雜的古代文史資料涉獵的廣泛與深入。「甚至，還有文史資料。比如，先秦、兩漢作家和作品，南北朝主要歷史人物，北宋重大事件及人物，歷代都城、名人墓地。等等。」（「雜記」）廣泛涉略倒也還罷了，尤其不容忽視的一點是，對於很多歷史事件與歷史人物，蔡天新也還形成了自己獨具個性的理解與看法。這一方面，最具代表性的一點，就是他對於一貫被人所輕視的南朝的顛覆性評價：「以南朝為例，雖說歷時和聲望不及南北宋，但其疆域卻介乎兩者之間。劉宋及齊、梁、陳國的疆域包含了徐州、青州和越南北部，超過了南宋。而就人文、科學方面成就方面，南北朝也是人才輩出。」（「雜記」）接下來，在不無詳細地羅列了南北朝時期各方面的傑出成就之後，蔡天新提出了一個強有力的詰問：「由此看來，我們是否太關注那些統一的王朝？」（「雜記」）由蔡天新的詰問而反躬自省，就可以確證，在很多時候，我們的確過於強調所謂大一統的「秦漢唐宋元明清」了。更進一步地，對於南北朝的存在，

蔡天新也提出了別一種學術洞見：「《世說新語》也記載，中書舍人紀僧真得幸於齊世祖，某日求陛下讓他加入士大夫行列。世祖告曰：此事你得找大夫江斆。於是紀領旨去江斆處，剛『登塌坐定』，江斆立刻『顧命左右曰：移吾床遠客！』弄得紀『喪氣而退，以告世祖』。世祖答：士大夫故非天子所命。史家認為，六朝（含吳、東晉、均以南京為都）孱弱的宋、齊、梁、陳之所以能短暫存在，與當時士大夫的自重不無關係。」（「雜記」）請注意，我們在這裡閱讀的，並非一位專業的歷史學者的論文，而只是一位數學專業的研究生閑暇時的讀書雜記。一位數學專業的研究生，能夠在廣泛閱讀各種各類古代文史資料的基礎上，形成如此卓越的一種史識，其實是非常不容易的一件事情。

不只是文史，也還有哲學。比如，蔡天新對於西方哲學家笛卡爾和帕斯卡爾的閱讀與理解。「帕斯卡爾對人類的侷限性有著充分的理解，他很早就意識到人類的脆弱和過失。他是那樣地篤信上帝，勸告那些懷疑論者打消疑慮⋯⋯不過，帕斯卡爾仍把懷疑主義看成是信仰的序曲。當然，他的懷疑主義更多是建設性的。」「笛卡爾認為，人的心靈基本上是健全的，是獲得真理的唯一手段。而在思維或方法論上，笛卡爾則是一個徹底的唯物主義者，對他來說，懷疑是一種必要的手段，是哲學和心理學方法中的一個工具。」（「疑問」）在對笛卡爾和帕斯卡爾分別有所論述的前提下，蔡天新進一步寫到：「『人不過是一根蘆草，是自然界最脆弱的東西』。帕斯卡爾在波爾羅尼亞修道院裏這樣寫道，『但他是一根會思想的蘆草』。在笛卡爾以前，法蘭西民族在科學和哲學領域並沒有突出的成就。我們可以說是笛卡爾開啟了法國人的智慧和理性，就像後來的萊布尼茲對德國人所作的那樣。而帕斯卡爾『不僅促進了法語的繁榮，也促進了法國精神特質的充分發展』。」（「疑問」）

我不知道現在的研究生在認真地讀過蔡天新的《研究生》之後，究竟會做何感想？我們的確很難想像，一位數學專業的研究生，竟然能夠在文史哲的「廣聞博錄」方面有如此廣泛深入的涉略。一方面，這固然是蔡天新一個人的個案，但另一方面，無論如何我們都無法否認，這一個案的生成，與他所遭逢的 1980 那樣一種理想主義的精神的時代存在著不可剝離的緊密關聯。身為一名大學教師，我曾經在很多場合一再向我的學生強調讀書的重要性。我說，單只是拿到一張大學畢業證，絕對稱不上是一名合格的大學生。成為合格大學生一個必不可少的標誌，乃是這位學生在大學期間養成了非專業閱

讀的良好習慣。對蔡天新《研究生》的閱讀，再一次強有力地證明著我的所言不虛。

然而，這還僅僅只是「讀萬卷書」這一個側面。在真正地讀書破萬卷的同時，蔡天新也腳踏實地地踐行著他「行萬里路」的人生理想。讀《研究生》，我們就會瞭解到，在短暫的五年學習期間，在完成緊張的功課學業，進行廣泛的文史哲閱讀的同時，他還把很大一部分精力投入到了長短途的旅行之中。近則濟南周邊，遠則北京、桂林，只要有機會有可能，蔡天新的身影就會出現在那些地方。關鍵的問題還在於，蔡天新並沒有為旅行而旅行，每到一個地方，他都會對那個地方進行足稱深入的地理、歷史、文化等方面的鉤沉與考察，並且留下詳盡的文字記錄。從這一點上來看，他的這部「非虛構」的《研究生》，多多少少能夠讓我們聯想到北魏酈道元的《水經注》或者北宋沈括的《夢溪筆談》。

比如，「魯國」部分關於宋國的一段敘述與評價：「果然，宋國人知恥而後勇，發憤圖強，這個面積與如今江蘇或浙江一樣大小的小國家，存在了將近七個半世紀，幾乎與魯國一樣久長。不僅善於經商致富，更是出現了孔子、墨子、莊子、和惠子四位聖人，分別引領儒家、墨家、道家和名家。雖說『春秋五霸』之一的宋襄公並未成就大業，但計然卻幫助越王句踐滅掉吳國，似乎完成了孔子未能完成的一部分壯志。」在春秋諸國中，人們不僅往往會忽略弱小的宋國，而且宋襄公自己也還曾經因為泓水之戰的失敗而遭到過毛澤東的嘲笑，但也就是這樣的一個國家，竟然會同時貢獻出孔子、墨子、莊子、惠子等四位春秋時期傑出的思想家，實際上理應得到高度的尊重與評價。

再比如，「郊遊」部分對於「濟水」的談論，即令人格外地別開生面：「濟水三隱三現，神秘莫測。難怪辭書之祖《爾雅》中提到的四瀆（四條獨流入海的河流）中就有濟，其他三瀆分別是眾所周知的（長）江、（黃）河和淮（河）。古時皇帝祭祀名山大川即指五嶽和四瀆，秦始皇統一中國後，重新頒布了天下名山大川的序次和祭祀規格，濟水名列四瀆之首。」「唐代以大淮為東瀆，大江為南瀆，大河為西瀆，大濟為北瀆。那以後，濟水已逐漸衰微，尤其是濟水下游，由於泥沙淤積，大多河段斷流。可是，祭祀的規模反而有所增加。直到清代，對濟瀆廟的崇拜絲毫未減，如今它是河南省最大的古建築群，也是全國重點文物保護單位。」長江、黃河、淮河，在此之前，我都曾經有所瞭解，唯獨濟水，在讀到蔡天新的《研究生》之前，我其實是一無所知的。只有

對蔡天新的閱讀，方才填補了我的一份歷史知識空白。從這個意義層面來看，蔡天新的《研究生》這部不拘一格地談天說地的「非虛構」著作，也完全可以被看作是一部現代的山水地理歷史志。